Zu diesem Buch

Industriespionage ist im Bobsport alltäglich, besonders wenn es sich um die Reibungskräfte der Kufen dreht. Die Experten der Technischen Universität in Dresden haben das High-Tech-Sportgerät so perfekt getunt, daß selbst drittklassige Piloten Traumzeiten erzielen können. Bis zu dem denkwürdigen Tag, an dem bei einer Testfahrt eine ahnungslose Sportlerin im Zielschuß tödlich verunglückt, läuft alles wie geschmiert.

Obwohl der Sportreporter aus Dresden von diesem Hochgeschwindigkeitssport keinen blassen Schimmer hat, muß er die Seiten einer Sonderbeilage füllen und macht sich im Starthaus der legendären Altenberger Bobbahn zum unbeliebtesten Stammgast. Am liebsten würden die Bobfahrer und Funktionäre der internationalen Elite den penetranten Frager auf den finalen Zielschuß schicken. Aber als glühender Anhänger des investigativen Journalismus wird der Journalist die Mauer des Schweigens durchbrechen, um an den Kern der Wahrheit zu gelangen, und das Geheimnis der reibungsfreien Kufen lösen.

«Klugmann hat sich einen Rangplatz irgendwo zwischen Heinz Erhardt und Groucho Marx erschrieben.»
(Die Welt)

«Das Pendel des Pentagon» (Nr. 2954) und «Krieg der Sender» (Nr. 3038) waren die beiden letzten Phil Parker-Krimis von Norbert Klugmann. Zusammen mit Peter Mathews hat er «Beule & Co» (Nr. 3101), «Ein Kommissar für alle Fälle» (Nr. 2700), «Die Schädiger» (Nr. 2771), «Tote Hilfe» (Nr. 2973), den Weihnachtskrimi «Eine schöne Bescherung» (Nr. 3220) und «Vorübergehend verstorben» (Wunderlich Verlag 1996) geschrieben. Seinen ersten Fall, erschienen unter dem Titel «Doppelfehler» (Nr. 3238), löste der Sportreporter im Tennismilieu, die zweite Herausforderung stellte sich ihm beim «Treibschlag» (Nr. 3238) mit dem Golfschläger.

Norbert Klugmann

Zielschuß

Ein Fall für den Sportreporter

Rowohlt

rororo

rororo thriller
Herausgegeben von Bernd Jost

Originalausgabe
Veröffentlicht im Rowohlt Taschenbuch Verlag GmbH,
Reinbek bei Hamburg, Oktober 1996

Umschlagtypographie Walter Hellmann
(Illustration: Frank Nikol)
Redaktion Peter M. Hetzel
Satz Aldus (Linotronic 500)
Gesamtherstellung Clausen & Bosse, Leck
Printed in Germany
1090-ISBN 3 499 43241 2

1 Kling, Glöckchen, klingelingeling

«Dresden. Schneeverwehungen auf der Bundesstraße 170. Zwischen Schmiedeberg und dem Grenzübergang Zinnwald ist die Straße für den Transitverkehr bis auf weiteres gesperrt. Räumfahrzeuge sind im Einsatz. Die Polizei empfiehlt, auf die B 172 auszuweichen und über den Grenzübergang Schmilka nach Tschechien zu fahren. Starke Beeinträchtigungen auch auf der B 101 zwischen Wolkenstein und Annaberg-Buchholz und weiter südlich Richtung Oberwiesenthal. Es haben sich mehrere schwere Unfälle ereignet. Ortsunkundige sollten die Gegend weiträumig umfahren. Die höheren Lagen des Erzgebirges melden ergiebige Schneefälle, in Altenberg sind in der Nacht 30 Zentimeter Neuschnee gefallen. Soeben erreicht uns ein Notruf des Kreiskrankenhauses in Aue. Achtung! Es ergeht der dringende Aufruf an alle Bürger, Blut zu spenden. Die witterungsbedingte Häufung an schweren Verkehrsunfällen hat zu einem alarmierenden Engpaß an Blutkonserven geführt.»

Ich ordnete mich im Stau hinter dem Lkw aus Polen ein. Er stieß schwarze Wolken aus dem Auspuff.

«So ein Wetter hat's vor der Wiedervereinigung nicht gegeben», sagte Egon Besendahl.

«Zieh doch endlich deinen Mantel aus. Du hast schon einen roten Kopf. Nimm wenigstens den Schal ab. Ich gebe es dir gern schriftlich, daß die Heizung funktioniert.»

Aber vier Jahrzehnte DDR hatten das Vertrauen meines älteren Kollegen in die Errungenschaften menschenfreundlicher Alltagstechnik unrettbar zerstört. Mein Beifahrer traute auch meinen Winterreifen nicht. Meter für Meter zuckelten wir im Stau Richtung Süden. Egon fing dann an, Anekdoten aus seinem Wandererleben zu erzählen und verfiel mehrmals in den Plural. Diese «Wirs» lieferten mir zarte Hinweise auf Besendahls Ehe, die mit dem Krebstod der Angetrauten ein jähes Ende gefunden hatte. Ich nahm mir vor, Hedwig unverzüglich zur Krebsvorsorge zu schicken.

«Tu das», sagte Egon, «tu das, bevor es zu spät ist. Am besten, ihr geht gemeinsam.»

«Ich fühle mich immer so unwohl im Wartezimmer eines Frauenarztes. Als würde ich ein Geschwür tragen. Die Krankheit heißt ‹Mannsein› und ist unheilbar.»

«Ich meinte, daß du selbst zur Krebsvorsorge gehen sollst.»

Ich wechselte das Thema. Seitdem mir in jungen Jahren im Zuge einer Nebennierenentzündung ein roher Urologe von hinten an die Prostata gefaßt hatte, ignorierte ich Vorsorgeuntersuchungen.

Dann stieß der Lkw vor uns eine besonders dicke Dieselwolke aus und starb ab. Der Fahrer bekam den Motor noch einmal in Gang, aber nun drehten auf dem glatten Untergrund erst die Räder durch, und dann begann der Trumm langsam auf mich zuzurutschen. Ich würgte vor Schreck den Motor ab, Besendahl stützte sich in Erwartung der Kollision mit beiden Händen gegen den Wagenhimmel. Gemütlich, aber tonnenschwer rutschte der Truck auf meinen funkelnagelneuen Sharan zu. Der Motor sprang wieder an, ich drehte wie rasend das Lenkrad und brachte uns in Sicherheit. Rechts ging es einen Meter abwärts in den Graben, und wir hingen beide nicht besonders elegant in den Gurten. Hinter uns drückte der rutschende Lkw einem anderen Pkw die Nase ein. Das Blech gab, als es sich verformte, schreckliche Geräusche von sich.

Von Dresden bis Altenberg brauchten wir zweieinhalb Stunden.

«Hoffentlich schneit die Bahn nicht ein», sagte ich und sah zu, wie auf dem Bürgersteig vier Schuljungen ein Mädchen mit Schnee einseiften. Die Europameisterschaft im Zweierbob warf ihre eisigen Schatten voraus, ich hatte dem Chefredakteur eine sechsseitige Sonderbeilage verkauft, die nun mit Spitzenjournalismus gefüllt werden wollte. Kein Problem, denn die deutschen Fahrer hatten im letzten Jahr alle Welt- und Europatitel gewonnen. Wer es schaffte, einen deutschen Schlitten hinter sich zu lassen, hatte in dieser Sportart einen Medaillenrang fast schon sicher.

Altenberg war stolz auf den Bergbau und die Bobbahn. Das spiegelte sich in den Hinweisschildern wider. Auf dem Parkplatz hielt sich die Internationalität in Grenzen, es waren noch zehn Tage bis zum Beginn der Meisterschaften. In den Räumen des Organisationskomitees waren wir mit dem Pressesprecher verabredet. Eine gleichzeitig telefonierende und kauende Sekretärin sagte: «Der ist an den Bahn.»

Als wir an die Eisrinne traten, rauschte gerade ein Zweierbob durch. Als er durch die letzte Kurve vor dem Zielschuß bretterte, gab es ein kratzendes Geräusch. Ich erhaschte einen Blick auf das Gesicht des Lenkers, der zweite Mann bestand nur aus Helm und Schultern. Ich spürte die Rasanz und Gefahr der Fahrt auf der Haut. Das Fernsehen kappt von allen Sportarten das Dramatischste: bei Auto- und Motorradrennen die aberwitzige Geschwindigkeit, bei Skispringen und Abfahrtsläufen das atemberaubende Gefälle, beim Boxen die fürchterliche Wucht der Schläge.

«Na, Egon, wär das nicht was für dich?»

«Das könnte den Chefs so passen, daß ich ihnen meine Rente schenke.»

«Wer gewinnt denn in diesem Jahr?»

«Erst Platz wir, zweiter Platz die Schweizer, dritter Platz wir.»

Rechts von uns ragte die Steilkurve empor. Besendahl fischte seinen Fotoapparat aus der Tasche. Ich bot ihm an, sich an mir warmzuknipsen, und zog schreckliche Grimassen. Weil es an der Bahn so still war, hörten wir den Bob schon von weitem. Besendahl nahm den Apparat vors Auge.

Erst polterte es, dann erschien der Bob. Die Kufen oben, schlingerte er über das Eis. Ein Arm ragte aus dem umgestürzten Fahrzeug. Mein Kollege hatte keinen Farbfilm eingelegt. Das war schade, denn der Bob zog eine lange Spur über die Bahn. Und die Spur war rot.

2 Tränen auf Eis

Ich entriß Besendahl die Kamera und kletterte in die Eisrinne.

«Das geht doch nicht!» rief er. «Wenn jetzt noch ein Schlitten kommt...»

Aber mir war klar, daß auf dieser Bahn in den nächsten Stunden nichts mehr zu Tal rasen würde. Beinahe wäre ich lang hingeschlagen, deshalb kletterte ich auf der anderen Seite aus der Rinne heraus und rannte durch den Innenraum Richtung Ziel. Kein Mensch hatte daran gedacht, hier zu räumen. Ich stapfte durch wadenhohen Schnee und fluchte.

Hinter der Steilkurve der Zielschuß, dahinter die Auslaufzone. Da lag das Unglücksfahrzeug, Kufen hoch, Arm heraus und eine Blutlache im Eis. Ich war der erste beim Bob, packte ihn, um die verunglückten Fahrer zu befreien. Das Gerät war schwer wie Eisen.

Ein Mann im Anorak wetzte heran und sagte spöttisch: «Tarzan, was? Mal eben ein paar Zentner auf die Seite legen.» Ein dritter eilte herbei. Wir packten zu dritt an. Der Bob war in schwarz, grün und gelb gespritzt.

Die Pilotin hatte lange blonde Haare. Am Start waren sie wohl zusammengesteckt gewesen. Jetzt hielt nur noch ein Gummiband mühsam die Pracht zusammen, von einem Helm war nichts zu sehen. Aber Blut lief aus der Kopfwunde.

«Na, sauber», sagte einer der Männer. Dann brüllten sie nach einer Trage, einem Arzt, einem Wagen, und der zweite Mann sagte zu mir: «Wenn Sie nicht sofort aufhören zu knipsen, bestelle ich zwei Tragen.»

Ich betete Namen, Funktion und Arbeitgeber herunter, damit ihn ein sclechtes Gewissen befiel, bevor er meine Kamera zertreten konnte. Aber er war nicht auf Radau aus, zumal immer mehr Leute herbeieilten.

«Das ist Anke. Um Gottes willen!»

Jetzt tauhte endlich auch Besendahl auf, den kannten sie besser als mich. Kein Wunder, er war sächsisches Urgestein, seit 40 Jahren als Sportreporter dabei.

Ein Krankenwagen rangierte dicht an die Eisrinne heran, der Abtransport der Frau gechah mit kundigen Griffen. Die Kopfverletzungen sahen fürchterlich aus, es war mehr als ein Eierbecher Hirnmasse, der zwischen den geborstenen Knochen hervorquoll.

«Scheiße! Scheiße! Scheiße!» rief der Mann, der nach mir am Unglücksbob gewesen war. Dann trat er aus Verzweiflung gegen die Eisrinne.

Plötzlich quakte die Lautsprecheranlage los: «Kann mir jemand da unten sagen, was eigentlich passiert ist?»

Der verzweifelte Mann zog ein Sprechfunkgerät aus der Jacke und wandte sich von uns ab.

Ich hielt einen im Sportanorak am Arm fest und fragte: «Wie kommt diese Frau in den Bob?»

Er entfernte meine Hand von seinem Arm und rief nicht unfreundlich: «Kann mal einer die Amateure entfernen?»

Ich sammelte bereits alle nötigen Wörter für eine Entgegnung, als Besendahl mir zuraunte:

«Menschenskind, diese Mädchen fahren seit Jahren.» Dergestalt vom eigenen Kollegen als Laie bloßgestellt, entschied ich mich für geordneten Rückzug. Ich sah zu, wie der Krankenwagen ab- und ein Streifenwagen vorfuhr. Die Besatzung bestand aus einer Frau und einem Mann, der wenigstens ein Elternteil besaß, dessen Wiege außerhalb Sachsens gestanden hatte. Die beiden ließen sich berichten, warfen einen Blick auf die Stelle, wo wir die Tote unter dem Bob hervorgezogen hatten. Dann gingen sie telefonieren. Ich bekam Hunger, mit dieser Taktik lenkte sich mein Körper traditionell von unangenehmen Ereignissen ab.

«Hallo, Kollegenschwein», sagte ich, als Besendahl an mir vorbeiging.

«Ich habe wirklich gedacht, du hättest es gewußt.»

Ich hatte nicht gewußt, daß Frauen mittlerweile auch den Bobsport erobert hatten. Ich besaß überhaupt unterdurchschnittliche Kenntnis von allen Wintersportarten mit Ausnahme von Eishockey und alpinem Skisport. Aber das würde sich in der nächsten Zukunft grundlegend ändern.

Besendahl folgte mir zum Wagen.

Sie stand im Starthaus und weinte. Ein Mann hielt sie im Arm und warf m einen Ich-bin-der-dienstälteste-Tröster-Blick zu. Zum Glück war er nicht der hellste, denn als ich behauptete: «Die Polizei steht unten am Ziel und will Sie sprechen», machte er sich unverzüglich auf den Weg. Ich nahm die freigewordene Stelle als Tröster ein und war nicht sicher, ob die Weinende den Austausch der Bezugsperson überhaupt bemerkte. Ich tätschelte ihren Rücken, Egon Besendahl stand im Hintergrund und genierte sich für meine Dreistigkeit.

«Was für ein Unglück», sagte ich, und das Mädchen reagierte darauf mit erhöhter Frequenz an Schluchzern.

«Anke hat allein im Bob gesessen», sagte ich forschend, und sie brach in den Knien ein. Egon Besendahl forderte mich mit energischen Blicken auf, das würdelose Spiel zu beenden. Aber ich stand unter dem Druck eines Redaktionsschlusses, und irgendwann würde sich auch die Polizei fragen, wo der Bob losgefahren war. Fortgesetzt den Körperkontakt aufrechterhaltend und Besendahl mimisch zum Fotografieren nötigend, setzte ich dann meine Fragen so behutsam wie der Akupunkteur die Nadeln.

Die Verunglückte war Anke Everding, 18 Jahre, Deutschlands beste Bob-Nachwuchsfahrerin. Anke startete für Winterberg im Sauerland und trainierte hier in Altenberg mit ihrer Bremserin Uschi Hofbauer, die ich gerade tröstete.

«Wir waren doch schon fertig für heute», erklang es an meinem Schlüsselbein. «Dann hat sie den Bob gesehen, auf den war sie schon die ganze Zeit scharf.»

«Wem gehört der Bob? Der steht doch nicht einfach so in der Bahn herum. Und warum ist sie allein ...?»

Die Tränen sprudelten aus ihr heraus. Das Mädchen bot ein Bild des Jammers, langsam kam selbst ich mir schäbig vor.

«Das ist einer von der TU. Die testen ihre neue Legierung. Meistens steht ein Wachhund daneben, aber heute nicht, und da haben wir eben ...»

«Ich muß Ihnen ein Geständnis machen: Ich verstehe kein Wort. Bitte noch einmal ganz langsam.»

«Na, die neuen Schlitten von der TU.»

«Ich kenne TU nur als Universität.»

«Ja, klar, die meine ich doch auch. TU Dresden. Die bauen neue Bobs und Schlitten. Also eigentlich sind nicht die Schlitten neu, sondern nur die Kufen.»

«Und die testen sie hier auf dieser Bahn?»

Herzerweichend zog sie Schnodder hoch. «Sie lassen keinen ran, und wenn übermorgen die Fahrer für die Europameisterschaft kommen, sind sie weg. Wir ja auch, ich und Anke ... Wir haben doch nur die günstige Gelegenheit nutzen wollen, weil gerade keiner hingese...»

«Ach, nein», erklang es von der Tür.

Ich nickte Hauptkommissarin Panzer zu, und sie sagte: «Hätte ich mir eigentlich denken können. Kaum liegt ein Klacks Hirn auf dem Eis, sind Sie da und schnüffeln daran herum.»

Uschi brach zusammen, lautlos, ohne Tränen, und sackte ohnmächtig zu Tale. Wir betteten sie auf eine Ban, hielten sie mit Decken warm und warteten auf ein Fläschchen Riechsalz.

«Wie kommen Sie hierher?» fragte ich meine Lieblingskommissarin. Seit ihrer Affäre mit meinem Redaktionskollegen Zapf kannte ich sie so gut, wie sie es sich in ihren schlimmsten Tagträumen wohl nicht vorstellen konnte. Sie schwadronierte über geänderte Zuständigkeitsbereiche und Kompetenzverlagerungen, und ich schaltete innerlich ab.

Die Tür ging auf, an Besendahls Erstarrung erkannte ich, daß der Mittdreißiger, der jetzt im Raum stand, nicht für das Wegfegen des Schnees verantwortlich war. Während der Neue die Bobfahrerin aufweckte, flüsterte mir Besendahl seinen Namen ins Ohr. Ich atmete dieselbe Luft wie ein Weltmeister und Olympiasieger. Hustend kam Uschi wieder zu sich. Ihr erster Blick fiel auf ihren Erwecker, sie konnte wohl gar nicht glauben, daß sie dieser Lichtgestalt teilhaftig geworden war. Ihr zweiter Blick fiel auf die Kommissarin. Dann schrie sie.

3 Im Windkanal

«8 Uhr 17. Hier ist Radio Blaues Wunder mit Nachrichten. Dresden. Endspurt der Kommunalwahl. Die Partei der Aufrechten verzichtet auch in den letzten zehn Tagen auf Straßenstände und Veranstaltungen in der Halle. Ihr Spitzenkandidat und Box-Europameister Marian Panowsky bittet statt dessen jeden Bürger um fünf Minuten Gymnastik nach dem Aufstehen. Motto: Nur in einem gesunden Körper wohnt ein gesunder Wähler. Noch einmal Dresden. Für das kommende Wochenende rechnen die Wintersportorte im Erzgebirge mit einem Besucheransturm. Die Bahn setzt am Sonnabend und Sonntag zwischen Dresden Hauptbahnhof und Altenberg zusätzliche Züge ein. 8 Uhr 19, Sie hörten Nachrichten von Radio Blaues Wunder, dem Sender, der Nachrichten bringt, wann es ihm paßt.»

In der Redaktion herrschte wieder Rummelplatzatmosphäre, im Lokalen waren alle Drehstühle in Betrieb. Nach mehreren Monaten Quengelei hatte sich die Verlagsleitung erweichen lassen und neues Mobiliar gestiftet. Ich steckte den Kopf um die Ecke: «Es wird euch einfach nicht langweilig, was?»

«Das macht Spaß», rief die Pohl. «Ich hätte nie gedacht, daß Drehstühle sich so toll drehen.»

«Aber was sagt dein Kindchen dazu?»

«Dem macht das auch Spaß», behauptete die Kollegin und faltete demonstrativ die Hände über der Kugel. Ihr ehebrecherisches Verhältnis mit Hornung würde in drei Monaten Hand und Fuß bekommen. Hornung feilte seit Wochen an der Rede, mit der er seiner Frau reinen Wein einschenken wollte. Dabei war sein mit ihr ehelich gezeugtes Kind noch keine zwei Jahre alt. Was dem Treiben die Krone aufsetzte: Hornung freute sich auf das neue Kind. Seine Haut war seit der Schwangerschaft besser durchblutet als die der werdenden Mutter, die sich hauptsächlich mit Sprints Richtung Damenklo fit hielt. In ihrer Not hatte sie einmal auch das Herrenklo genommen – seitdem nie wieder.

Um elf Uhr trugen die Kollegen ihre angebissenen Henkeltassen zur Konferenz in mein Reich.

«Was willst du denn hier?» fragte Besendahl seinen rechten Nebenmann. «Die Wirtschaft wollte dich schon nicht haben. Konnte nicht einmal die Kultur etwas mit dir anfangen?»

Pulitzer murmelte etwas, das sich anhörte wie «Leckt mich doch alle».

Ich hatte es langsam satt, von den anderen Redaktionen als Volontärs-Müllkippe mißbraucht zu werden.

Kathrin sah aus, als hätte sie schon wieder zwei Pfund abgenommen.

«Du hast einen Bandwurm», behauptete Besendahl.

«Der Arzt meint, ich verwerte das Essen nicht mehr so gut», entgegnete Kathrin. «Dabei ist doch jetzt Fasching.»

Kathrin stammte aus Baden, und ich konnte nachvollziehen, wie sehr sie unter der Aussicht litt, während der tollen Tage äußerlich weiterhin als Mitglied der menschlichen Rasse erkennbar bleiben zu müssen.

«Gute Story, mit der Bobfahrerin», sagte Zapf und schlug mit der flachen Hand auf die Zeitung vom Tage.

«Hat der Panzer im Bett über den Fall geplaudert, bevor er dich überrollt hat?» fragte Pulitzer gierig.

«Tragischer Unfall. Das Mädel hat sich versteuert. Im Normalfall stößt man dann rechts oder links gegen die Bande und verliert nur Zeit. Aber wenn der Winkel stimmt, kippt der Schlitten um und Ende.»

«Das kann ja auch gutgehen», sagte ich und erinnerte mich an die launigen Auftritte des Viererbobs aus Jamaika bei einer Weltmeisterschaft oder Olympischen Spielen. Die Blutspur war bei uns gut gekommen. Die beiden Konkurrenzblätter hatten den Unfall verpennt und waren erst gegen fünfzehn Uhr nach Altenberg gehetzt. Da war der rote Streifen natürlich längst verblaßt.

«Hat der Panzer noch irgendwas über den Bob erzählt?» fragte ich beiläufig.

Zapf verzog das Gesicht. «Leute, ich petze euch alles, was ich weiß. Tu ich wirklich gern. Aber ich möchte auch mal das Gefühl haben, daß Freizeit ist, wenn ich mit Mechthild zusammen bin.»

Ich kam nun zum vergnüglichen Teil meiner Arbeit und drückte den Kollegen Pflichten aufs Auge. Pulitzer hatte die Vorbericht auf das Hallenturnfest in Meißen gewonnen. Zapf wollte sich um ein qualifiziertes Gerücht kümmern: Zwei Schiedsrichter aus der Stadtliga, die um dieselbe Frau wetteiferten, hatten angeblich beschlossen, sie demjenigen zu überlassen, der im Verlauf des Februar mehr rote Karten verteilen würde. Kathrin mußte sich rohen Handball in der Regionalliga zumuten.

«Und ich fahre nachher noch mal zur TU raus», sagte ich beiläufig.

Zapf winkte ab: «Würde ich an deiner Stelle nicht machen. Da herrscht erhöhtes Abiturientenaufkommen.»

Ich fuhr trotzdem hin und hätte den Entschluß beinahe mit dem Leben bezahlt.

Lautstark rief ich dem Studenten im Ledermantel hinterher, was ich von seiner Art hielt, auf dem Campus Fahrrad zu fahren.

«Hast du Probleme?» fragte mich ein anderer Junge, der unmöglich älter als fünfzehn sein konnte.

«Hast du ein Fahrrad?»

«Nein, wieso?» fragte er verdutzt.

«Dann habe ich kein Problem. Weitergehen.» Dies tat er, aber ich hatte noch eine Empfehlung für ihn parat: «Und schippt mal wieder Schnee hier, bevor es taut. Als ich jung war...»

«Logo, Mann. Da war der Schnee weißer und die Winter kälter.»

Professor Löffler hatte mir den Weg beschrieben. Aber so einfach wollte ich es mir nicht machen, das Universitätsgelände bot zahlreiche Möglichkeiten, um in die Irre zu laufen. Und kein Mensch kümmerte sich ums Schneeschippen. Dafür bauten fünfundzwanzig Studenten einen Riesenschneemann. Alle Hauswände, an denen ich vorbeikam, waren so hoch, wie ein Arm reichen kann, mit Graffiti bedeckt.

Professor Löffler war untröstlich. «Die Gremien fressen einen auf», sagte er und bot mir in seinem Büro einen Platz an, den ich zwischen den Bücherbergen nicht gleich fand. «Ein Kollege hat vor kurzem ausgerechnet, daß er in dreißig Jahren an der TU acht Jahre mit Gremiensitzungen verbracht hat.»

«Meine Sitzungen im Ressort dauern zehn Minuten, wenn ich nicht gut drauf bin. Sonstvier Minuten. Ich nehme Sie gerne mal mit.»

Er lachte und fragte: «Trinken Sie Kaffee?»

«Danke. Viel und heiß. Ich nehme auch den geschmacklosesten Besucherbecher.»

«Das habe ich befürchtet. Aber der Kaffee ist letzte Woche ausgegangen.»

«Wenn ich Seminare veranstalten würde, würde ich in der ersten Sitzung einen Kaffeereferenten ernennen, der mir persönlich unterstellt ist.»

Das erzählte ich ihm bereits auf dem Weg vom Büro ins Labor. Löffler fand meine Bemerkung lustig. Er konnte nicht wissen, daß ich in der Redaktion mit Pulitzer exakt so verfahren war.

Zuerst zeigte er mir im Institut für Strömungsmechanik den Windkanal. In einer mächtigen Röhre stand eine Modell-Stadt, die sie mit Hilfe eines Tornados aus ihrer Verankerung reißen wollten.

«Sechzig Meter pro Sekunde», sagte Löffler. «Das da drin ist der Wiener Platz.»

«Der in Dresden? Den kenne ich aber anders.»

«Der sieht auch nicht so aus. Aber möglicherweise wird er eines Tages so aussehen. Von unserer Arbeit hängt ab, wie er aussieht.»

Er belehrte mich, daß im Windkanal die Strömungsverhältnisse der Luft und die Emissionen des Straßenverkehrs simuliert werden können. Löfflers Geräte waren in der Lage, die Schadstoffe zu messen, bevor die Menschen zu husten begannen. Das imponierte mir.

«Warum steht kein Bob im Windkanal?»

«Das ist nicht unsere Aufgabe. Wir arbeiten nur noch an den Kufen. Das Chassis ist ausgereizt. Damit erzielen Sie keinen Wettbewerbsvorteil mehr. Heutzutage nutzt jeder den Windkanal.»

Er führte mich dann weiter in den sogenannten Sonderforschungsbereich.

«Hier befinden wir uns auf sensiblem Gelände», sagte Löffler. «Ich muß Sie daher bitten, nichts ohne meine Erlaubnis zu fotografieren und vor allem nichts einzustecken.»

«Ich habe ja große Taschen. Aber ob ich darin einen kompletten Bob unterbringen würde...»

«Hier findet ja noch einiges mehr statt. Sagt Ihnen das Stichwort ‹automatische Systeme› etwas?»

«Nein. Hört sich an wie ein elektrischer Eierkocher, der vorher die Eier selbst legt.»

Wenn es um Technik ging, neigte ich zu vorbeugender Resignation. Ich war in der Lage, einen Reifen zu wechseln, und hatte vor Zeugen die Reparatur einer automatischen Kegelbahn mit den Worten «Ist überhaupt Strom da?» in die Wege geleitet. Aber ich war in der Welt der Technik nicht zu Hause und hielt das Vordringen von High Tech in den Sport für seine größte Niederlage.

«Ich sag's Ihnen gleich, Herr Professor, wenn ich der Präsident des Internationalen Bobverbands wäre, würden alle mit dem gleichen Schlitten antreten.»

«In Ordnung – solange alle mit unseren Kufen fahren.»

«Gibt es eigentlich eine Professur für Bobbau? Oder Kufentechnik?»

«Ich bin Professor für Thermofluiddynamik.»

«Wissen Sie, was ich eben verstanden habe? Thermofluiddynamik!»

Er warf mir einen Blick zu, und ich bestand nicht darauf, das Thema weiter zu vertiefen.

Ich war darauf eingestellt gewesen, in einen Trakt zu gelangen, der wie ein Weltraumlabor aussah. Doch wir landeten in einer schlichten Werkstatt, Neonlicht an der Decke, Werkbänke und zwei Kufen, die kopfüber in ordinären Schraubzwingen steckten. An jeder Kufe stand feilend ein junger Mann.

Ich drehte mich suchend um. «Das ist das ganze Geheimnis?»

Die beiden Feiler musterten mich, sagten aber kein Wort.

«Okay», sagte ich, «fangen wir an. Die deutschen Bobfahrer gehören zur Weltspitze.»

«Sie sind die besten», sagte Löffler. «Ehre, wem Ehre gebührt.»

«Und warum sind sie so gut? Aus welchen Einzelteilen ist zusammengesetzt, was wir Laien ‹Weltklasse› nennen?»

Ich sah dem Professor an, wie sehr er sich freute, meiner Unwissenheit auf die Sprünge zu helfen.

«Wir unterscheiden zwischen Mensch und Gerät.»

«Der Mensch ist das Teil, das versagen kann.»

«Ich will's mal so erklären: Der Mensch ist das Teil, das man nicht für Geld und gute Worte einkaufen kann. Der Fahrer und sein Team sind Hochleistungsathleten. Für das Bobfahren brauchen Sie eine perfekte Kombination aus Stärke und Schnellkraft. Also viele Muskeln, ohne dadurch aber Explosivität zu verlieren.»

«Verstehe. Einer, der im Federgewicht boxt, wäre schlecht. Aber ein Gewichtheber aus dem Superschwergewicht wäre auch schlecht.»

«Sie brauchen im Idealfall einen Zehnkämpfer. Es ist ja kein Zufall, daß in den letzten Jahren einige ehemalige oder auch noch aktive Zehnkämpfer in den Bob umgestiegen sind. Sie brauchen reichlich Substanz, um den Schlitten in Bewegung zu setzen. Ein Zweierbob wiegt über 200 Kilo, ein Viererbob noch einiges mehr. Die stehen als tote Masse vor Ihnen. Und nun los. Haben Sie's mal probiert? Kann ich nur empfehlen. Man wird demütig dabei.»

«Ich weiß. Ich hatte kürzlich ein vergleichbares Erlebnis mit dem Golfspielen.»

«Was man tun muß, um Muskeln aufzubauen und Schnellkraft zu trainieren, wissen wir ja. Seit einiger Zeit wissen wir sogar, daß es auch ohne Doping geht. Das ist also der menschliche Faktor.»

«Mit dem Sie aber nichts zu tun haben.»

«Zweitens: die Maschine. Da kommen wir ins Spiel. Der Bau von Bobschlitten hat sich in den letzten Jahren zu einer High-Tech-Angelegenheit entwickelt.»

«Ich erinnere mich dunkel. Hat damals nicht Opel damit angefangen?»

«In der alten Bundesrepublik, ja. Aber auch in der DDR war einiges los. Und in den USA. Bis in die sechziger Jahre wurden Bobs in den Hinterstuben der Vereine zusammengebastelt. Die Piloten haben nach Feierabend an ihren Schlitten gefeilt und geschraubt wie heute die Motorradfreaks an ihren Maschinen.»

«Muß eine schöne Zeit gewesen sein.»

«Dann nahmen sich andere der Sache an: Autofirmen, Flugzeugbauer.»

«Warum eigentlich? Gibt es an Bobs etwas zu verdienen?»

«Ach was. Das hat mehr mäzenatischen Charakter. Da ist auch viel Ehrgeiz im Spiel. Die Firmen wollen einfach wissen, ob sie's können.»

Erstaunlich, wie lange sich ein erwachsener Mensch damit beschäftigen konnte, eine sowieso schon scharfe Kufe zu schärfen.

«Natürlich gab es an den alten Zigarren eine Menge zu verbessern», fuhr Löffler fort. «Zuerst mußte der Windwiderstand gesenkt werden. Diese Arbeit halte ich historisch für abgeschlossen. Noch tiefer können wir die Schlitten nicht machen, die Fahrer liegen ja nicht flach auf dem Bauch.»

«Und so kamen Sie zu den Kufen.»

«Zur Aufhängung und zu den Kufen.»

«Ich verstehe nicht, wo da die Unterschiede liegen. Es gibt das Eis der Bahn, das ist vorgegeben. Und dann die Kufen, die sind aus ...»

Der Professor lächelte und dozierte: «Es handelt sich dabei um eine Legierung mit Eisen und einem halben Dutzend anderer Metalle.»

«Und das Mischungsverhältnis ist das Geheimnis?»

«Das hütet jeder Top-Pilot wie seinen Augapfel. Ich kenne Piloten, bei denen liegen vor großen Wettkämpfen die Kufen nachts unter dem Bett.»

«Das ist aber komisch.»

«Wieso?»

«Ich habe gestern in Altenberg mit einer Bobfahrerin gesprochen. Wußten Sie, daß jetzt auch Frauen ...? Also, in Altenberg hat es ja gestern diesen Unfall gegeben ...»

«Schrecklich, schrecklich. Wir sind alle noch wie gelähmt.»

«Die Bremserin, die nicht mit im Bob saß, sagt, daß es sich um ein Gerät Ihrer Universität gehandelt hat. Können Sie das bestätigen?»

Das konnte er, aber der bisherige Enthusiasmus Löfflers erlebte ein Formtief.

«Irgendwann hat das Labor seine Schuldigkeit getan», sagte er. «Irgendwann müssen Sie hinaus ins feindliche Leben.»

«Selbstverständlich. Aber die Fahrerin hat gesagt, der Bob habe da herumgestanden. Unbeaufsichtigt.»

Einer der beiden Feiler drehte sich zu mir um. Er sah von vorn anders aus, als ich ihm aufgrund seiner Rückenpartie unterstellt hatte. Vor allem sah er aus wie eine Frau.

«Wir befragen zur Zeit die Verantwortlichen», sagte der Professor lahm. «Aber Sie sind nicht dagegen gefeit, daß jemand fünf Minuten nicht aufpaßt.»

«Heißt das, es war nicht nur Ihr Schlitten, sondern es waren auch die neuen Kufen? Donnerwetter. Aber wer hat ein Interesse daran, sich an dem Schlitten zu vergreifen?»

Ich blickte in drei erstaunt-mitleidige Gesichter, und die Frau sagte kopfschüttelnd: «Ihre Naivität möchte ich haben.»

4 Der Todesbob

«Mahlzeit!»

Schlagartig kaute Zapfs Mitesserin nur noch halb so schnell.

«Ich störe auch nur ganz kurz», sagte ich, um mit der guten Nachricht anzufangen. Weil die Königsberger Klopse so gut rochen, ließ ich mir von Zapf auf der Gabel erst ein Stück reichen, danach ein zweites, und als der Klops verschwunden war, bestellte ich mir ein Essen. Zapf tat so, als hätte er ein moralisches Anrecht auf einen halben meiner Klopse. Ich begriff nicht, wie er auf diese absurde Idee kam.

«Gerade heraus gefragt, Frau Kommissarin, ist an dem Unfall auf der Bobbahn irgend etwas dran, das Ihnen ungewöhnlich vorkommt?»

«Sie meinen, außer der traurigen Tatsache, daß nun auch schon Frauen diesen lebensgefährlichen Sport betreiben? Nein.»

«Nein, was?»

«Wieso ‹nein, was›?»

Zapf bat mich mit seinem Dackelblick, ihm nicht das Mittagessen zu verderben. Aber darauf konnte ich keine Rücksicht nehmen. Schließlich war es damals meine Idee gewesen, die beiden zu verkuppeln. Das war wenigstens 500 Klopse wert, ich hatte Zapf der drohenden Verwahrlosung entrissen. Seitdem er mit der Kommissarin liiert war, hatte er seinen Alkoholkonsum weitgehend unter Kontrolle. «Mechthild», sagte ich und spürte, wie sie vereiste. «War an dem Bob etwas ungewöhnlich? Waren die Lenkseile angeschnitten? Hat jemand die Kufen manipuliert? Oder die Aufhängung?»

«Aber nein. Das war ein relativ neues Exemplar. Und da hat nicht ein dummes Mädchen dringesessen, sondern Anke Everding. Sie fährt seit vier Jahren Bob. Sie ist deutsche Jugendmeisterin und Europameisterin bei den Juniorinnen.»

«Keine Feinde?»

«Ich bitte Sie. Das Mädchen ist achtzehn.»

«Ich hatte mit achtzehn einige Feinde.»

«Einige nur?»

«Möchte jemand Nachtisch?» rief Zapf mit verzweifelter Fröhlichkeit.

«Ein Fahrfehler also.»

«Jawohl. Das haben alle Fachleute bestätigt. Und zur Zeit wimmelt es in Altenberg ja von hochdekorierten Sportlern.»

«Warum ist Frau Everding allein einen Zweierbob gefahren?»

«Weil ihre...»

«Bremserin.»

«Ihre Bremserin hat es abgelehnt, in einen Bob zu steigen, der ihr nicht... nun ja.»

«Verstehe. Die Mädels haben den Bob praktisch geklaut.»

«Ich nehme Schokoladenpudding», rief Zapf.

«Ein Akt des Übereifers», korrigierte mich die Kommissarin milde. «Sie müßten doch für jeden Verständnis haben, der übers Ziel hinausschießt.»

Im Weggehen klaute ich Zapf den Schokoladenpudding, löffelte ihn neben der Theke aus und verließ das Lokal.

Zwanzig Sekunden später stürmte ich in den hinteren Trakt zurück.

«Eine letzte Frage, Frau Kommissarin. Wo befindet sich der Bob jetzt? Der Unglücksbob oder, wie der *Elb-Bote* zu schreiben beliebte: der Todesbob?»

«Den hat der Besitzer zurückbekommen.»

«Und wer ist der Besitzer?»

«Na, wem gehört wohl ein Bob? Dem Altenberger Bobverein.»

«Vielen Dank für das Gespräch. Du kannst den Pudding jetzt wieder auf den Tisch stellen, Zapf.»

5 Der Stasi-Mann aus Monte Carlo

Im Urlaub, an Hedwigs Seite, hätte ich die Winterlandschaft genossen. In Zeitnot und geplagt von Blähungen, an denen die Klopse oder die Kapern schuld sein mochten, verfluchte ich jeden einzelnen Kilometer bis Altenberg. Nach dem letzten Furz lüftete ich und lud einen Anhalter ein. Er war neunzehn, arbeitslos, für Jungfräulichkeit bis zur Ehe, gegen die Wiedervereinigung und für Panowsky als neuen Dresdner Bürgermeister. Er hatte also Blähungen im Gehirn.

Natürlich kam ich viel zu spät an. Das Licht war diffus, außerdem schneite es wieder, bei diesen Bedingungen würde kein Bob auf die Bahn gehen. Dafür standen heute zwei Trucks auf dem Parkplatz, sie kamen aus Großbritannien und aus der Schweiz. Bei den Schweizern wurde gerade ausgeladen, ich stellte mich an die offenen Hecktüren. Eingepackt in undurchsichtige Folie, zählte ich sechs Bobs.

«Na, wollt ihr euch die Bronzemedaille abholen?» fragte ich frohgemut. Sie brachen nicht in Gelächter aus, strenggenommen reagierten sie überhaupt nicht, wenn ich davon absah, daß sie mich abschätzten wie etwas, das einem im Weg steht und ekelhaft aussieht. Zu viert postierten sie sich am ersten Schlitten, wohl um ihn aus dem Lkw zu heben.

«Ich würde heute nacht an eurer Stelle im Bob schlafen», sagte ich. «Nachher fährt noch einer mit euern Zigarren los.»

«Wie meinst du das?» fragte einer in seinem kehligen Idiom.

«Hier hat's gestern einen Unfall gegeben. Schon von gehört?» Ihre Motorik erinnerte mich an Schweizer Berge. «Eine Nachwuchsfahrerin ist mit einem Bob verunglückt. Schädelbruch.»

«Das ist nicht gut», sagte der Wortführer. Es hörte sich an, als würden die Worte aus den Lungenflügeln kommen. «Aber was hat das mit unseren Schlitten zu tun?»

«Sie ist nicht im eigenen Bob verunglückt. Sie hat sich einen ausgeliehen. Gehört der TU in Dresden, der Universität.»

«Ah ja. Und weiter?»

«Nichts weiter», sagte ich und wurde das Gefühl nicht los, daß sich hier seit einigen Momenten eine Person zuviel aufhielt. Ich änderte diesen Zustand unverzüglich, sagte «auf wiederluege» und trieb mich im Startbereich herum. Eine Handvoll Rentner verpestete mit dem

Rauch ihrer billigen Zigarren die Erzgebirgsluft. Ich fragte die Senioren, wo die Bobs untergebracht waren.

«Wer will das wissen?» fragte einer von ihnen lauernd.

«Die Staatssicherheit», antwortete ich, ohne zu überlegen, und schaute verdutzt in vier erfreute Gesichter. Natürlich reichte ein Reporter nicht an die Geheimpolizei heran, aber zum Klatschen und Tratschen war er besser als nichts.

Ich erzählte ihnen von der Sonderausgabe zur Europameisterschaft. Das fanden sie gut. Noch besser hätten sie es gefunden, wenn sie darin auf einem Foto aufgetaucht wären.

«Was nicht ist, kann ja noch werden», raunte ich vielsagend. Kaum hatte ich den Blödsinn ausgesprochen, fand ich die Idee nicht mehr so verschroben. Ein persönlich gehaltener Zweispalter über ein Rentnerdasein am Rand der Eisrinne – das hatte was, wenn die Typen kantig waren und prägnante Geschichten zu erzählen wußten. Ich verabredete mich mit dem Quartett für morgen oder übermorgen.

Dann stand ich vor der Bretterbude. Natürlich war sie verschlossen, ich legte beide Hände an die Augen, um etwas im dunklen Innenraum erkennen zu können.

«Na, alles klar soweit?» erklang es hinter mir. Wie ich solche Tonlagen verabscheute. Es war die Ich-habe-hier-Heimrecht-und-du-bist-ein-Dreck-Stimme. Er war höchstens 1 Meter 65, aber weil er ein Amt innehatte, wirkte er wie 1 Meter 66. Bevor ich den Mund geöffnet hatte, tönte er:

«Können Sie sich ausweisen?»

Wenn ich ihn nicht wie üblich vergessen hätte, hätte ich ihm meinen speckigen Presseausweis an die Stirn geklebt. So nannte ich den Namen und variierte lediglich meine Funktion: «Internationaler Bobverband, Monte Carlo. Sie sind sicher die örtliche Sicherheitsfachkraft.»

Anstatt nun im Galopp in den umliegenden Wäldern unterzutauchen und sich zu schämen, lächelte der Unglücksmensch geschmeichelt.

«Ich habe gestern noch in Monaco mit dem Prinzen gewettet», fuhr ich fort. «Finden wir in Altenberg eine Tür, die nicht abgeschlossen ist, oder nicht?»

«Kein Problem», tönte der Schließer. «Wir haben alles unter Kontrolle.»

Ich erfragte Namen und Adresse, die er mir arglos mitteilte. Leider trug er meinen Vornamen. Dann fragte ich: «Was steht denn alles in dem Schuppen drin? Eure eigenen Schlitten, nehme ich an.»

«Zu Befehl, ich meine, jawohl.»

«Sonst nichts?» Er sah mich an. «Falls Sie schwindeln wollen, überlegen Sie es sich einfach noch mal. Von dem Unfall gestern haben wir natürlich auch in Monte Carlo gehört.»

«Ist das wahr? Ist ja ein Ding. Ja, ja, der Bob steht auch drin.»

«Warum?»

«Was?»

«Oh, Pardon, mein Deutsch ist nicht perfekt. Warum?»

«Warum? Weiß ich nicht. Die Polizei hat es so angeordnet.»

Ich sagte, daß ich das gut verstehen würde. Er freute sich und sagte: «Soll morgen abgeholt werden.»

«Von wem?»

«Von wem? Na, von der Universität.»

«Sie wissen, daß der Bob der Universität gehört?»

«Ja, natürlich. Wieso?»

«Warum wird er nicht heute abgeholt?»

«Haben wohl Probleme mit dem Wagen. Zuviel Schnee. Ist ja nicht wie in Monte Carlo hier.»

Ich brachte ihn dazu, für mich aufzuschließen.

Dann stand ich vor dem grünschwarzgelben Bob und hatte alles wieder vor Augen. Es war nicht das Gehirn, das aus der furchtbaren Kopfwunde ausgetreten war; was mich verfolgte, war die Blutspur auf der Bahn. Es hatte so schön ausgesehen – einerseits. Aber auch tödlich – andererseits.

Zum Schluß fragte ich den Schließer noch: «Wer ist eigentlich Ihr Ansprechpartner in der Universität?»

«Tillermann, Professor Tillermann.»

«Nicht Löffler?»

«Wieso Löffler? Tillermann.»

Die Rückfahrt war eine Qual. Es schneite so stark, daß ich nicht von einem Randpfosten zum nächsten gucken konnte. Einmal kam mir ein Räumpflug entgegen, aber zehn Minuten später sah die Straße aus wie vorher. «An Ihrer Stelle würde ich Schneeketten aufziehen», hatte mir der Schließer in Altenberg mit auf den Weg gegeben. Der

Mann wußte offenbar, wovon er redete. Altenberg liegt 800 Meter hoch, im Volksmund nennt man das Mittelgebirge. Aber ich hatte nie viel mit Bergen zu tun gehabt. Hedwig träumte seit langem von einem Urlaub im funkelnden Schnee, ich dachte darüber nach, ob ich sie zur Bob-EM mitnehmen sollte.

Gleich hinter Altenberg geriet ich ins Rutschen. Gegen die Physik kommen auch Winterreifen nicht an. Die Scheinwerfer stachen keine fünf Meter ins Schneetreiben hinein, ich war für jede Kurve dankbar, die ich heil absolvierte. Bis Schmiedeberg lagen drei Wagen im Graben.

Das Radio versorgte mich pausenlos mit Wetter- und Straßenzustandsberichten. Der ADAC war kurz davor, dem Winter den Krieg zu erklären und Truppen anzufordern. In Dippoldiswalde trank ich einen Kaffee im Stehen und wandte währenddessen der Kuchentheke den Rücken zu. Seitdem mein Mundraum mit Brücken bebaut war, hatte ich das Gefühl, nicht mehr so fest zubeißen zu können wie früher.

Natürlich kam ich zu spät in die Redaktion, und natürlich hatte sich ausgerechnet heute ein Abfahrtsläufer beim Training im schweizerischen Wengen den Hals gebrochen.

«Wo bleibt der Leitartikel?» brüllte der Chef vom Dienst. «Und bitte nicht wieder so zynisch wie beim letztenmal.»

«Das war ein Autorennfahrer!» brüllte ich zurück.

«Das ist doch der Witwe egal!» brüllte er.

Auf dem Schrank hinter Christines Schreibtisch stand der Ordner mit meinem Gesamtwerk. Ich schlug die Kommentare auf, nahm zwei als Steinbruch mit in mein Büro und strickte daraus unter der Headline «Finaler Zielschuß» 100 Zeilen. Bei diesem Thema arbeitete ich gern mit den Zahlen an Tabaktoten, Alkoholtoten und Verkehrstoten. Ich war es leid, bei jedem Unglücksfall die komplette Sportart in Frage zu stellen. Weil ich schon dabei war, arbeitete ich auch gleich die verunglückte Bobfahrerin ein. Dann brüllte ich zum CvD hinüber: «Fertig! Zieh ihn dir rüber!» Und leiser: «Oder steck ihn dir rein.» Der Bursche war einfach kein Freund. Hornung aus der Regional-Redaktion mochte ich viel lieber, aber als er händeringend vor meinem Tisch stand, ahnte ich Ungemach.

«Ist was?»

«Nein, nein», log er, um dann fortzufahren: «Nur damit das klar ist: Die Geschichte in Altenberg gehört uns.» Er war darauf eingestellt, noch mehr sagen zu müssen, aber als ich sagte: «Logisch. Die gehört euch», schaute er hocherfreut von seinen nervösen Fingern auf: «Ich wußte doch, mit dir kann man reden.»

Ich sah ihm beim Verlassen des Raums zu. Von hinten wirkte Hornung wie ein erwachsener Mann. Wenn er den Mund aufmachte, verjüngte sich der Vierunddreißigjährige um dreißig Jahre.

6 Kalte Heimat

Auf dem Nachhauseweg stellte ich die Heizung auf volle Leistung. Als ich Radebeul erreichte, stand mir der Schweiß auf der Stirn.

Die Fahrt durch das Dorf auf den Innenhof war der Eintritt in eine andere Welt. Rechts das weiß verputzte Wohnhaus, gegenüber die Kelterei, daneben die Lagerräume und Garagen, zur Straße hin die Mauer. Es schneite kaum noch, die Flocken schienen vor der Lampe über der Haustür in der Abendluft zu stehen. Seufzend stellte ich die Heizung aus und speicherte noch einmal genüßlich die bullige Wärme. Dann schlug ich den Kragen hoch und stieg aus.

Im Hof hatte jemand Schnee geräumt, zu einem spitzen Haufen zusammengeschoben lag die weiße Pracht vor dem Tor zu den Lagerräumen. Auf der Schneepyramide stand ein kleiner Schneemann. Orangenhälften und Dörrpflaumen modellierten sein Gesicht. Die Erbauerin hatte es geschafft, dem eisigen Kerl einen Winterpullover anzuziehen.

Ich drehte mich um und schaute der Schöpferin ins Gesicht. Sie lehnte in der Haustür, das Licht der Diele beleuchtete ihre schulterlange Lockenpracht. Freudig eilte ich auf die Hausherrin zu und vergrub mein Gesicht in ihrer Halsbeuge. Da piepste es.

«Vorsicht, mein Lieber», sagte Hedwig und schob mich von sich. Sie hielt etwas in der Hand, und das Etwas lebte.

«Ich habe es in der Garage gefunden. Ist es nicht niedlich? Und so warm.»

Im nächsten Moment stand ich im Hausflur und dirigierte Hedwig von der Tür fort, um sie endlich schließen zu können.

«Ach, mein Armer», sagte Hedwig, «ist dir wieder kalt?»

«Was heißt ‹wieder›? Mir ist seit November kalt.»

Ich suchte die Küche auf, sie war mir in diesem Winter zum liebsten Ort auf der Erde geworden – wenn ich von Hedwigs Herz absah. Aber die von dort ausgestrahlte Wärme reichte nicht aus, um meine abgestorbenen Füße wiederzubeleben.

Hedwig drückte mir das Katzenkind an die Brust. Es war winzig, wie eben aus dem Mutterleib herausoperiert. Ich wußte nicht, wie ich es anfassen sollte, aber ich hatte nicht so viel Angst wie bei einem menschlichen Baby.

Hedwig nötigte mich, das Pelztier «niedlich» zu nennen. Als ich zum zehntenmal «doch, doch, ganz niedlich» gesagt hatte, schaltete sie einen Gang höher und forderte mich auf, unter den Herd zu blikken. Mini-Reißzähne aus zwei Mündern fletschten mich aus einem Korb an, und eine ausgewachsene Katze gähnte mir entgegen.

«Sind das alle, Hedwig? Sind das wirklich alle?»

«Aber ja doch, mein Lieber. Möchtest du deine Wärmflasche?» Was jetzt folgte, war der Grund, warum ich die Einweihungsfeier in unserem neuen Haus auf Mitte Mai verschoben hatte. Von meinen Eltern, beide lebenslang praktizierende Kleingärtner, hatte ich gelernt, daß bis zu den Eisheiligen Mitte Mai mit Nachtfrost gerechnet werden muß. Zwar hatte Hedwig auf ihre sanfte Art zu bedenken gegeben: «Aber der Frost findet doch draußen statt, Liebling. Draußen.» Doch nach drei Monaten in unserem Haus wußte ich es besser. Noch nie im Leben hatte ich so oft und so lange und praktisch pausenlos kalte Füße gehabt wie in diesem Haus. Es war der erste Immobilienbesitz meines Lebens, ich hatte alles hineingebuttert, was mir Banken und Presseversorgung vorgeschossen hatten. Aber meine größte Freude war die Tatsache, daß Hedwig mit dem Haus eine Liebesbeziehung eingegangen war. Ein Winzergut zwischen der Elbe und den Radebeuler Weinbergen, Baujahr 1822, ein Juwel architektonisch und atmosphärisch. Innen verputzte Wände und freiliegende Balken, in allen Räumen Dielenböden, in der Küche war jedes Teil eine Kostbarkeit: urig, stimmig, praktisch, vor allem praktisch.

Dieses Haus bot genug Platz und rankenden Wein an den Sonnenseiten, ich war auch Besitzer von zweihundert Weinstöcken und sah dem kommenden Sommer mit glänzenden Augen entgegen. Wenn ich nur nicht so gefroren hätte. Dabei besaßen wir eine Gaszentralheizung, die außer der Küche alle Räume erreichte. Hedwig trug wollene

Strümpfe und warme Pullover und fror nicht. Sie stellte in allen Räumen Thermometer auf und wollte mir mit ihrer Hilfe beweisen, daß nirgendwo weniger als 19 Grad herrschten. Bescheiden meldete ich den Wunsch nach 20 Grad an, Hedwig schenkte mir Wollsocken, danach stattete sie das Haus mit schönen, vor allem aber dicken Teppichen aus. Ich hüpfte wie ein Hase von Teppichinsel zu Teppichinsel, aber ich fror. Die Redaktion schenkte mir zu Weihnachten einen Radiator, nun war Hedwig beleidigt. Ich biß die Zähne zusammen und zählte die Tage bis zu den Eisheiligen.

Der Abend verging mit Tierliebe. Bald lagen Mutter und drei Sprößlinge neben mir auf dem Sofa. Hedwig spielte mit dem Gedanken, Urlaub zu nehmen, um den Junioren beim Wachsen zuzusehen. Ich blieb sachlich, bis plötzlich alle Kinder gleichzeitig bei der Mutter tranken. Hedwig hakte sich bei mir ein, und als danach zwei Babys auf meinem Bauch einschliefen, konnte selbst ich nicht umhin, ein wenig Rührung zu verspüren.

7 Die Blauen Pfeile

«8 Uhr 11. Sachsen. Ein Land versinkt im Schnee. Auf dem Fichtelberg sind in den letzten 24 Stunden sage und schneie 45 Zentimeter der weißen Pracht niedergegangen. Viele Orte des Erzgebirges melden ‹Land unter›. Die Räumdienste der Straßenwacht sind pausenlos im Einsatz. Alle Wochenendausflügler sollten vor dem Start in höhere Lagen unbedingt Schneeketten aufziehen. Der private Personennahverkehr ist weitgehend zusammengebrochen. Busse, Straßenbahnen und Züge versuchen die Lücke zu schließen. 8 Uhr 14 an einem strahlend sonnigen Samstag. Sie hörten die ausführlichen Nachrichten von Radio Dresden. Und denken Sie dran: Man ist nur so jung wie der Sender, den man hört.»

Ich hob den Kopf und blickte ins sperrangelweit aufgerissene Maul eines Katzenbabys, das gähnend auf Hedwigs Seite lag. Ich erinnerte mich, vor dem Schlafengehen eine leise Debatte über den hygienisch gebotenen Schlafplatz von Haustieren geführt zu haben.

Das Telefon klingelte.

«Müde bin ich, geh zur Ruh.»

«Zapf in Hemd und Hose. Hier tun sich große Dinge.»

«Immer noch? Ihr kennt euch doch schon seit Monaten.»

«In Altenberg ist eingebrochen worden.»

«Mein Reden. Und geklaut haben sie das Großhirn.»

«Schlimmer. Einen Schlitten.»

«Sie? Ich wollte gerade auf den Wochenmarkt.»

Der Thermofluid-Professor Löffler, dessen Vornamen ich immer noch nicht kannte, hielt mir demonstrativ seinen Jutebeutel entgegen.

Der Wochenmarkt fand in einer Straße statt. Rechts und links die Stände, wer Blumen oder Obst erwerben wollte, durfte sich unter Plastikdächern anstellen und einem wärmenden Gasgebläse ins Auge blicken.

«Gibt's das auch für Häuser?» fragte ich die Gemüsefrau. «Fürs Wohnzimmer vielleicht?» Sie sah mich an, als wäre ich betrunken.

Professor Löffler, der sich mit Strömungstechnik auskannte, blickte mich von der Seite an und sagte: «Sie haben mich überrumpelt. Ich wollte eigentlich mit meinem ... Lebensgefährten einkaufen gehen. Gefrühstückt habe ich auch noch nicht.»

Ein Outing auf nüchternen Magen, dafür spendierte ich ihm spontan eine Thüringer. Schon folgte das nächste Geständnis:

«Ich vermeide in meiner Ernährung Schweinefleisch.»

«Sind Sie auch noch allergisch gegen Katzenhaare?»

«Nein, wieso?»

«Okay, dann los. Sie kaufen ein, und ich plaudere ein bißchen.»

Am ersten Fischstand outete er den Lachs als nicht mehr taufrisch.

«Herr Löffler, wie wertvoll ist das, was Sie in der Universität forschen?»

«Die Bobs? Ach, Gott, wertvoll.»

«Gibt es Werkspionage?»

«Sie meinen, ob jemand ...?»

«Genau das meine ich. Hat jemand versucht, sich Informationen über die neuen Kufen zu beschaffen?»

«Ehrlich gesagt, nein.»

«Das glaube ich Ihnen ehrlich gesagt nicht.»

«Wieso nicht? Wer hat ...?»

«Sehen Sie.»

«Weil Tillermann sein vorlautes Maul nicht halten kann», sagte er schlechtgelaunt. Das lief ja alles bestens. Allerdings kam ich nicht länger um die Erkenntnis herum, daß es mir an Hintergrundwissen mangelte. Ich warf einen Stein ins Wasser:

«In Altenberg hält sich die Zahl von Tillermanns Freunden in Grenzen.»

«Das kann ich mir vorstellen. Bei der Gutsherrn-Attitüde, mit der er ständig auftritt.»

«Die Altenberger sagen, Tillermann trifft sich da draußen mit Leuten, die in sehr teuren Limousinen anrauschen.»

«Klar», sagte Löffler und lachte hämisch. «Mit Sternen hat er's. Sein Kinderzimmer hat er in Nachtblau ausgemalt. Mit tausend goldenen Sternen.»

«Daimler-Benz ist offizieller Förderer des Projekts?»

«Natürlich. Glauben Sie, die geben für irgendwas Geld aus, womit sie nicht angeben können?»

«Und wer ist noch dabei?»

«Siemens. Hängen ja dick genug drin in der Stadt.»

«Okay. Und jetzt die anderen Interessenten an Ihrer Arbeit. Die inoffiziellen.»

«Ist das ein Verhör?»

«Herr Löffler, vorgestern ist eine junge Sportlerin tödlich verunglückt.»

«Tragisch, tragisch. Sie hatte doch noch ihr ganzes Le...»

«Genau. Und Ihr Schlitten hat ihr das Hirn aus dem Schädel gedrückt.»

Löffler legte die exotische Frucht in die Kiste zurück und sagte mit eisiger Stimme: «Ich glaube, es ist besser, wenn wir...»

«Tun Sie nicht so naiv. Bis jetzt hat keine Zeitung diesen Zusammenhang hergestellt. Soweit ich weiß, sind wir aber nicht die einzigen, die an dieser Geschichte arbeiten. Jeden Tag reisen Teams für die Europameisterschaft an. In Altenberg und Dresden wimmelt es von Journalisten aus ganz Europa. Die meisten von denen sind exzellente Fachleute.» So weit mußte es kommen: Ich lobte in der Öffentlichkeit unterbelichtete Kollegen. Aber wenn es einem guten Zweck diente. Und der beste Zweck, den ich kannte, war die Beschaffung von Informationen.

«Es ist nur eine Frage von Stunden, Herr Löffler, dann fragt sich der erste, ob Ihre schnellen Kufen am Tod einer jungen Frau schuld sind.»

«Sie konstruieren absurde Zusammenhänge.»

«Man kann gar nicht so schlecht denken, wie die Welt ist.»

Das hielt er merkwürdigerweise nicht für eine Platitüde, sondern für nachdenkenswert. Man sollte eben keine Floskel vorschnell aus seinem Wortschatz aussortieren.

«Wie stellen Sie sich die Beweisführung vor?» fragte Löffler und suchte das Unmögliche: einen Ort, wo man sich auf dem gut besuchten, engen Wochenmarkt in Ruhe unterhalten konnte.

«Ich stelle mir die Beweisführung gar nicht vor. Ich weiß nämlich, daß der bloße Verdacht völlig ausreichen wird, um Ihr Projekt in die Elbe zu kippen. Wer fragt heutzutage noch nach Beweisen, Herr Löffler? Der bloße Anschein reicht. Und ist der Ruf erst mal ruiniert...»

«Ich muß mich vor nichts fürchten», entgegnete er mannhaft.

«Weil Sie mutig sind. Aber was ist mit Daimler-Benz und Siemens? So schnell können Sie gar nicht gucken, wie die den Schwanz einziehen.»

Er widersprach nicht. Jetzt war er reif für den entscheidenden Vorstoß. Ich berichtete, daß in der letzten Nacht Unbekannte in Altenberg in den Schuppen eingebrochen waren, in dem der TU-Bob untergestellt war. Er wollte mir zuerst nicht glauben, aber ich gab ihm mein großes Journalisten-Ehrenwort.

«Näheres weiß ich noch nicht. Wir sind mit einem Team in diesen Minuten vor Ort», erklärte ich vollmundig und behielt Löfflers Gesicht im Auge.

«Eingebrochen», sagte er abwesend.

«Genau. Und spätestens jetzt wird die Polizei alle Fragen stellen, die sie vor zwei Tagen vergessen hat.»

«Was meinen Sie damit?»

«Warum hat sich die Polizei nicht darum gekümmert, daß der Bob der Universität gehört? Wer hat der Polizei erzählt, daß der Schlitten den Altenbergern gehört?»

«Keine Ahnung», murmelte Löffler, «ich war ja nicht dabei.»

«Wer hat die Polizei denn dann belogen? Tillermann?»

«Der ist zur Zeit in Calgary.»

«Warum? Gibt es da nicht auch eine Bobbahn?»

«Er nennt es ‹Verbindungen anknüpfen›. Ich nenne es ‹angeben›. Suchen Sie sich was aus.»

«Warum behalten Sie Ihren Liebling nicht besser im Auge? Ist doch naiv, einen wertvollen Bob in so einem unsicheren Schuppen stehenzulassen.»

«Alles kann ich auch nicht allein machen», murmelte er und wühlte mißmutig in einem Biotop mit grünen Kräutern herum. Es war nicht Petersilie und Dill, die beiden Sorten kannte ich. Die Verkäuferin beäugte ihn mit scheelem Blick und sagte: «Hat sich schon mal einer totgesucht.»

Ich holte einen Block aus der Tasche und sagte zur Verkäuferin: «Würden Sie das bitte wiederholen?»

«Wieso denn?» fragte sie mit geradezu militantem Mißtrauen.

Ich nannte den Namen meines Blatts und sagte:

«Bei uns läuft am Montag der große Verbraucher-Test an. Die Dresdner Wochenmärkte: Frische, Preise, Freundlichkeit. Wie, sagten Sie, war Ihr Name?»

«Danke», knurrte Löffler, als wir eine Minute später, reich beschenkt mit Kräuterproben, den Stand verließen.

«Das war nur ein kleines Beispiel für die Macht der Medien», sagte ich. Wenn der Kerl nicht bald den Mund aufmachte, würde ich ihn mit einer Thüringer Bratwurst auspeitschen. Um ihm zu zeigen, daß ich es ernst meinte, verleibte ich mir gleich eine ein. Ich hatte Zeit zum Kauen, denn in Löffler gärte es.

«Wenn einer den Bob hat, was weiß er dann?» fragte ich.

«Daß so ein Bob viel schwerer ist als ein Rodel für den Hausgebrauch.»

«Sonst nichts? In der Formel 1 versuchen die Spione, die neuen Motoren aus der Ferne zu fotografieren, um an die Informationen heranzukommen.»

Der Professor schleppte mich in eine Eckkneipe ab, hier wärmten sich die Marktbeschicker bei Kaffee, Brühe und kurzen Schnäpsen auf. Löffler steuerte das hintere Ende der Theke an, neben dem der Geldspielautomat hing, und begann, das Gerät zu füttern. Unser Gespräch wurde untermalt vom schwachsinnigen Gewimmer der Maschine.

«Also, es gibt zwei Möglichkeiten», begann Löffler energisch.

«Die eine ist Tillermann.»

«Wieso Tillermann? Nein, das ist lediglich eine aufgeblasene Null, die eines Tages an ihrem Intrigantentum ersticken wird. Möglichkeit eins ist Dschingis-Khan. Wie er in Wirklichkeit heißt, weiß ich nicht. Wir nennen ihn so, weil er asiatische Züge hat. Frauen stehen darauf.»

«Meine nicht.»

«Warten Sie ab, bis sie Dschingis-Khan trifft. Der hat sich oft an der Bahn herumgetrieben. In Altenberg und in Oberwiesenthal auch. Der ist einfach zu oft da, das kann kein Zufall sein.»

Ich schlürfte meinen Kaffee und sagte:

«Ich glaube, mir gefällt Möglichkeit zwei besser.»

«Die Blauen Pfeile.»

«Die Blauen Pfeile?»

«Sie haben wohl überhaupt keine Ahnung? Ich denke, Sie sind Sportjournalist. Stammen wohl nicht von hier, sind wohl aus den alten Ländern gekommen, um hier Arbeitsplätze zu vernichten.»

«Reden Sie noch weiter, oder soll ich kurz die zehn fiesesten Unterstellungen richtigstellen?»

«Die Blauen Pfeile sind die besten Bobs, die die Welt bisher gesehen hat.»

«DDR-Produkte?»

Löffler nickte eifrig. «Die sind ganz in der Nähe entstanden. Auf der Flugzeugwerft. Ihre beste Zeit begann Mitte der siebziger Jahre. Da haben die solche Raketen hergestellt, die hätten bei den großen Wettbewerben die Medaillen auch ohne Läufe verteilen können.»

«Haben die etwa die Bobs für sich behalten? Ich denke, das Beste ging automatisch an den großen Bruder in Moskau.»

«Das hat der große Bruder auch gedacht», sagte Löffler und freute sich. «Aber war nichts. Die haben nur für sich gearbeitet. Wolfgang Hoppe, Meinhard Nehmer, kennen Sie die Namen wenigstens?»

«Selbstbewußte Kerle. Die haben sich nicht von kretigen Marktfrauen die Butter vom Brot nehmen lassen.»

Er steckte die Gemeinheit anstandslos weg und sagte: «Den Bobbauern ist es nach der Wiedervereinigung schlecht ergangen. Waren so gut wie pleite. Jetzt arbeiten sie mit einer ganz kleinen Mannschaft.»

«Sie müßten Ihr Gesicht sehen, Herr Professor. Sie können ja leidenschaftlich sein.»

«So? Nun ja, ich versage kleinen Mitbewerbern nicht meinen Respekt. Was lachen Sie denn so häßlich?»

«Entschuldigung, soll nicht wieder vorkommen. Aber das ist zu witzig. Der Vertreter einer Universität, der die Steuergelder hinten und vorne reingeschoben werden, gibt sich gönnerhaft gegenüber einer Klitsche, die offensichtlich fünfhundertmal so viele Erfolge aufzuweisen hat.»

Jetzt war er eingeschnappt und damit sehr menschlich. Aber das Entscheidende hatte er ja noch nicht gesagt.

«Sie wollen also andeuten, daß diese kleine Bobfirma Angst vor Ihren neuen Kufen hat und Sie deshalb bestiehlt?»

«Das habe ich nicht gesagt. Das habe ich nie gesagt. Wehe, Sie zitieren mich so, dann verklage ich Sie.»

«Okay. Dann formulieren Sie es eben.»

«Na ja», sagte er gewunden, «ich meine ja nur... Also, viele Jahre hatten sie praktisch das Monopol und einen Haufen Vorrechte. Und jetzt gibt es da auf einmal einen Konkurrenten mit Know-how und Kapital, und sie selbst sind inzwischen geschrumpft und müssen zusehen, wo sie abbleiben. Das war doch das Schöne in der DDR, daß du einfach nicht pleite gehen konntest.»

«Was war denn daran schön?»

Er sah mich an, als würde er überlegen, womit man mein Gehirn im Windkanal befestigen könnte.

«Kennen Sie jemanden aus der Firma persönlich?» fragte ich. Aber er war vorsichtig geworden, antwortete ausweichend und ärgerte sich vielleicht schon über seine Offenheit.

Zum Schluß wollte er mir das Grünzeug andrehen. Ich zog mit einem Plastiktöpfchen Minze ab.

8 Zwei Meister im Hangar

«Egon Besendahl, guten Tag.»

«Hier ich. Sag mal, wer kann mir etwas über Bob erzählen?»

«Christoph Langen, Wolfgang Hoppe, Meinhard Neh...»

«Okay, und wer in fünf Minuten?»

«Ich.»

«Danke. Manchmal hast du eine ungeheuer lange Leitung.»

«Dafür haben wir ja euch aus dem Land der untergehenden Sonne eingekauft, damit hier künftig alles viel schneller geht. Entlassungen zum Beispiel.»

Während er mir die zu Herzen gehende Geschichte seines soeben arbeitslos gewordenen Nachbarn erzählte, roch ich an der Minze und biß ein Stückchen ab. Zum Schluß spendete ich den päpstlichen Segen und sagte scherzhaft: «Frag deinen Nachbarn, ob er sich mit einer Sportart auskennt. Wenn ja, machen wir ihn zu unserem neuen freien Mitarbeiter. Dann hat er was, wovon er seinen Enkeln erzählen kann.»

Besendahl bedankte sich überschwenglich und hielt mir ein Privatissimum über Bob, die Fahrer, die Erfolge, die Bahnen. Und die Bobbauer.

«Zapf. Wer dort?»

«Ich. Sprich, mein Sohn.»

«Woher weißt du, daß ich mit Mechthild nach Altenberg gefahren bin?»

«Eine Frau, die gern ißt, nimmt Messer und Gabel mit auf die Reise.»

Zapf kicherte: «Und eine Serviette, damit nichts danebengeht.» Er berichtete. Unbekannte Täter hatten in der Nacht den Schuppen geknackt. Weil die Tür mit zwei Schlössern gesichert war, waren sie durch die Hinterwand eingebrochen. Geklaut hatten sie nur den Bob der TU; weil der Schuppen nachts nur schwach beleuchtet war, konnten sie mit dem Wagen bis an den Schuppen heranfahren. Bob eingeladen und Abfahrt Richtung Dresden.

«Nach Dresden? Woher willst du das wohl wissen?» rief ich höhnisch.

«Weil sie den Wagen gefunden haben. Ist kurz vor Kipsdorf in den Graben gerutscht. Kipsdorf kennst du? Das ist da, wo die Eisenbahn endet.»

«Erzähl mir lieber, woher du weißt, daß das der Wagen ist, der den Bob geklaut hat.»

«Hundertprozentig steht das noch nicht fest. Es ist ein Lieferwagen, in den ein Bob hineinpaßt, sogar zwei. Aber sie haben nur diesen einen mitgehen lassen, obwohl drei weitere im Schuppen standen. Außerdem sind die Nummernschilder abgeschraubt worden.»

«Vom Bob?»
«Vom Lieferwagen.»

Auf der Fahrt zum Flughafen hätte ich einen Bob gut gebrauchen können. Auf den Hauptstraßen warf der Räumdienst mit Salz um sich, die kleinen Straßen ließ er links liegen. Alle Fahrzeuge ballten sich auf den Magistralen, aber nicht in jedem Wagen saß ein versierter Fahrer. Es wurde eine elende Schleicherei, und im Radio spielte ein Witzbold Mitte Februar «White Christmas».

Obwohl es Samstag nachmittag war, standen drei Wagen vor der Halle, die aussah wie ein Hangar. Zwei Dresdner Kfz-Kennzeichen und ein Audi aus der Schweiz. Nachdem ich zwanzigmal «Ist hier wer?» gerufen hatte, stand er vor mir, blaue Schürze mit Holzflocken, Bleistift hinterm Ohr, Bierflasche in der Hand. Er drehte sich um und ließ mich im Eingang stehen wie einen dummen Jungen.

Ich folgte ihm in die Werkstatt. Das war etwas anderes als Löfflers läppische Kufenfeilerei im Schraubstock. Nebeneinander standen drei Bobs in verschiedenen Stadien der Fertigstellung. Am ersten fehlte nur noch die Bemalung, der dritte war ein Rohling. Der Mann am rechten Bob richtete sich auf, wir erkannten uns wieder und schüttelten uns die Hand. Ein Treffen der Giganten: Ehemaliger deutscher Meister im Kegeln meets zweifachen Weltmeister im Viererbob.

«Das ist wie ein Magnet», sagte der Schweizer mit dem schweren Tonfall, der auch Gemeinheiten noch gemütlich wirken läßt. «Kaum bin ich in der Nähe, muß ich auch schon hin.»

«Und die lassen Sie rein?» Er verstand die Frage nicht. «Sie sind doch nicht von hier. Konkurrenz, comprendre?»

«Guter Mann», sagte der Schweizer, «wir befinden uns im Allerheiligsten. Dies ist eine Weltfirma. Wir kennen uns.»

«Kann man denn mit dem da drüben mal reden?» fragte ich leise.

«Kommt darauf an, worüber. Über die Kufenaufhängung ganz sicher. Und über die Krümmung stundenlang. Aber über den Preis schon nicht. Und erspar ihm die Frage, wie viele Bälle beim Fußball im Spiel sind.»

«Verstehe. Er lebt Bob.»

«Das ist gut gesagt, ja. So ist es. Ich fahre Bob. Er lebt Bob. Sehr gut gesagt.»

Ein netter Bursche, der Schweizer. Schade, daß er meine Artikel nicht regelmäßig las.

«Was führt Sie denn hierher, wenn ich fragen darf?»

«Ich gucke, wie es meinem Liebling geht», sagte er und strich dem mittleren Bob zärtlich über die Schnauze.

«Ist Ihr alter kaputt? Aber nein, Sie nehmen doch an der EM teil.»

«Die Zeit bleibt nicht stehen. Einmal den Anschluß verpaßt, und du fährst den anderen hinterher.»

«Ist das hier eine Neuanfertigung?» fragte ich. Möglicherweise berührte ich dabei den Bob. Im nächsten Moment stand der Schürzenträger neben mir. Etwas in seinem Blick riet mir, einen Schritt vom Bob zurückzutreten. Jetzt wußte ich, was mich irritierte. Obwohl er ständig die Flasche in der Hand hielt, roch er nicht nach Bier. Ich hatte ihn bisher auch nicht trinken sehen.

«Wann ist denn mal jemand hier, mit dem man sich noch netter unterhalten kann als mit Ihnen?»

«Was haben Sie mit Bobfahren zu tun?»

Hurra, er konnte reden, es gab also Hoffnung. Ich zog meinen Presseausweis aus der Tasche und pappte ihn auf die Schnauze des mittleren Bobs. Mit spitzen Fingern ergriff er den Lappen, zog ihn ab und reichte ihn mir zurück. Dann sagte er: «Montag.»

«Aber der Laden ist doch auch am Wochenende besetzt.»

«Am Wochenende wird gearbeitet, geredet wird ab Montag.» Er wandte sich von mir ab. Der Schürzenträger besaß sprechende Schulterblätter. Sie sagten mir «Verpiß dich».

9 Die Notoperation

Zehn nach acht sagte ich: «Wenn ich etwas bescheuert finde, dann ist es dieses akademische Viertel.»

Sechzehn Minuten nach acht standen sie vor der Tür.

«Wir sind hoffentlich nicht zu spät», heuchelte der Staatssekretär, wickelte den Strauß aus und ließ seiner Gattin den Vortritt.

Zu diesem Zeitpunkt hatte unser dritter Gast bereits einen Schwips. Daisy Pätzold, Diätköchin in der Privatklinik im Stadtteil Weißer Hirsch, kam immer als erste. Dafür ging sie als letzte.

Das Ehepaar Schlund und Daisy weilten nicht zum erstenmal in unserer neuen Heimat, wir waren mit allen so gut befreundet, daß ich mich traute, in ihrer Gegenwart die Füße auf eine frisch gefüllte Wärmflasche zu stellen.

Hedwig hatte deftig gekocht. Daisy bestand darauf. «Nichts, was wie vorverdaut aussieht. Das erinnert mich nur an meinen Job.» Daisy war eine Übergewichtige, die sich beruflich keinen Speck leisten durfte. Dabei aß sie so gern. Und so viel. Und praktisch ohne Unterbrechung.

Wir kamen ohne Umschweife zu Tische. Die Hausführungen waren im letzten Herbst über die Bühne gegangen, Frau Schlund hatte den grünlichen Neid-Teint bis heute nicht verloren.

«Ein Traum», sagte sie ein ums andere Mal. Hedwig legte dann gern eine Hand auf meinen Arm und sagte:

«Das passende Haus zum passenden Mann.»

Der Wein stammte nicht nur aus dem eigenen Keller, sondern von den eigenen Hängen. Der Hof war bis vor drei Jahren bewirtschaftet worden. Dann war der Winzer einem windigen Kapitaleinsammler aus dem Westen auf den Leim gegangen und hatte seiner ersten Einlage von 20000 Mark so lange neues gutes Geld hinterhergeschossen, bis die Winzerin die Scheidung einreichte. Innerhalb eines Vierteljahres war alles zusammengebrochen: Ehe, Betrieb, Finanzen.

«Ein Traum», sagte der Staatssekretär. «Es wirkt alles so erdverbunden hier...»

«Das passendere Wort ist eiskalt.»

«Wenn ich hier wohnen würde», rief Daisy, «ich würde nur noch einen Job machen, bei dem ich das Haus nicht mehr verlassen müßte.»

«Wir sind sehr glücklich», sagte Hedwig. Dann schaffte es unser Katzenwurf, die Zimmertür aufzuschieben, minutenlang brach unsere verbale Kommunikation zusammen, es hagelte nur noch Laute wie «süß», «niedlich», «zum Knuddeln», «zerbrechlich wie ein Frauenherz», «sie hat mich abgeleckt, sie hat mich abgeleckt». Das einzige Wesen außer mir, das nicht durchdrehte, war die Katzenmutter. Der Minzebaum stand neben ihrem Korb.

Nach den Variationen um Rüben, Eisbein mit Erbspüree und einer Süßspeise auf Teigbasis gingen wir zu Kaffee und Cognac, wahlweise Likör, über.

«Ach, ist das schön, mal wieder so richtig den Bürger raushängen zu lassen», sagte der Staatssekretär und fläzte sich im Sessel. Es war ein kurioser Anblick. Drei von uns fünf hielten nicht nur ein Glas beziehungsweise eine Tasse, sondern mit der anderen Hand eine Babykatze. Hedwig verzichtete großherzig, und als Frau Schlund das für ihren Typ naheliegende «Hoffentlich reagiere ich nicht allergisch» kaum herausgebracht hatte, wurde ihr die Katze vom Hausherrn mit den Worten weggeschnappt: «Das Risiko wollen wir doch nicht eingehen.»

Hedwig lotste dann die Frauen ins Obergeschoß, um ihnen die alten Tischdecken zu zeigen, die sie kürzlich in einem Schrank im Keller entdeckt hatte. Schlagartig machte der Staatssekretär eine Mutation durch. In sein Gesicht zog dieser beamtenhafte Ernst ein, den ich nicht ausstehen konnte. Zusätzlich beugte er sich nach vorn, als wäre ich schwerhörig.

«Ich weiß nicht, ob ich hören will, was du mir jetzt sagen willst», sagte ich vorbeugend.

«Aber ich habe doch noch gar nichts ...»

«Wollen wir es nicht dabei belassen? Es ist gerade so gemütlich. Ich habe nicht mal kalte Füße.»

Aber es war nichts zu machen. «Es ist auch total inoffiziell», sagte der Staatssekretär.

«O Gott, so fängst du immer an, wenn es offiziell wird.»

«Ich habe lediglich etwas gehört, das gebe ich dir jetzt weiter, und dann vergessen wir's, okay?» Ich guckte so unbeugsam wie möglich. «Gut, also du weißt ja sicherlich, wie sehr die Wirtschaft zur Zeit auf der Kippe steht.»

«Wird alles besser werden, wenn Panowsky erst mal Bürgermeister ist.»

Er nahm das Angebot zum Mitlachen nicht an und sagte: «Gerade die großen Namen sind natürlich wichtig. Erst mal wegen dem Geld und dann wegen dem Klima. Nicht zu vergessen die Außenwirkung.»

Ich beugte mich nach vorn und roch an seinem Glas. Daran lag es nicht, der Schrott kam aus seinem Kopf.

«So viele große Namen haben wir ja auch nicht», fuhr er fort. «Leider, leider. Aber Siemens ist einer. Und Daimler-Benz ist auch einer. Und Bosch und Canon und und.»

«Stimmt. Die suchen doch jetzt sogar über Zeitungsanzeigen Studenten, die bereit sind, nach Dresden umzuziehen.»

«So ist es. Und wir wollen den großen Namen doch keinen Vorwand liefern, sich abzuseilen, nicht wahr?»

Der Mann wand sich im Sessel, als würden ihn Hämorrhoiden plagen.

«Woher weißt du davon, du Lump?»

Jetzt sah er aus wie der Dackel, der sich am Chappi-Sorgentelefon über sein Herrchen ausweint.

«Woher weißt du davon?» donnerte ich ihn an. «Was sind das für Kanäle, die euch alles hinterher brühwarm berichten? Seilschaften sind das, wahrscheinlich Leute, die das früher hauptberuflich gemacht haben. Daß ihr mit Stasi-Figuren redet! Ekelhaft!»

«Moment, Moment. Was redest du denn da? Wer redet mit Stasi-Leuten? Ich doch nicht. Du bist nur im Begriff, einen Fehler zu begehen.»

«Ach, ja? Und welchen?»

«Du willst die großen Namen mit dem tödlichen Unfall in Altenberg in Verbindung bringen.»

«Peng, nun ist es heraus. Siehst du, tat doch gar nicht weh.»

«Das lassen die sich nicht gefallen. Die können fies werden und haben Anwälte, da träumen wir nur von.»

«Du gibst also zu, daß die Firmen Mitverantwortung tragen.»

«Aber nein!»

«Laß die Katze nicht fallen, sonst sind wir geschiedene Leute. Und nun noch mal von vorn. Die Universität entwickelt einen neuen superschnellen Bob. Den leiht sich eine ehrgeizige Fahrerin aus, kann das Ding nicht dirigieren und verunglückt schwer. Exitus. Ich erzähle dir jetzt nichts von der Blutspur. Ich erzähle dir schon gar nicht, wie es aussieht, wenn sich das Gehirn durch die gesplitterten Knochen ... gut, gut. Daimler sponsert einen neuen Bob, mit dem fährt sich ein Mensch zu Tode, und darüber soll ich nicht schreiben dürfen?»

«Schreiben schon. Nur nicht so, wie du immer schreibst.»

«Wie schreibe ich denn?»

«Na, so apodiktisch. Daß jeder merkt, was du denkst, auch wenn du es nicht direkt sagst. Das ist überhaupt eine abgefeimte Taktik. Du überläßt es den Lesern zu erkennen, was du denkst. Das ist viel wirkungsvoller als die Holzhammermethode, mit der die anderen arbeiten.»

Ich stand auf und drückte dem verdutzten Mann einen Kuß auf die glänzende Stirn. Ein so schönes Kompliment hatte mir lange niemand mehr gemacht. Bei der Gelegenheit brachte ich auch gleich das Kätzchen an mich.

«Nun red endlich», sagte ich. «Wer hat dich beauftragt, mir ins Gewissen zu reden?»

Es war ein mühsames Geschäft, aber offenbar hatte sich die Kunde von dem tödlichen Unfall in wenigen Stunden bis in die Konzernspitzen herumgesprochen. In allen Führungsetagen hegte man nun Befürchtungen, daß die Geldgeber mit hineingezogen werden könnten – womöglich noch im Tonfall moralischer Betroffenheit. Ich fand es ja erfreulich, wie ernst man höheren Orts meine Arbeit nahm. Aber es war auch etwas albern.

«Nimm es nicht so leicht», sagte der Staatssekretär. «Du hast damit gedroht, daß du Zusammenhänge herstellst.»

«Habe ich nicht.»

«Aber für einen Laien hört es sich so an. Da kann sich schon jemand bedroht fühlen.»

Die Frauen kamen zurück, wir waren beide froh darüber.

Unter Scherzen und Anekdoten verging der Abend. Daisy erzählte die Geschichte von der bulimiesüchtigen Bauerstochter, die sich immer in den Schweinetrog erbrach, weil sie als praktizierende Christin nicht wollte, daß Eßbares weggeworfen wird. Ich berichtete von einem Kollegen, der so viel Angst vor dem Zahnarzt hatte, daß seine Sekretärin ihn von zwei gedungenen Schlägern gewaltsam in den Behandlungsstuhl schleppen ließ. Der Staatssekretär berichtete von einem Blockwart und Ausländerhasser, der im Stadtteil Pieschen ständig falsch geparkte Autos bei der Polizei anzeigte und erst nach vier Wochen spitzkriegte, daß er sich achtmal selbst angezeigt hatte.

Natürlich erzählte ich auch von meiner zukünftigen Nebentätigkeit als Feierabendwinzer. Ich konnte kaum den sogenannten Ersten Schnitt erwarten, mit dem wir Winzer traditionell ins neue Jahr starten. Hedwig fand es mittlerweile nicht mehr vergnüglich, daß unsere gemeinsamen Spaziergänge entweder im Weinberg begannen oder dort endeten.

Kurz nach Mitternacht waren wir wieder allein. In der Haustür stehend, winkten wir den Davonfahrenden hinterher. «Sie beneiden uns», sagte Hedwig. «Versprich mir, daß du nichts tust, um unser Glück zu gefährden.»

«Heißt das, daß ich mir die Haare waschen soll?» fragte ich kokett und flüchtete vor der Schneebälle backenden Geliebten tuntenhaft kreischend ins Haus.

Wir streichelten und redeten uns in den Schlaf – eine himmlische Art, gemeinsam alt zu werden. Außerdem zählte ich die Stunden, bis Hedwig, animiert durch den Anblick der Babykatzen, zum fünfzigstenmal die Idee des Kinderkriegens thematisieren würde.

So gingen wir hinüber, und die Nacht breitete ihr großes Laken über zwei Zweibeiner und vier Vierbeiner aus.

Dann war da ein Geräusch, und ich stand neben dem Bett. Ich wußte nicht, wie ich dort hingekommen war, aber ich fand mich neben dem Bett stehend, mit jagendem Puls. Ein zweites Geräusch, ich setzte mich in Bewegung, barfuß. Jetzt war nicht die Zeit, um zu frieren.

Ich machte kein Licht und vermied die vierte, sechste und siebte Stufe, weil sie knarrten. Vom Flur ins Wohnzimmer. Im Dunkeln griff ich zwischen Sitzfläche und Sofalehne und zog die Strümpfe an. Hedwig hatte sie mir in den sächsischen Farben gestrickt. Draußen Geräusch.

Ich hatte den Drücker der Haustür schon in der Hand und ließ ihn wieder los. Das Fenster neben der Haustür erfüllte den gleichen Zweck.

Zwei Schatten an der Garagenmauer! Mein erster Gedanke war: Sie legen Feuer. Aber sie waren an den Toren zugange, sie bemalten die Tore mit Farbdosen. Jetzt einen Hund! Ein Maul voller Zähne, das Gehirn so groß wie eine Murmel. Und dann nur ein Wort: «Faß.» Aber alles, was ich hatte, waren drei Katzen von einer Größe, über die sich Mäuse kaputtlachen würden. Ich dachte nicht ernsthaft daran, die Polizei anzurufen. Sie würde zu spät kommen. Ich mußte mir die beiden Figuren merken. Junge Körper, schlank. Ein Mann, bei der zweiten Gestalt war ich nicht sicher. Da! Bewegung, ein Hund war im Hof, gleich würde der Tanz losgehen. Jetzt lief er los! Der Hund griff an. Er wählte den rechten, den Mann. Der Mann streckte einen Arm aus – und streichelte dem Tier über den Kopf. Sie waren mit einem Hund zum Tatort gekommen! Welche Dreistigkeit, wie sicher mußten sie sich fühlen.

Ich stand in der Tür und brüllte: «Schweinebande! Sofort aufhören!» Der Hund startete, es waren keine zwanzig Meter. Ein Griff nach rechts, ich sah nicht, was ich packte, fühlte es nur, dann war der Hund da, ich holte aus, dann fühlte es auch der Hund. Er jaulte auf und prallte gegen mich. Ich ging von der Wucht des lebendigen Geschosses zu Boden, lag vor der Haustür auf dem harten Boden. Fluch des Schneeräumens. Man stürzt so schmerzhaft der Hund japste, zum zweitenmal bekam er den Holzschuh über die Schnauze. Hinter mir wurde es hell, ein gigantischer Schatten, er trug einen Speer, eine Lanze. Über den Hof liefen zwei Gestalten, der Hund wimmerte, ich holte automatisch noch einmal aus, aber Hedwig nahm mir den Schuh aus der Hand und stellte den Besen im Flur ab.

Ich war so sauer auf den Hund, ich hätte ihn ohne schlechtes Gewissen im Hof liegenlassen. Am meisten provozierte mich das blaue Halstuch, das er trug. Es stand in schreiendem Kontrast zu seinen Reißzähnen.

«Was meinst du, was der mit mir angestellt hätte?» fragte ich aufgebracht, nachdem Hedwig mich gezwungen hatte, ihn auf den Küchentisch zu legen.

«Red nicht so einen Unsinn», sagte sie, während sie das Tier abtupfte. Der Köter sah am Kopf nicht besonders frisch aus, aber so hätte ich am gesamten Körper ausgesehen, wenn er mich erwischt hätte. Hedwig forderte mich auf, ihr mein Rasierzeug samt neuer Klinge zu bringen.

Ich war dagegen: «Der wird die paar Beulen überleben. Wie kommen diese Vandalen dazu, unsere Wand zu beschmieren? Die habe ich eigenhändig gestrichen.»

«Ich muß an die Wunde heran. Willst du, daß er stirbt? Dann sag es jetzt und hier.» Das Tier zitterte am ganzen Körper, und was ich in seinen Augen sah, war keine Angriffslust. Es war heillose Verwirrung und viel Angst. Eine unbekannte Kraft zog meine Hand Richtung Hundekopf, und ehe ich mich versah, hatte diese meterlange Zunge einmal über alle Finger geschlappt. Hedwig, meine kluge Hedwig, hielt in diesem Moment, wo alles auf der Kippe stand, den schönen Mund. Mit den Worten «Man müßte diesen Viechern die Zunge rausschneiden» trollte ich mich ins Badezimmer.

Eine halbe Stunde später sah der Hund aus wie ein Irokese. Seine Augen standen offen, aber er war weit weg, Hedwig hatte ihm eine Ladung aus ihrem geheimen Arsenal gespritzt. Sie bewahrte für meinen Geschmack zu viele Mittelchen mit dramatischen Wirkungen auf, aber sie ließ sich darüber auf keine Diskussion mit mir ein. Ich fand es traumatisch, mit einer Frau zusammenzuleben, die so selbstverständlich mit Spritzen umging.

«Das hätten wir», sagte sie und überprüfte die Wunde, die sie mit acht Stichen vernäht hatte. «Du brauchst jetzt nicht mehr seine Pfote zu halten.»

Ich ging hinaus und sah mir endlich Garagentore und Wand an. Höllenfratzen grinsten mich an, Mephisto schüttete Wein in sich hinein, zwei Figuren hingen schlaff auf einer Lagerstatt, tot oder schlafend.

«Betrunken», sagte Hedwig. Sie war unbemerkt neben mich getreten, ich zuckte zusammen wie bei einem Angriff. «Das sind alles Szenen, die einen Bezug zum Weintrinken haben. Hast du das denn nicht bemerkt?»

«Ich bin mit dem Ausrechnen der Renovierungskosten beschäftigt. Was schätzt du, wie teuer uns das kommt?»

Sie antwortete nicht, sondern lotste mich ins Haus zurück. Kaum war ich drinnen, begann ich zu frieren.

Wir bereiteten dem Patienten ein Lager im Wohnzimmer. «Und wie wollen wir verhindern, daß er sich zum Frühstück ein Katzen-Baby einverleibt?» fragte ich und las die Antwort von Hedwigs Gesicht ab. Ergeben trug ich den Korb mit der Katzenfamilie ins Schlafzimmer hinüber.

Auch in dieser Nacht bekam ich nicht heraus, wer so infernalisch schnarchte. Immer wenn ich das Licht einschaltete, war schlagartig Ruhe im Korb.

10 Medizin für Dschingis-Khan

Ich erwachte von dem nassen Gefühl in der Halsbeuge. Mit geschlossenen Augen griff ich zu, pflückte das sabbernde Baby ab und legte es in die Bettmitte zu seinen Geschwistern.

«Wirf das Kleine doch nicht so», sagte Hedwig, die mit verzücktem Blick wie eine Glucke über der Katzenfamilie wachte.

«Wie geht's dem Killerhund?»

«Für den bist du zuständig.»

«Findest du nicht, daß wir die Arche Noah nachstellen?»

«Das tun viele Paare, wenn sie keine Kinder haben.»

Es war so einfach, mich wach zu kriegen. Ich trottete die Treppe hinunter und roch die Bescherung schon von weitem. Für den Hund sprach, daß sein Blick schuldbewußt war. Gegen ihn sprach, daß er das Erbrochene nicht selbst weggewischt hatte.

Im Verlauf des Frühstücks bekam ich wieder Appetit, zumal Hedwig behauptete, daß der Heilprozeß der Kopfwunde einen guten Verlauf nähme. Der Köter konnte sogar auf eigenen Beinen das Haus verlassen, um im Innenhof Gassi zu gehen. Danach führte ich gezielt eine erste Begegnung der Arten herbei. Die Babys piepsten begeistert, der Köter befand sich ständig im Rückwärtsgang. Hedwig wäre am liebsten zu Hause geblieben, aber ich ging auf die Barrikaden. Eine halbe Stunde später verlegte ein dreizehnjähriges Nachbarsmädchen den Schwerpunkt seiner Lebensführung für die Dauer unserer Abwesenheit ins Winzerhaus.

Wir verließen Dresden bei Sonnenschein. Oberhalb von 300 Metern schneite es. Hedwig, die sich für eine gute Fahrerin hielt, fragte, ob sie mich ablösen sollte. Ich versuchte, nicht zu arrogant den Kopf zu schütteln.

Halb Sachsen war in Richtung Erzgebirge unterwegs. Noch nie hatte ich so viele Schlitten auf Autodächern gesehen, eine Zeitlang war ich der Hintermann eines Passat Kombi, der vier Schlitten transportierte. Hedwig zählte die kleinen Köpfe im Wagen und kam auf einen Wert zwischen acht und zehn.

Wir redeten über die Schmierereien an den Garagentoren.

«Das ist ein Racheakt», murmelte ich. «Irgendwer will mir eins auswischen.»

«Womit hast du dich denn in der letzten Zeit beschäftigt? War irgend etwas dabei, was die Empfindlichkeit der Ostdeutschen berühren könnte?»

Ich ging treu und brav alle Themen der letzten Woche durch. Plötzlich fand ich meine Arbeit belanglos und uninteressant. Alle Kommentare drehten sich um so weltbewegende Themen wie Boris Beckers Forderung, künftig nur noch auf Turnieren spielen zu wollen, zu denen er seinen eigenen Linienrichter mitbringen durfte.

«Gott, wie banal», murmelte ich mutlos.

Hedwig wollte sich sofort in die Loipe stürzen, aber vorher mußte sie die Kröte namens Bob schlucken.

Heute sah der Parkplatz international aus. Schweiz, Italien, Österreich, Slowenien und einiges, das ich auf die schnelle nicht identifizieren konnte. Viele Ausflügler waren zwischen den Trucks unterwegs und kiebitzten.

Ich steuerte das Starthaus an, den Presseausweis hatte ich in der Hand. Vor mir ging ein Typ im Ganzkörper-Anorak hinein, ich schloß mich ihm an, aber sofort war der Arm an meinem Handgelenk.

«Halt! Wo wollen wir denn hin?»

Ich hielt ihm meinen Ausweis entgegen. Sorgfältiger waren die Schriftrollen von Qumran auch nicht geprüft worden.

«Alles okay?» fragte ich mit mildem Spott. «Die Rückseite nicht vergessen?»

«Sie haben hier keinen Zutritt.»

«Wieso das denn nicht?»

«Anordnung von oben.»

«Das Jahr 1990 haben Sie nicht zufällig im Koma verbracht, oder? Na, fein. Dann wissen Sie sicherlich, daß bei uns seitdem die sogenannte Pressefreiheit herrscht. Auch im Winter. Sogar in Altenberg. Und deshalb lassen Sie mich da jetzt rein.»

«Sie sind gegen den Bobsport. Sie wollen uns sabotieren. Das ist eine Schweinerei.»

«Ich bin von hier, Mann. Ich bin gelernter Sachse. Wie komme ich dazu...?»

«Was gibt's denn?»

Der Neue trug ein teures Wams und stellte sich vor als: «Stützner, Organisationskomitee. Was kann ich für Sie tun?»

«Dieser Herr sortiert Journalisten ins gute und ins schlechte Töpfchen. Er möchte unbedingt ins Fernsehen.»

Auch Stützner wollte meinen Ausweis sehen.

«Tja», sagte er dann, «es tut mir wirklich leid, aber in meiner Eigenschaft als Chef des Organisationskomitees teile ich Ihnen mit, daß Sie zu den Sportstätten keinen Zugang haben. Dieser Ausschluß gilt ab sofort und bis zum Ende der Europameisterschaften.»

«Das sage ich doch die ganze Zeit», rief der Subalterne.

«Und der Grund?» fragte ich.

«Ihr Verhalten im Vorfeld der EM. Sie haben ausländische Athleten aufgehetzt, die innere Sicherheit gefährdet und sich als Mitglied des Internationalen Bob-Verbands ausgegeben. Ich bin kein Jurist, aber das dürfte strafbar sein.»

«Guter Mann, das sind Mißverständnisse.»

«Das sollen alles Mißverständnisse sein? Für wie naiv halten Sie uns? Für Altenberg ist die EM eine große Chance, auch und gerade touristisch.»

«Aber das gönne ich Ihnen doch von Herzen!» Langsam begriff ich die Schwere der Vorwürfe. Ich hatte nichts dagegen, verabscheut zu werden – es mußten nur die richtigen sein, die mich haßten. Ich legte Wert darauf, mir meine Feinde selbst auszusuchen. Ich wußte nichts auf der Welt, das in mir weniger Aggressionen weckte als ein malerisches Örtchen im Erzgebirge.

«Lassen Sie's gut sein», sagte ich. «Ich habe mich möglicherweise etwas leichtfertig geäußert, das hat jemand in den falschen Hals gekriegt. Ich nehme alles mit dem Ausdruck des Bedauerns zurück, lege zur Strafe für mein vorlautes Mundwerk hundert Mark in Ihre Kaffeekasse, und jetzt vertragen wir uns wieder, okay?»

Der Chef sah meine ausgestreckte Hand an, als würde er ihren Anblick für den Polizeizeichner auswendig lernen. Dann sagte Stützner zum Subalternen:

«Sie sind mein Zeuge. Der Herr hat soeben versucht, mich zu bestechen.»

«Was? Bestochen? Oh, ja, natürlich, bestochen. Habe ich gehört. Logisch. Wenn Sie einen Zeugen brauchen . . . jederzeit.»

Ich spürte, wie meine Ohren trotz der Kälte heiß wurden.

«Soviel kann man gar nicht mißverstehen», sagte ich. «Irgendwo fängt der böse Wille an.»

Und dann sagte Stützner: «Wir haben uns über Sie erkundigt.»

«Wie schön. Bei wem?»

«Bei . . . das geht Sie nichts an.»

«Hat der Informant mich gelobt?»

Der Subalterne lachte auf, und in einer plötzlichen Eingebung sagte ich: «Löblich.»

Er konnte vielleicht gut organisieren, aber das Lügen mußte er noch üben. Besonders im Gesichtsbereich.

«Na, wunderbar», sagte ich. «Sie glauben einem schäbigen Denunzianten von einer Konkurrenzzeitung.»

«Er hat uns die Augen über Sie geöffnet», rief der Subalterne.

Ich winkte angewidert ab, und Stützner sagte: «Selbstverständlich steht es Ihrer Zeitung frei, einen anderen Kollegen zu schicken. Das Hausverbot bezieht sich nur auf Sie.»

«Wie groß schätzen Sie die Möglichkeit ein, daß sich meine Kollegen mit mir solidarisieren? Wie würden Sie es denn finden, wenn niemand über Ihre schöne EM berichtet?»

Stützner starrte mich an: «Sie drohen uns ja schon wieder. Verlassen Sie sofort das Starthaus, sonst sehe ich mich gezwungen, von meinem Hausrecht Gebrauch zu machen.»

Der Subalterne lief eilig nach draußen, und ich sagte: «So, nun mal unter uns Erwachsenen. Sie sind nervös, wegen dem tödlichen Unfall. Sie haben Angst, daß plötzlich einer sagt: Die Altenberger Bahn ist eine Todesfalle oder so ähnlich. Kann ich gut verstehen. Aber das Problem ist gar nicht der Unfall. Einen Tag später wird Ihnen ein Bob gestohlen.» Ich hatte alle seine Sinne. «Dabei könnte es um Industriespionage gehen. Das, mein Lieber, ist euer Risiko. Daß die Fahrer plötzlich Angst haben, daß ihnen einer ihre Geheimnisse abmontiert. Wie wollen Sie das verhindern? Neben jeden Bob einen Wächter stellen? Sähe verdammt nach Polizeistaat aus. Das wollen wir doch nicht. Das könnte sich ja aufs Tourismusgeschäft auswirken.»

«Verlassen Sie auf der Stelle das Starthaus!»

«Nachher wird einer Ihrer Helden noch übereifrig, und zufällig steht ein Fotograf daneben und drückt auf den Aus...»

«Raus!»

Als Hedwig mich sah, legte sie mir eine Hand auf die Stirn. Ich mußte mich jetzt bewegen, sonst wäre ich geplatzt. Während ich durch den Schnee stapfte, erzählte ich, was geschehen war.

«Diese Pisser! Diese Feiglinge! Diese Ostzonalen!»

Zwanzig bis dreißig Gesichter blickten mich unter Fell- und Pudelmützen an, Hedwig zog mich weiter.

«Das kriegen die zurück», fauchte ich. «Ich tu denen was an. Ich weiß noch nicht, was. Aber ich tu denen was an.»

«Sieh mal», sagte Hedwig plötzlich. «Der wäre eine Sünde wert. Zumindest einen sündigen Gedanken.»

Er sah aus wie ein mongolischer Viehhirte, der auf der Suche nach seiner Herde zu weit nach Westen geraten war.

«Das ist Dschingis-Khan», behauptete ich. Hedwig lachte.

«Würden Sie dieser Dame bitte bestätigen, daß Sie Dschingis-Khan sind.»

Er hatte flinke Augen, die sich im Sprinttempo die nötigen Informationen besorgten. Ich lieferte ihm noch einige mehr, meinen Presseausweis und meinen Spruch von der Sonderbeilage. Mein Glück war, daß in diesem Moment die vier fidelen Rentner heranpromenierten. Offenbar glaubten sie, daß sie jetzt fotografiert werden würden, und begannen, Haarteile und Mützen zu ordnen. Ich erzählte Dschingis-Khan, daß er mir von Einheimischen als Stammgast an der Bahn empfohlen worden wäre. «Deshalb bitte ich Sie um kurze Antworten auf kurze Fragen für einen Stimmungsbericht.»

Zehn Minuten tat ich etwas für die Beilage. Sie würde am Dienstag erscheinen, bis morgen abend mußten die Artikel im Kasten sein. Dann hatte ich schon wieder Glück. Aus dem Hintergrund winkten zwei Damen den vier Rentnern zu, die daraufhin von mir abfielen.

Ich konnte endlich zum Thema kommen:

«Wie sieht's aus, Herr Khan, wer hat den Bob der Uni Dresden gestohlen?»

«Tja», sagte er, «wer hat den Bob gestohlen? Damit könnte man viel Geld verdienen, wenn man das wüßte.»

«So? Warum denn?»

«Weil einige Leute scharf darauf sind, die Diebe zu finden.»

«Und warum?»

«Weil ein Dieb ein böser Junge ist. Und wenn nun ein Ehrenmann der Dieb ist...» Er zog lächelnd die Schultern hoch. Er war wirklich ein gutaussehender Mann. Ich fragte mich, warum er seine besten Jahre damit verbrachte, vorbeirasenden Bobs nachzuschauen.

«Helfen Sie mir auf die Sprünge», sagte ich.

«Na, ist doch ganz einfach, Mann. Die Forscher von der Uni suchen eine neue Legierung für die Kufen, richtig? Also wird jemand, der spionieren will, die Kufen klauen. Was klauen sie aber? Den Bob.»

«Da sitzen aber doch Kufen drunter.»

«Ach, ja? Wirklich?»

«Wieso? Alle haben doch so getan, als ob der Bob... was wissen Sie darüber?»

«Ich weiß nichts», sagte er lächelnd. «Ich habe ein schlechtes Gedächtnis.»

«Ach so. Aber gegen ein schlechtes Gedächtnis kann man ja etwas tun. Nicht wahr, Hedwig, du als Medizinerin weißt das am besten.»

«Natürlich. Bei manchem genügt schon der bloße Anblick der Medizin.»

«Das ist zu wenig», sagte Khan. Er besaß traumhafte Grübchen.

Weil ich mein Geld stets lose in der Hosentasche trug, dauerte es einige Zeit, bis ich die Medizin verabreichen konnte. Nach der ersten Dosis trat bei seinem Gedächtnis eine spontane Verbesserung ein.

«Ja, ja, da! Da! Ich sehe etwas», sagte er und legte eine Hand vor die Stirn. «Es ist schwach, zu schwach. Mehr Medizin, mehr.»

Ich gab sie ihm und sagte: «Hoffentlich hilft das. Sonst müssen wir für heute abbrechen.»

«Und eine stationäre Behandlung ins Auge fassen», sagte Hedwig lächelnd. Die Frau war wie geschnitzt, um die Geliebte eines Journalisten zu sein. Aber die zweite Dosis reichte aus. Dschingis-Khan wußte, wann seine Ärzte die Nase voll hatten.

«Ich bin ja oft an der Bahn», sagte er. «Und die Universitätsleute sind auch oft draußen gewesen in diesem Winter. Im letzten Winter waren sie kein Mal draußen. Sie haben nur zwei Schlitten, aber viele Kufen. Einen regelrechten Musterkoffer, wie für Geigen. Oder Maschinenpistolen.»

«Weiter, Mann, weiter. Ich friere langsam fest.»

«Sie probieren die Kufen aus. Erst der eine Satz, dann der andere Satz, ständig sind sie am Ummontieren: rauf, runter, rauf, runter. Aber eins ist immer gleich: Wenn sie Feierabend machen, kommen die Kufen runter.»

«Das heißt, wenn der Schlitten in die Garage kommt...»

«Keine Kufen», sagte Dschingis Khan. «Der Schlitten wird sowieso in der Regel aufgebockt. Haben Sie das noch nie gesehen?»

«An Ihrer Stelle würde ich davon Abstand nehmen, mir jetzt zu erzählen, daß ich vom Bobfahren keine Ahnung habe.»

«Haben Sie schon mal in einem dringesessen?» fragte er. «Das ist ein geiles Gefühl. Danach bist du nicht mehr derselbe wie vorher...»

In diesem Moment hörte ich links von mir Geschrei. Ich konnte die Gerade überschauen, sah, wie Menschen auf der Bahn waren, und einer von ihnen schlug um sich. Er hatte etwas vor seiner Brust, ein Schild, wie die Ritter. Dann lief die Person einige Schritte, warf sich nach vorn aufs Eis, und das Schild war ein Schlitten. In wenigen Sekunden war er bei uns, fuhr vorbei, steuerte hoch die nächste Kurve an, bekam schneidige Fahrt und war aus dem Blickfeld verschwunden.

«Das ist Quax», sagte Khan lachend. «Er wird es nie lassen.» So hatte ich endlich das Original der Altenberger Bahn kennengelernt, Quax, den Bruchpiloten, bürgerlicher Name unbekannt, ein Frührentner und Schwerversehrter, der im jugendlichen Alter einen mörderischen Autounfall überlebt hatte und seitdem in jedem Jahr die Eisrinne unsicher machte. Quax tauchte stets überfallartig auf, warf sich mit seinem Uraltschlitten in die Bahn und erreichte unter dem Beifall der Zaungäste das Ziel, wo man ihn stets streng ermahnte. Aber die alten Hirnverletzungen hatten Quax gegen Verbote und Ratschläge immun gemacht. Er konnte es nicht lassen und würde es immer wieder machen – bis zu seiner letzten Fahrt.

«Sonst noch was?» fragte Khan gierig.

Hedwig reichte ihm eine weitere Medizin. «Das ist eine komplizierte Pille», sagte sie. «Sie sorgt dafür, daß das Gedächtnis kaputt ist wie ein Sieb, wenn Angestellte anderer Zeitungen ähnliche Fragen stellen sollten. Haben wir uns verstanden?»

Khan steckte die Medizin ein und sagte: «Einer schönen Frau könnte ich nie einen Wunsch abschlagen.»

«Außer dem, einer regelmäßigen Arbeit nachzugehen», murmelte ich dem Abziehenden hinterher und erblickte den Mann, der mir während des Gesprächs mit Khan mehrmals aufgefallen war. Er trug nichts Sportliches am Leib, sondern einen biederen Wintermantel und einen biederen Hut. Am linken Arm hatte er eine Trauerbinde.

Hedwig drängelte dann Richtung Loipe, aber der Langlauf fand bei mir im Kopf statt. Warum klauten die Diebe einen Schlitten ohne Kufen, wenn die Kufen das Wichtige sind? Entweder waren sie dumm wie Bohnenstroh, daran glaubte ich nicht nach den Ereignissen der letzten Tage. Oder es gab noch etwas Kostbares an dem Bob, und das saß oberhalb der Kufen. Aber hätten sie ihn dann in dem mangelhaft gesicherten Schuppen abgestellt? Allerdings wäre das eine abgefeimt-geniale, wenn auch mutige Form der Tarnung. Oder die Kufen waren in dieser Nacht nach dem vielen Trubel ausnahmsweise doch drangeblieben. Oder es war alles ganz anders. Nicht der Experimentierbob der TU Dresden wurde gestohlen, sondern der Bob, mit dem Anke Everding verunglückt war. Warum? Um die wahre Ursache des Unglücks zu vertuschen? Aber mit dem Bob war doch vorher gefahren worden. Von wem eigentlich? War es der Testpilot der TU? Fragen über Fragen, von denen ich keine einzige beantworten konnte, weil mich mein Weib in die Loipe zwang.

11 Der Krieg der Rotznasen

Auf meinem Parkplatz stand ein Streifenwagen. Bis in den dritten Stock hatte ich Gelegenheit, mir zu überlegen, ob das, was ich in Altenberg veranstaltet hatte, möglicherweise doch unter «üble Nachrede» fiel.

Auf den Fluren herrschte nicht nur der übliche Montagmorgenmuff. Es war, als würden alle auf Zehenspitzen laufen.

«Beim Chef ist Polizei», sagte Christine. «Sie haben seine Tochter eingebuchtet. Die ist nachts doch immer mit der Bande rumgezogen. Jeder Waggon war ihrer. Aber jetzt schlägt die Polizei zurück. Sondereinsatzgruppe, mobiles Einsatzkommando. Letzte Nacht haben sie den Bahnhof abgeriegelt, acht Festnahmen. Das wird teuer. Die Bahn fordert tierischen Schadener... was winkst du denn immer so?»

«Das ist eine Wortmeldung, vielen Dank. Was soll der Quatsch mit der Tochter vom Chef? Die ist neun oder zehn.»

«Die andere natürlich.»

«Hat er denn zwei?»

«Wußtest du das nicht? Das weiß doch hier jeder, daß Eß eine Tochter aus erster Ehe hat.»

Möglicherweise war das mein *missing link*, das Stückchen, das mir zum großen Reporter fehlte: Ich war nicht neugierig auf die Brut von Bekannten, nicht einmal von Vorgesetzten. Natürlich begann ich sofort zu rechnen. Laut Christine hieß die Tochter Josephine und war süße achtzehn Jahre jung. Dr. Eß war Mitte Vierzig, vielleicht Anfang Vierzig. Er war also doch nicht der strategische Erzeuger, der erst die Hosen fallen läßt, wenn ihm die Frau fürs Leben untergekommen ist. Ich fand ihn gleich ein Gran sympathischer.

Trotz der weltbewegenden Ereignisse im Chefbüro bat ich zur Konferenz. Kathrin war übers Wochenende noch magerer geworden. «Normal ist das nicht», sagte ich, aber sie wurde gleich wieder so pampig, daß ich das Thema wechselte.

Pulitzer trug ein Halstuch und weigerte sich hartnäckig, es abzunehmen.

«In deinem Alter ein Knutschfleck», sagte Zapf vorwurfsvoll. «Mensch, du hast ja nicht mal deine Freundinnen unter Kontrolle, ganz zu schweigen von deinem Stil.»

«Es könnte ja auch eine Drüsengeschichte sein», erwiderte Pulitzer pampig.

«Aids? Du und Aids? Das würde mir den Glauben an die Gerechtigkeit auf Erden wiedergeben.»

Ich zelebrierte die hohe Schule von Menschenführung. Die Beilage für die Bob-EM lahmte noch. Ich hatte in weiser Voraussicht die meisten Aufträge rausgegeben, schließlich wohnten um uns herum einige der erfolgreichsten Bobfahrer aller Zeiten. Die Liste der freien Mitarbeiter las sich wie die Top Five der ewigen Bob-Bestenliste. Leider hatte ich Pulitzer für ein Interview mit einem der Cracks eingeteilt. Und so lasen wir dann Passagen wie:

«Frage: Hatten Sie nie Angst, daß Ihnen ein Bob entgegenkommen könnte?

Antwort: Wieso denn? Ich bin immer scharf rechts gefahren.»

Wir blickten Pulitzer so lange an, bis er sich unwohl zu winden begann.

«Man sollte seine Kontoauszüge überprüfen», sagte Besendahl. «Er muß einfach auf der Gehaltsliste vom *Elb-Boten* stehen.»

«Vielleicht läßt er sich in Naturalien bezahlen», sagte Zapf.

«In Abdeckcreme», sagte Kathrin.

Ein Jahr in der Fremdenlegion wäre für Pulitzers Selbstbewußtsein hilfreicher gewesen als die Ausbildung in dieser Redaktion.

Ich kündigte dann an, daß ich das Editorial, das seit zehn Tagen vorlag, neu schreiben würde.

«Hat das was mit dem Unfall zu tun?» fragte Besendahl.

Da ich dem alten Fuchs sowieso nichts vormachen konnte, zog ich meine täglichen fünf Minuten Ehrlichkeit vor und berichtete den Kollegen von meinem Zusammenstoß mit Stützner vom Organisationskomitee. Das Ergebnis fiel wunschgemäß aus.

«Ja, ist denn der vom Affen gebissen?» regte sich Zapf auf. «Hast du ihn einen Blick auf den Kalender werfen lassen?»

«Er kam mir gar nicht besonders DDR-mäßig vor. Die in Altenberg haben Angst um ihren guten Ruf.»

«Das ist doch kein Grund, um einen Journalisten zu boykottieren. Zumal bei dieser windelweichen Beweislage. Oder sind die Ohrenzeugen der Gegenseite in der Mehrzahl? Na bitte, die machen wir ein. Die werden sich wünschen, nie geboren worden zu sein. Ich rufe gleich die anderen Zeitungen an.»

Zapf stand bereits, als Besendahl sagte: «Also hat noch keiner von euch Presseschau gemacht.»

In den nächsten Sekunden hörte man nur Geraschel. Die *Depesche* war wieder von einer Behäbigkeit, daß einem die Füße einschliefen. Der *Elb-Bote* ging die Sache anders an:

«Vitamine, Mineralstoffe und Spurenelemente sind die Grundsteine unserer Nahrungsmittel. Im Journalismus ist es nicht anders. Gründliche Recherche, verantwortungsbewußte Berichterstattung und Verzicht auf billige Sensationsmache sind das A und O unseres Berufsstandes. Leser, die 40 Jahre von SED-Propaganda gequält wurden, besitzen ein feines Gespür für Redlichkeit und Effekthascherei. Was mag sich also ein Mitglied der schreibenden Zunft dabei gedacht haben, als es den tragischen Unfall einer begabten Bob-Nachwuchsfahrerin zu einer Räuberpistole umdichtete? Die in der ganzen Welt gerühmte Altenberger Bahn soll ein Sicherheitsrisiko sein? Die europäische Bobfahrer-Elite wird dem phantasiebegabten Kollegen in den nächsten Tagen die gebührende Antwort erteilen.»

Plötzlich Auftrieb im Flur.

«Die Büttel ziehen ab», rief Hornung zu uns herein.

Da unsere Konferenz sich wegen Neugier auflöste, machte es wenig Sinn, wenn ich als einziger sitzen geblieben wäre.

Dr. Eß war gerührt. «Danke, danke, liebe Kollegen», sagte er, «ich weiß es zu schätzen, daß Sie in dieser schweren Stunde...» und so weiter. Der Mann hätte selbst aus einem Krankheitsbulletin einen Text gefertigt, der von der Weihnachtsansprache des Bundeskanzlers nicht zu unterscheiden gewesen wäre. «Ihre Tochter ist hoffentlich wieder zu Hause», sagte Hornung. Die Polizei hatte das Kind am frühen Morgen ins Haus von Eß gebracht. Überraschung auf allen Gesichtern, denn die Tochter hatte sich – wie alle außer mir zu wissen schienen – in der Pubertät vom Vater losgesagt.

«Es ist ein Elend», sagte mein Chefredakteur. «Sie ist ja so rebellisch. Von mir hat sie das nicht.» Hornung trat mir auf den Fuß. «Das liegt alles nur an dem Krieg.»

«An welchem Krieg?» Alle blickten mich an.

«Josephine gehört doch zu den *Rotznasen*», erklärte Dr. Eß. «Die bekämpfen sich mit den *Plastikwannen*. Ich habe mir bestätigen lassen, daß die Namen korrekt sind, auch wenn man es nicht für möglich hält.»

Sprayer-Banden zogen nachts durch Dresden und die Vororte, um auf jeder Fläche von mehr als zwei Quadratmetern ihre Symbole, Tags und Pieces zu hinterlassen. Da war hier nicht anders als in jeder anderen Stadt, ich hatte oft das Talent der Sprayer bewundert. Nicht alle waren gleich gut, aber einige hielt ich für Künstler. Für meinen Geschmack war ihr Wirken im Stadtbild eine Gnade.

Aber bei uns in Dresden hatte vor zwei Monaten zusätzlich ein Krieg begonnen. Die *Rotznasen* mußten mehrere Male feststellen, daß alle von ihnen ins Auge gefaßten Flächen von Unbekannten bereits in Beschlag genommen worden waren. Nach einer Woche hatten sich die Neuen geoutet: *Plastikwannen* hieß die neue Gang, sie bestand aus verhinderten Künstlern und solchen, die bisher solo gearbeitet hatten. Die *Plastikwannen* erklärten sich kurzerhand zur neuen Nummer eins unter Dresdens Graffiti-Banden. Die *Rotznasen* nahmen die Herausforderung an, seitdem tobte der Krieg der Banden. Offenbar waren beide Gruppen in einen wahren Schaffensrausch verfallen und hatten – listig und schnell, wie sie waren – die bisher passive Bahn dermaßen gereizt, daß es seit 14 Tagen eine Sonderkommission der Bahnpolizei gab. Denn Zugwaggons waren für die Sprayer begehrte Objekte. In einer Nacht einen kompletten Zug – das war das Höchste.

«Sie kennen sich ja richtig aus», sagte ich anerkennend zu Dr. Eß.

«Da sehen Sie, daß einen Kinder jung halten.»

Sein Gesicht signalisierte, daß er darauf verzichten konnte.

«Und was wollten die Polizeibeamten hier, wenn man fragen darf?»

«Sie haben mich davon in Kenntnis gesetzt, daß nun auch die Polizei ihre bisherige Zurückhaltung bei der Verfolgung der Sprayer aufgibt. Sie haben mich dringend aufgefordert, meiner Tochter ins Gewissen zu reden. Offenbar versprechen sie sich einiges von Josephines Einfluß. Sie ist nämlich das einzige Mädchen in der Gang.»

«Sind die beiden Gangs nur in Dresden aktiv, oder beglücken die auch ehemalige Weingüter?»

Das Gesicht meines Chefs wurde noch alarmierter.

«Ach, lassen Sie mal», sagte ich lässig. «Ich habe ja Ihre Adresse. Ich schicke Ihnen die Rechnung. Sie zahlen die Malerfirma, und wir reden nicht mehr drüber.»

Ich ließ Dr. Eß, der plötzlich unter Atemnot zu leiden schien, im Flur stehen und setzte die Konferenz fort.

Kathrin und Pulitzer verdonnerte ich zu Schwarzbrot: der Arbeit, die niemand liebte, die aber getan werden mußte. Besendahl gewann eine Tagesreise nach Altenberg. «Und denk dran», sagte ich zum Abschied, «keine scharfsinnigen Formulierungen und null Polemik, dann verwechseln sie dich nicht mit mir.»

«Wenn sie mein Auto sehen, tun sie das sowieso nicht.»

Da war es wieder, das liebgewordene Underdog-Gefühl, das dieser Mann für sein Wohlbefinden brauchte wie der Darm die Ballaststoffe. Er hätte sich problemlos ein neues Auto leisten können, einen neuen Gebrauchten auf jeden Fall. Aber er fraß die Kilometer in seinem Uralt-Lada mit der Demut des Büßers.

Zum Schluß nahm ich Zapf zur Seite. Er hatte gerade mit seinem Gewährsmann in den USA telefoniert. Zapf sprach das beste Englisch von uns allen, schade, daß er es so selten anwenden konnte.

«Ich habe noch nichts Endgültiges», sagte er. «Außerdem kriege ich nachher einiges durchgefaxt.»

«Ich küsse den Boden, den deine Halbschuhe betreten. Rede endlich.»

«Die Bobfahrer sind große Geheimniskrämer, was ihre Maschinen angeht. Ist viel Astrologie im Spiel, wenn du meine bescheidene Meinung hören willst. Aber bei den Kufen drehen sie alle durch. Plötzlich setzt jemand ein Gerücht in die Welt: Der und der hat sensationelle Kufen, und dann geht der Run los. Dann wollen alle diese Kufen haben, und sie sind bereit, jede Summe zu zahlen.»

«Das hat dir dein amerikanischer Freund über die Verhältnisse in den USA erzählt.»

«Und in Kanada. Wenn von Kufen die Rede ist, geht es ja auch immer um Rodeln, Rennrodeln.»

«Worin wer Weltspitze ist? Na? Na? Na?»

Möglich, daß wir etwas peinlich-nationalistische Urlaute ausstießen, denn die prompt in diesem Moment an uns vorüberschwebende Kulturredakteurin versuchte auf dem zwei Meter breiten Flur fünf Meter Abstand zu uns zu halten.

«Wie groß ist der Markt? Was sagt dein Freund?»

«Er sagt, daß der Bobsport drüben eine Frage der Ehre für High-Tech-Firmen ist. Einerseits geht es um einen einfachen, alten Sport. Andererseits kannst du den mit modernen Materialien aufmöbeln. Diesen Kontrast empfinden die Firmen wohl als Herausforderung. Die stecken viel Arbeit rein. Und Geld. Das ist für die eine Imagefrage. Denen geht es nicht darum, über den Verkauf der Kufen alle investierten Dollars wieder hereinzuholen.»

«Und nun die Preisfrage: Wie hoch schätzt dein Freund die kriminelle Potenz auf der Szene ein?»

«Sehr hoch – natürlich kein Mord. Aber auf der Ebene Ausspionieren läuft einiges. Er hat mir von Schlägereien unter Bobpiloten erzählt.»

«Lustig. Kann ich eine Liste kriegen, wer in den USA zur Zeit an was forscht?»

«Mein Freund zapft seine Kumpel an.»

«Er soll sich auch erkundigen, ob es Kontakte nach Europa gibt. Wer weiß drüben, daß die in Dresden neue Kufen entwickeln?» Dann fiel mir noch etwas ein: «Kannst du deine Freundin von der Polizei fragen, ob der gestohlene Bob Kufen hatte?»

«Ich gebe dir ihre Durchwahl, und du fragst sie selbst, okay?»

Zwei Minuten später: «Was geht Sie das an?»

«Wenn es die Kufen an Zapfs Beinen wären, würde es nur Sie etwas angehen. Aber bei einem Sportgerät...»

«Zapf ist auch ein Sportgerät», sagte sie und ließ mich ihres Raucherhustens teilhaftig werden. Hinterher hatte ich das Gefühl, als wäre mein Ohr voller Teer.

«Natürlich hatte der Bob Kufen. Deshalb ist der Verlust ja so schwerwiegend.»

«Und wer hat Ihnen das gesagt? Professor Löffler?»

«Wenn Sie das Wort ‹Professor› aussprechen, spürt man, wie neidisch Sie auf den Mann sind.»

«Ich bin nur auf einen Mann neidisch: auf Zapf.»

«Oh», sagte sie und schwieg.

Kommissarinnen waren zwar in der Lage, während der laufenden Obduktion zu frühstücken, aber wenn man ihnen charmant um den Damenbart strich, schmolzen sie dahin.

Ich schrieb eine Petitesse über Kiebitze an der Bobbahn und wechselte in Hornungs Büro. Ich hatte das Gefühl, als würde er einige Papiere verstecken, während ich zu seinem Arbeitsplatz hinüberschlenderte.

«Na, alles in Ordnung soweit? Gattin gesund, der eheliche Säugling macht Freude? Und nach Feierabend gut bei Kräften? Und der nebenberufliche Sprößling kommt gut voran?»

«Er tritt.»

«Was tut der?»

«Er tritt. Guck nicht so entsetzt. Das tun alle Kinder.»

«Aber wieso?»

Hornung setzte auch tatsächlich an, mich in die Schußtechnik von Embryonen einzuführen, aber dann brach er ab und sagte ärgerlich: «Ach, Scheiße. Du willst doch nur hören, was es über den Unfall Neues gibt.»

«Wenn es dich erleichtert, mir davon zu erzählen...»

«Es war ein lupenreiner Unfall. Sie hat sich versteuert, dafür gibt es sogar Augenzeugen. Die Beherrschung über den Bob verloren. Einen Sturz mit einem Bob kann man durchaus überleben.»

«Aber sie hatte ja nun leider keinen Sturzhelm auf.»

«In der Tat. Ein unverzeihlicher Leichtsinn. Manche Fehler begeht man im Leben nur einmal.»

«Welche Versicherung ist in so einem Fall eigentlich zuständig?»

«Das weiß ich doch nicht.»

«Und wie findest du es, daß ich in Altenberg Hausverbot habe?»

«Das ist ein starkes Stück.»

«Und sonst?»

«Wie ‹und sonst›?»

«Bißchen Solidarität vielleicht? Streik? Oder eine Resolution? Laß mal. War nur so ein Gedanke.»

12 Der Mann an Brett zwei

Professor Löffler kam am Montag seinen Verpflichtungen zur Lehre nach. Im Anschluß an die Seminare empfing er Studenten und Doktoranden, ein Ende dieses für beide Seiten überaus fruchtbaren Austauschs war nicht abzusehen. In Löfflers Sekretariat hielt Fräulein Oberwichtig die Stellung.

Weil gute Menschen bisweilen Glück haben, wunderte ich mich nicht, als ich die wie ein Mann aussehende Frau entdeckte, die so hingebungsvoll Kufen zu feilen verstand. Ich fragte sie, ob ich ihr beim Feilen zusehen dürfe, aber sie war nicht auf dem Weg ins Allerheiligste. Ihr Ziel verriet sie mir aber nicht. Nicht einmal einen Kaffee wollte sie annehmen, ich mußte ziemlich unhöflich werden, bevor sie mich zum nächsten Automaten führte. Das Innere der Universität war ein Horror an Funktionalität und Seelenleere. Alles schrie nach einem Rudel hochmotivierter Graffiti-Künstler. Ich mußte nur an die Sprayer denken, um sofort aggressiv zu werden. Was sie meiner Mauer angetan hatten, war Sachbeschädigung. Ich hatte mich vorhin in der Redaktion nur deshalb nicht zu Schmähungen hinreißen lassen, weil ich wußte, wie schnell ein liberales Image zerstört ist.

Dann saßen wir in etwas, das die Feilerin Caféteria nannte. Ich stellte mich noch einmal vor, sie war Katja, Katja und sonst nichts.

«Was mich am meisten interessiert: Wer ist eigentlich an den Ergebnissen Ihrer Arbeit interessiert?»

«Na, alle Bobfahrer natürlich.»

«Natürlich. Aber das sind ja nicht so viele. Ist der Markt nicht etwas klein, um dafür Forschungsgelder einzusetzen?»

Plötzlich hatte sie einen Familiennamen: Hase, denn sie wußte von nichts, sprach statt dessen über den «Ehrgeiz, der Beste sein zu wollen».

«Haben Sie schon mal davon gehört, daß Leute von außen sich für Ihre Arbeit interessieren?» Sie hatte nicht. «Und die Geldgeber von Siemens und Daimler-Benz, haben Sie die mal gesehen?» Sie hatte nicht. «Und die Professoren, der Herr Löffler und Herr Pimmelmann...»

«Tillermann.»

«Pardon. Wie verstehen die sich eigentlich?»

Sie wurde verlegen und sagte: «Gut.»

«Also nicht so gut.»

«Sie müssen sich ja nicht lieben.»

«Zumal Professor Löffler liebesmäßig in dieser Richtung gut versorgt ist.»

Ja, Katja, solche wie mich lernte man nicht beim friedlichen und für meinen Geschmack etwas stumpfsinnigen Feilen kennen, sondern nur im feindlichen Leben.

«Ich weiß gar nichts», log sie.

«Haben Sie denn schon oft Besuch von Bobfahrern bekommen? Die sind bestimmt ganz heiß auf Sie. Ich meine auf Ihre Forschungen.»

«O ja. Nein, eigentlich nicht.»

«Und aus dem Ausland? Kommen da manchmal Kollegen vorbei? Leute, die auch an der Verbesserung von Bobs arbeiten?»

Sie bedauerte lebhaft, heute morgen das Bett verlassen zu haben, trank mit hektischen Schlucken den Kaffee aus, um endlich einen Grund zu haben, diesen unangenehmen Ort zu verlassen. Aber sie hatte nicht damit gerechnet, daß ich ebenfalls aufstand und ihr nicht von der Seite wich. Es kam nicht mehr oft vor, daß ich auf Frauen traf, die so leicht in die Defensive zu bringen waren.

«Was treibt Professor Tippelmann in Calgary?»

«Ach ... ist er denn in Calgary?»

«Und wer fährt eigentlich Ihren Bob?»

«Meinen Bob? Ich habe doch gar keinen ...»

«Katja, finden Sie nicht auch, daß wir beiden Hübschen uns ein ganz klein wenig unter Niveau unterhalten?»

Sie ging auf den Topf, um über meine Frage nachzudenken. Ich hielt auf dem Gang Wache. Die heutigen Studenten sahen alle aus wie Kinder. Hoffentlich waren sie immer schön fleißig, damit sie in einigen Jahren meine Rente verdienen konnten. Bei der jungen Amazone, die mit Handy in der Hand die Toilettenräume verließ, hatte ich überhaupt keine Bedenken.

«Sie dürfen mich aber nicht zitieren», sagte Katja hinter mir.

«Einverstanden. Obwohl es natürlich jammerschade ist, diese fundierten Informationen dem Leser vorzuenthalten.»

Ein junger Mann im Anzug kam des Weges und sprang auf Katja zu:

«Ist er heute gekommen?»

«Nein. Er muß krank geworden sein.»

«Aber zu Hause meldet sich keiner.»

Katja zögerte und sagte dann: «Sag es keinem. Nachher glaubt noch einer, er schwänzt.»

«Wir sind gestern gegen Pirna eingegangen. Wenn dir der Mann vom zweiten Brett ausfällt, hast du keine Chance. Sag Paul, daß wir ihm das alle übelnehmen.»

«Werde ich machen – wenn ich ihn sehe. Ciao.»

Ich blickte Katja hinterher, blickte dem jungen Mann hinterher und vertraute den Ausschüttungen dieses speziellen Organs, das nur im Körper von Journalisten und anderen auf ihren Instinkt angewiesenen Menschen vorkommt.

«Auf ein Wort!»

Er sah mich freundlich an, dabei war ich doch schon über dreißig. Wirklich eine bemerkenswerte Studentengeneration. Ich nahm mir vor, künftig alle fünf Jahre eine Hochschule zu betreten, um die Veränderungen frühzeitig mitzubekommen.

«Ging das eben um Schach?» Er nickte erfreut. «Gegen Pirna, sagten Sie? Stadtliga? Und selber? Dresden-Neustadt oder Freital?»

«Neustadt», sagte er, angenehm überrascht. «Sie sind auch Vereinsspieler?»

«Seit zehn Jahren nur noch im Café. Davor in Hamburg und München.»

«Donnerwetter. Erste Bundesliga?» Ich blickte bescheiden zu Boden. «Oha, Respekt. Dagegen bin ich natürlich nur ein kleines Licht.»

«Jeder Großmeister hat klein angefangen. Das ist wie bei den Zwergen.» Er konnte mir humormäßig folgen. Aber jetzt begann der Kürlauf. «Was höre ich da eben von Katja? Spurlos verschwunden?»

Eifriges Kopfnicken. «Das ist sonst nicht Pauls Art. Der macht auch nicht blau, wie Katja sagt. Das muß was Ernstes sein.»

«Vielleicht Liebe.»

Sein Gesichtsausdruck stürzte in den Keller. «Er nimmt sich garantiert die Sache mit der Kleinen zu Herzen.»

«Hat sie ihn verlassen?»

«So kann man's natürlich auch sagen.» Er deutete zur Decke und sagte: «Dahin hat sie ihn verlassen.» Dann deutete er auf den Fußboden. «Oder dorthin. Wohin kommen Bobfahrer?»

Ich war kurz davor, den Jungen zu umarmen. «Gute Bobfahrer kommen in die Hölle. Sie fahren ja schon auf der Erde immer talwärts. Was wirft sich Paul denn vor?»

«Na, ist doch klar. Wird Ihnen Katja doch erzählt haben.»

«Das liegt daran, daß Paul Jungfrau ist. Die nehmen sich alles so zu Herzen. Wenn er Widder wäre . . . oder er ist durch seinen komischen Namen so empfindlich geworden.»

«Spiegel finden Sie komisch? Also ich weiß nicht. Fick wäre eine Belastung. Oder Schweißfuß. Aber Spiegel?»

«Wann haben Sie ihn denn zum letztenmal gesehen?»

«Also vermißt haben wir ihn erst gestern, zum Spiel. Paul ist wirklich ein Guter. Mit den Eröffnungen hat er es nicht so. Aber im Endspiel zerbröselt er die meisten Gegner. Ich habe nur gehört, daß er auch schon am Freitag nicht zum Dienst erschienen ist. Also zum Projekt.»

«Dem Kufen-Projekt.»

«Ja, klar.»

«Was wirft er sich denn genau vor? Katja ist manchmal etwas...» Weil es einem guten Zweck diente, riskierte ich eine despektierliche Handbewegung und hörte zu, als mein Gegenüber sagte:

«Paul hätte doch gerne mit der Fahrerin, der Anke.»

«Was hätte er gerne? Ach das, logisch.»

«Erst der Zielschuß, dann der Kuß. Und weil er die Fahrer eingeteilt hat, hat er sie eben gefragt. Hätte ich auch gemacht, ganz klar. Sie doch auch. Hauptsache, ins Gespräch kommen. Na ja...»

«Verstehe. Dann ist sie verunglückt, und jetzt gibt sich Paul die Schuld. Aber ich muß jetzt dringend los. Hat mich sehr gefreut. Paul wohnt doch sicherlich noch immer in Dresden?»

«Nee, wieso? Hat er jemals in Dresden...? Radebeul.»

Ich startete, und er rief mir hinterher: «Wenn Sie wieder Lust auf Schach kriegen, bei uns sitzen Sie gleich am dritten Brett.»

«Hier ist der Meister. Hör zu, mein Sohn, du hast eine kleine Extraaufgabe verdient. Dein Mann heißt Spiegel, Paul Spiegel. Wohnhaft in Radebeul. Ich brauche Adresse, Telefonnummer und jetzigen Aufenthalt.»

«Soll ich da etwa hinfahren?» fragte Pulitzer lustlos.

«Du solltest die radikalsten Lösungen nicht ausschließen. Wenn du die Sache in sagen wir einer Stunde im Sack hast, soll es dein Schade nicht sein.»

Seitdem ich Pulitzer kannte, wußte ich, daß man vermehrten Speichelfluß durchs Telefon hören kann.

Sie sah mich an und sagte: «Sie sind von der Presse.»

Ich blickte mich um, aber hinter mir stand niemand. Dann schüttelten wir uns die Hände, sie beobachtete, wie ich auf ihren Griff reagierte. Aber Keglerhände überstehen sogar Seeleute und Gewichtheber. Constanze Vilakazi. Sie berichtete freiwillig von ihrer ersten Ehe mit einem Mann aus Zaire. Ich stellte mir automatisch die niedlichen Kinder vor, entdeckte im Hintergrund den unwirtlichen Bobbauer vom Wochenende und begann mich zu fragen, ob es eine moderne Religionsgemeinschaft gab, die das Mitführen von Bierflaschen vorschrieb.

Die Geschäftsführerin bat mich in ihr Büro, schloß die Tür und sagte: «Sie kommen aber nicht wegen der Sonderbeilage. Deswegen war Ihr Herr Besendahl schon da.»

Hätte ich mir diese Lügenvariante vorgenommen, wäre ich jetzt in Verlegenheit geraten.

«Keine Beilage. Ich habe per Zufall mitbekommen, wie sehr es die Bobfahrer, die zur EM anreisen, sofort zu Ihnen zieht. Das ist ja ein richtiger Wallfahrtsort.»

Ein Angestellter schaute herein, nannte die Geschäftsführerin «Connie» und erörterte in Kürzelsprache ein Lieferproblem. Ich hatte Zeit, sie zu betrachten. Die Frau hätte Probleme bekommen, zu einem Managerseminar durch die Vordertür eingelassen zu werden. Äußerlich war alles an ihr Biederkeit. Das Ausmaß, mit dem sie die letzten zwanzig Trends in der Managermode ignorierte, war atemberaubend. Die Frau wirkte durch und durch privat. Wer der Welt so gegenübertrat, mußte über eine bombige seelische Konstitution verfügen.

Als wir wieder allein waren, sagte sie: «Meine Spione berichten, daß Sie in Altenberg Ärger bekommen haben. Stimmt es, daß Sie die Sicherheit der Bahn angezweifelt haben? Das wäre nämlich sehr dumm.»

«Ich versichere Ihnen, daß ich für diese Meisterschaften eigenhändig Schnee schippen würde. Sport ist nämlich die größte Leidenschaft meines Lebens. Sagen wir die zweitgrößte, ich habe leider kein Foto der größten bei mir. Ich weiß, was so ein Ereignis für die Region bedeutet. Ich bin fest davon überzeugt, daß der Tod der Bobfahrerin ein Unglücksfall war. Aber auch Unglücksfälle haben ihre Hintergründe. Und deshalb stelle ich nur eine Frage. Wie groß ist Ihre Angst, daß die Forscher an der Technischen Universität die Superkufen entwickeln könnten?»

«Wieso Angst? Die neuen Kufen müssen doch an Bobs angebracht werden. Die stellen wir her.»

«Frau Vilakazi, wenn ich unter allen Teilnehmern der Europameisterschaft eine Umfrage durchführen würde, welche Bobs sie für die besten der Welt halten, wie viele Stimmen würde Ihre Firma bekommen?»

«99 Prozent darf ich ja nicht sagen, weil das so an die DDR erinnert. Also sage ich 70 Prozent. Das habe ich schriftlich. Zwei Drittel der besten Piloten fahren unsere Bobs.»

«Wer sind Ihre Konkurrenten?»

«Podar und Siorpaes aus Italien, Weder aus der Schweiz.»

«Wie sind die? Besser, schlechter, gleich gut?»

«Ehrliche Antwort oder eine zum Zitieren?»

«Erst die eine, dann die andere.»

«Die Wahrheit ist, die anderen sind gleich gut mit der Tendenz, etwas schlechter zu sein. Wenn es um die Ausgewogenheit der einzelnen Komponenten geht – Gehäuse, Kufen, Aufhängung –, dann kommt keiner an uns vorbei. Sie dürfen aber die Eigenbauten nicht vergessen. Die meisten Tüftler benutzen Teile von uns. Nicht alle, aber die meisten.»

«Ich höre immer wieder, daß die Bobpiloten Bastler vor dem Herrn sind.»

«Sie würden nicht einmal Gott in ihre Werkstatt lassen. Also, wir arbeiten schon nicht bei weit geöffneten Türen, aber gegen die anderen Geheimniskrämer arbeiten wir quasi auf dem Marktplatz.»

«Kommt da was bei heraus, bei den Bastlern?»

«Ich würde gerne nein sagen, aber ich muß ja sagen. Christoph Langen ist so ein Maniac, und er hat in einem Winter alles gewonnen, was es im Bobsport zu gewinnen gibt. Man muß aber ehrlich sagen, daß wir darauf angewiesen sind, mehr als einen oder zwei Bobs an den Weltbesten zu verkaufen. So gesehen betrachten wir das Ganze als Herausforderung.»

«Ich habe mir mal die Ergebnisse der letzten großen Rennen angeguckt: Europameisterschaft, Weltmeisterschaft, Olympische Spiele. Da geht es jedesmal über vier Läufe, jeder Lauf dauert rund 55 Sekunden, und am Ende trennen die besten Fahrer lumpige Zehntel, manchmal nur ein paar Hundertstel. Bei den Rodlern sieht es genauso aus.»

«Ich weiß schon, worauf Sie hinauswollen. Wozu der ganze Aufwand für so ein bißchen Wirkung? Dazu kann ich nur sagen: Eine Hundertstelsekunde Vorsprung reicht, um zu gewinnen. Und wer wirklich gut ist, gewinnt häufiger als die anderen. Der Bobsport läßt Mensch und Maschine miteinander verschmelzen. Es kann nur gutgehen, wenn beide Teile in Bestform sind. Wenn Sie eine Siegerliste nach Fabrikaten aufstellen, würden Sie sehen, daß wir vorne liegen. Nicht in jedem Rennen, aber in den meisten. Unsere Basis ist ein extrem hohes Niveau.»

«Wenn man an der Spitze ist, kann es eigentlich nur abwärts gehen.»

«An dem Punkt kommt unser Ehrgeiz ins Spiel. Meine Mannschaft ist ein Team von Verrückten. Sie sind verbissen, intolerant, ehrgeizig bis zum Magengeschwür. Mein Job ist es, die Bobs zu verkaufen und zwischendurch mit dem Feuerlöscher durch die Werkstätten zu gehen. Die Jungs da draußen, die brennen. Ein Superteam. Sie würden ungefähr ein Jahr brauchen, bevor der letzte mit Ihnen redet – und das auch nur, wenn Sie bis dahin alle Prüfungen bestanden haben.»

«Ich verstehe, was Sie sagen wollen: Sie lieben jeden einzelnen von den Verrückten.»

Ihr Lächeln wärmte mich auf.

«Nun zur Abteilung pikante Fragen.»

«Natürlich sind auch unsere Bobs käuflich. Der Zweier kostet 30000 Mark, der Viererbob 40000 Mark. Darin sind die Kufen nicht enthalten, ein Satz kostet 10000 Mark.»

«Sehr nett, danke, aber das wollte ich gar nicht wissen. Ich will wissen, wie oft Sie schon ausspioniert wurden.»

«Das ist ein weites Feld. Vielleicht hat es jemand so perfekt angestellt, daß wir es gar nicht gemerkt haben. Es hat Versuche gegeben, aber ich halte das für Unsinn. Es reicht doch, einen Bob zu kaufen und ihn dann auseinanderzunehmen.»

«Aber bis dahin hat mein Konkurrent die Weltmeisterschaft gewonnen.»

Sie lächelte so breit wie nie und sagte: «Das ist unser größtes

Plus. Jeder will der erste sein, dem das neue Material zur Verfügung gestellt wird.»

«Und wie haben die Spionageversuche konkret ausgesehen: Einbrüche?»

«Auch Einbrüche. Oder Bestechung. Mehr als einer unserer Leute hätte schon an den schönsten Orten der Erde Urlaub machen können – umsonst natürlich.»

«Was würde passieren, wenn ich heute nacht mit einem Glasschneider zurückkehren würde?»

«Sie würden schnell erkennen, daß Sie besser mit einer 50-Kilo-Bombe gekommen wären. Wir überlassen nichts mehr dem Zufall. So naiv ist man nur einmal.»

«Und sonst? Sie waren ja nicht immer so ein überschaubares Team. Hat es zu DDR-Zeiten keine Einschleusungen gegeben? War jemand bestechlich?»

Ihr Gesicht bewölkte sich. «Das ist Schnee von gestern», sagte sie. «Jetzt sind wir ein Dreamteam. Sie wissen sicher, daß wir nach 1990 zweimal praktisch pleite waren. Das passiert uns nicht noch einmal. Klein und fein – nur so kann man überleben.»

«Nun zu meinem eigentlichen Thema: die Besuche der Piloten.»

«Die finden statt, jawohl. Wir telefonieren auch regelmäßig. Aber in dieser Woche werden sie alle hier sein, wir freuen uns schon darauf.»

Ich verabredete mit ihr, einen Piloten mit Reporter und Fotograf begleiten zu dürfen. Dann fragte ich der Ordnung halber nach, welche Medien sich in den nächsten Tagen sonst noch angemeldet hätten. Die *FAZ* war gerade dagewesen. Schade, wieder einmal hatte ich die Gelegenheit verpaßt, am Auspuff ihres Dienstwagens schnuppern zu dürfen. Und der *Elb-Bote* hatte sich angesagt, irgendwer im Raum knirschte mit den Kiefern. Frau Vilakazi dachte sich ihren Teil.

Als ich die Firma verließ, kehrte ich auf dem Absatz um, ging auf die Werkbank zu und hielt mir die Bierflasche an die Nase. In dieser Flasche hatte sich seit Wochen kein Tropfen Gerstensaft aufgehalten.

Dann saß ich im Wagen und sortierte die sogenannte Kommunikationstechnik, mit der uns der Verlag in der letzten Zeit folterte. Ich schickte einen Lockruf in die Welt hinaus und wußte, daß ich bis zur Bahre nicht begreifen würde, was sich nun im Luftraum über mir abspielte.

Das Telefon piepte.

«Ich habe ihn!» Ein Triumphschrei.

«Brav, Pulitzer, sehr brav. Was macht er für einen Eindruck? Wann kann ich ihn sprechen?»

«Ach, sprechen wollen Sie ihn? Aber er ist nicht da.»

«Sind Sie Herr Pulitzer? Oder bin ich aus Versehen in der Telefonzelle eines Lebensmüden gelandet?»

«Tut mir leid, Chef. Aber es macht keiner auf.»

Immerhin hatte er die Wohnung des Paul Spiegel ausfindig gemacht. Ich bat Pulitzer, noch ein Stündchen vor dem Haus zu verbringen, bevor ich ihn ablösen würde.

Es wurde eine lange Stunde für den Volontär, denn kaum hatte ich aufgelegt, piepte es erneut.

«Mensch, Pulitzer, wo hast du dein Gedächtnis verloren?»

«Hier ist nicht Pulitzer.» Ich hörte die Stimme und bekam weiche Knie. «Können wir uns treffen? Wie wäre es in einer halben Stunde?»

14 24 Stunden am Tag geöffnet

Ich saß auf dem Thron, mein rechtes Auge war streng, das linke strömte Milde aus. Ich harrte der Dinge, die da kommen würden. Sie hatten sich in ihre besten Anzüge geworfen und offerierten mir ihre Geschenke. Vom Fürsten erhielt ich zwei seltsame Pyramiden und einen goldenen Wasserbehälter nebst Kessel. Der zweite Gratulant schenkte mir einen weißen Elefanten mit Baldachin, ein reich geschmücktes Kamel und ein Pferd. Der dritte hatte einen Jagdelefanten dabei sowie ein Pferd und zwei Jagdhunde. Was dann folgte, war nicht der Rede wert: zwei goldene Schwurhände auf goldenen Wagen, ein auf chinesische Art lackierter Tisch, zwei goldene Flaschen und ein Hund, eine große Vase und ein kostbares Tragbrett, noch eine goldene Vase und eine ebensogroße Schlag- und Repetieruhr.

«Wahnsinn», murmelte ich. «Es gewinnt, je häufiger man es sich anschaut.»

«Ein Traum», sagte Kurland. «Seit der Reinigung sind einige Figuren noch brillanter.»

Hinter uns scharrten ungeduldig Schuhe. Der Hofstaat zu Delhi am Geburtstag des Großmoguls Aureng-Zeb war der absolute Höhepunkt der Schatzkammer im Grünen Gewölbe. Wir traten zurück und ließen die nächsten an die Vitrine heran. 132 Figuren und 32 Geschenkgegenstände auf einer Grundfläche von einem Quadratmeter. 4909 Diamanten, 160 Rubine und 164 Smaragde, eine Szene, an der man sich besoffen sehen konnte. Ich war heute zum drittenmal im Grünen Gewölbe und fing gerade erst an, ein Fan zu werden.

Im Verhältnis zu dem Mann neben mir war ich weiter. Möglicherweise war ich zur Zeit sein einziger Fan.

Kurland schien in den Monaten seit unserer letzten Begegnung wieder jünger geworden zu sein. Das beruhigte mich, denn zwischen unserem ersten und zweiten Treffen war mit ihm eine schreckliche Veränderung vor sich gegangen. Seine weißen Haare waren nicht wieder braun geworden, aber seine Bewegungen wirkten wieder kräftig und zielstrebig.

So hatte ich ihn in Erinnerung seit unserer ersten Begegnung vor nunmehr fast zwei Jahren: Kurland in seinem Gutshaus, den Abgesandten der Dresdner Tageszeitungen seinen Vortrag über Böttgers sensationelle Entdeckung haltend. Mit dieser Geschichte wollte Kurland die Welt aus den Angeln heben: Johann Friedrich Böttger, der Mann, dem Anfang des 18. Jahrhunderts bei der langen Suche nach der künstlichen Herstellung von Gold die Produktion von Porzellan gelungen war, dieser Böttger hatte angeblich wenige Monate vor seinem Tod doch noch den Weg gefunden, um aus wohlfeilen Stoffen das wertvolle Metall zu gewinnen. Jahrelang in der Gefangenschaft von August dem Starken, war Böttger als Goldmacher so wertvoll wie das gelbe Metall. Weil er alt war und resigniert hatte, beseelt vom Wunsch nach Ruhe und Freiheit, hängte er seine Entdeckung nicht mehr an die große Glocke. Er vertraute sie seinem Tagebuch an, und die Goldformel verbarg er in einer Chiffre. So starb er, und kein Geschichtsbuch, kein Historiker, keine zeitgenössische Quelle äußerte je den Verdacht, Böttger sei am Ende seines Lebens doch noch der große Wurf gelungen. Nur Kurland wußte davon, wir hatten die Tagebucheintragung von Böttgers Hand gelesen, und Kurland hatte uns die getarnte Formel versprochen, bevor dann die Staatsmacht zugeschlagen und ihn aus dem Verkehr gezogen hatte. 48 Stunden pausenlose Verhöre und ein Brandanschlag auf Kurlands Gutshaus: niedergebrannt wie auch alle Nebengebäude. Als damals, am Morgen nach der Feuersbrunst, die Bagger kamen, um die verkohlten Trümmer zusammenzuschieben, war Kurland untergetaucht. Zwei Leichen in den Trümmern stellten sich als die Reste russischer Chemiker heraus, die auf Kurlands Gehaltsliste gestanden hatten. Aber keine Spur von Kurland. Ein paar Wochen wollten ihn dann, wie in solchen Fällen üblich, mediengeile Fatzkes irgendwo gesehen haben: Chile, Alaska, Schwarzwald, Neuseeland. Danach war die Neugier eingeschlafen, die Medien hatten Kurland sterben lassen, das ist in diesen Zeiten ein wirksamerer Tod als biologisches Ableben.

Den größten Anteil an seinem Ende hatten die Staatsschützer, sie und ihre panische Angst vor dem Kollaps des Weltwährungssystems, wenn Gold plötzlich nichts mehr wert sein sollte. Sie hatten uns nahegelegt, Kurland zu vergessen, und nach acht Wochen hatten wir uns nur noch in den Weinlokalen und Bierschwemmen kokett wegen unserer Feigheit gegeißelt. Das war jetzt ein Jahr her. Nach mehreren Monaten hatte ich ihn wiedergetroffen, er nannte sich damals Nemci und reiste ruhelos im sächsisch-tschechischen Grenzgebiet umher. Vordergründig firmierte er als «Berater» für Orte, die auf ihrem Gebiet nach Thermalquellen bohren wollten, um in eine profitable Zukunft als Kurort einzusteigen. Aber ich hatte ihn im Verdacht, daß er nur eine Gelegenheit suchte, um seinen Traum von Gold – ob künstlich hergestellt oder in der Erde lagernd – weiterzuverfolgen. Ende August hatte ich Kurland alias Nemci dann wieder aus den Augen verloren. Er war mit den fünfzig Jahren verschollen gewesenen Unterlagen eines Chemiefabrikanten aus dem sächsisch-tschechischen Grenzgebiet davongestürmt.

«Wie ist es Ihnen in den letzten sechs Monaten ergangen?» fragte ich zwischen dem Gelben und dem Roten Raum.

«Ich möchte die Zeit nicht missen. Ich bin noch nie in so kurzer Zeit so weit vorangekommen.»

«Sie geben nicht auf, was?»

Er sah mich erstaunt an. «Ich lebe doch. Warum sollte ich aufgeben?»

«Okay, ich höre. Was haben Sie mir zu berichten?»

«Ich kann es Ihnen nicht in aller Ausführlichkeit erzählen. Wir haben beide nicht die Zeit dafür. Aber die Unterlagen...»

«... die von Berger, dem Chemie-Fabrikanten?»

«Ich bin mir bewußt, daß ich Ihnen zu verdanken habe, jemals einen Blick in diese Unterlagen werfen zu dürfen.»

«Eine Goldgrube also.»

Er stutzte, lächelte dann. «So muß man es sagen.»

«Ja und? Wie weit sind Sie? Wo arbeiten Sie?»

«In der sicheren Obhut von guten Freunden.»

«Gute Freunde? Haben Sie nicht die Befürchtung, daß man Sie nur wegen Ihres Talents mag?»

«Sie konstruieren da eine unsinnige Diskrepanz. Ich verkörpere nur meine Aufgabe auf dieser Erde.»

«Das ist Fanatismus.»

«Das ist die Gewißheit, wo man hingehört.»

«Wer finanziert Sie? Sie müssen von irgend etwas leben. Sie werden ein Labor brauchen.»

«Das ist richtig.»

Die Aufseherin, die schon lange versucht hatte, uns mit der Kraft ihres Blicks zu disziplinieren, bat uns, doch nach draußen zu gehen, wenn wir nur reden wollten und nicht staunen. Wir verließen die Schatzkammer, gingen die wenigen Schritte Richtung Elbe, und Kurland sagte:

«Ich habe alles, was ich brauche. Ich hatte nur das Bedürfnis, ein Lebenszeichen von mir zu geben. Es interessiert Sie doch, ob ich Erfolg habe, oder?»

«Sie sind gut. Sie wissen, was auf der Erde los sein wird, wenn Sie Erfolg haben. Künstlich hergestelltes Gold – wir werden wochenlang so viel in der Zeitung über die Folgen berichten, daß ich Mühe haben werde, meine Sportseiten vor der Beschlagnahme durch die anderen Ressorts zu retten.»

«Das meine ich nicht, das ist nur äußerlich. Wie stehen Sie persönlich zu mir?»

Der Mann wurde ja richtiggehend privat, das war eine neue Seite an ihm.

«Wir Verrückten müssen zusammenhalten», erwiderte ich zögernd. «Ich glaube, ich habe etwas übrig für Menschen, die sich den Teufel um das scheren, was angesagt ist. Wir kriegen Tag und Nacht von allen möglichen Autoritäten ex kathedra verordnet, was die Glocke geschlagen hat. Sie erzählen uns, was moralisch ist, was gute Erziehung ist, guter Geschmack, was möglich ist und unmöglich. Ab und zu kommt mal etwas ins Wackeln. Ein Atomkraftwerk schmilzt, ein Amokläufer schultert seine Gewehre, ein Mittelstürmer schießt in einem Fußballspiel sechs Tore, und im Regenwald entdeckt ein Forscher eine neue Tierart. Verstehen Sie? Ab und zu kommt unsere offizielle Ordnung ins Wackeln, und ich finde, dafür leben wir. Nicht um das Wahre und Offizielle zum tausendstenmal zu beweisen, sondern um zu sehen, was das Leben sonst noch für uns bereithält. An diesem Punkt kommen Sie ins Spiel. Gold kann man nicht künstlich herstellen, das lernt jedes Kind und glaubt es als Erwachsener, und es stimmt ja auch, bis heute um – wie spät ist es? – heute um 13 Uhr 22. Mich langweilen solche Wahrheiten. Verrückte wie Sie sind meine einzige Hoffnung. Menschen wie Sie zeigen uns anderen Menschen, was für phantasielose, obrigkeitsgläubige Würstchen wir sind. Aber das Leben hat eben immer doch noch einen Trumpf im Ärmel. Sie können so ein Trumpf sein, weil Sie mit dem größten Einsatz spielen. Sie setzen Ihr Leben aufs Spiel, ich bin auch sicher, daß Sie für unser normales Leben verloren sind. Sie müssen Erfolg haben, oder Sie werden vernichtet. Deshalb bewundere ich Sie, ich könnte keinen Tag so leben, aber wenn Sie jemals das Gefühl haben, ich könnte Ihnen helfen, dann rufen Sie mich an. Oder treten Sie meine Haustür ein. Ich habe 24 Stunden am Tag geöffnet.»

Wir verabschiedeten uns am Ufer, Kurland verschwand Richtung Augustusbrücke, und ich hatte doch eine richtige Rede gehalten, genau das, worüber ich mich sonst gern lustig machte. Ich wünschte Kurland alles Gute – nicht, weil dabei vielleicht eine Schlagzeile für mich abfiel, sondern weil sein Leben wirklich Sinn machte.

15 Das Schwein hinter der Maske

Vor dem Haus stand ein qualmender Lancia, kein zweiter Gegenstand fiel in der Radebeuler Wohnstraße ähnlich stark ins Auge. Ich öffnete die Beifahrertür, hustete und untersagte Pulitzer, künftig in einem Auto zu rauchen, in das ich einzusteigen gedächte.

«Ich erwarte deinen Bericht, mein Sohn.»

«Apropos, haben Sie eigentlich einen?»

«Behalte deine Zoten für dich.»

«Ich meine doch ein Kind, einen Sohn.»

«Nein.»

«Eine Tochter demnach auch nicht.»

«Richtig.»

«Wollten Sie nie ein Kind, oder hat es sich nur nie ergeben?»

«Solange ich mit Experten wie dir zusammenarbeite, hält sich der Wunsch nach infantilen Begegnungen in meinem Privatbereich in engen Grenzen.»

Ich betete, daß er endlich von diesem Thema ablassen möge, und er legte mir wunschgemäß sein Notizbuch in den Schoß. «Das ist das Protokoll der letzten drei Stunden.»

Ich schlug das Heft auf, die Seiten waren leer.

«Was soll das bedeuten?»

«Daß der Gesuchte nicht aufgetaucht ist.»

Paul Spiegel, der Mann, der sich wegen des Todes der jungen Bobfahrerin schwere Vorwürfe machte, bewohnte zwei Räume im ersten Stock. Pulitzer hatte sich beim Schuster zwei Häuser weiter Eisenstücke unter seine Schuhe nageln lassen und sich bei der Gelegenheit als Wohnungssuchender ausgegeben. Danach hatte er den Blumenladen betreten, aber in beiden Geschäften kannte man Paul Spiegel nicht. Im Briefkasten steckte mehr als die Post für einen einzigen Tag.

«Was machen wir jetzt?» fragte Pulitzer wichtig. Er bekam den Auftrag, nicht einzuschlafen. Ich stieg in meinen Wagen und tippte Ziffern ein, denen niemand ansah, daß sie etwas mit Zapf zu tun hatten.

«Freue dich, o Christenheit, hier spricht der Prinz der Herrlichkeit.»

«Habe ich mir schon gedacht. Bei dir klingelt der Apparat viel hektischer. Ich soll dir von Mechthild ausrichten, daß du deine Hemden zwei Tage früher wechseln sollst.» Ich hielt meine Nase an die linke Armbeuge und sagte: «Richte ihr aus, wenn das jeder machen würde, wäre das ökologisch ein Wahnsinn. Beeilung! Ich werde in fünf Jahren pensioniert.»

«In Altenberg kommst du dir vor wie in St. Moritz, zumindest rund um die Bobbahn. Weiter weg läßt der Eindruck nach.»

«Wie reagieren sie auf meinen Namen?»

«Wie der Papst aufs Pornoheft. Habe das Gefühl, sie werden noch Fotos von dir verteilen, damit dir nicht aus Versehen jemand Erste Hilfe leistet.»

«Da hast du als vereidigter Beischläfer einer Hauptkommissarin natürlich bessere Karten.»

«Die ausländischen Sportler sind nervös. Ich habe mit Kollegen gesprochen und mit Leuten aus dem Ort. Die Fahrer haben alle große Angst, daß jemand ihren Wunderbobs etwas abgucken könnte. Neben jedem von den Boliden steht einer Wache. Und wenn du zwei Sekunden zu lange hinguckst, bieten sie dir Schläge an.»

«Hast du die Universitätsleute gesichtet?»

«Ich habe mit einem Nachwuchsfahrer aus Altenberg gesprochen. Er hat einige Male den TU-Bob gefahren. Er sagt, die sind nur auf der Bahn, um ihre Kufen zu testen. Bei irgendwelchen Meisterschaften sind sie sofort weg. Ist ja auch logisch. Löblich habe ich übrigens auch getroffen.»

«Schlage ihn nicht. Das übernehme ich.»

«Der *Elb-Bote* weiß verdächtig gut Bescheid, was bei uns in der Redaktion so läuft. Das gefällt mir nicht.»

Zapf wollte sich auf den Rückweg in die Redaktion machen, ich kletterte noch einmal in Pulitzers Rauchbombe und sagte:

«Du bist erlöst. Als Radebeuler übernehme ich die nächste Wache.»

«Kann ich mich sonst irgendwie nützlich machen? Ich schreibe auch keine Überstunden auf.»

«Das ist brav. Wie sieht's frauenmäßig bei dir aus? Irgend etwas Festes am Laufen?»

«Was heißt schon ‹fest› bei einem Mann?» entgegnete er angeberisch. Pulitzer redete wie der Prototyp, den sich aufgeklärte Frauen zur Karnevalssitzung ausdenken würden.

«Hast du denn Lust... jemanden kennenzulernen?»

«Aber nicht wieder eine Polizistin.»

«Ich dachte diesmal an eine Sportlerin. Die sind gelenkig, haben Kondition und kein Abitur.»

Hedwig hatte mir verboten, mit Pulitzer in diesem Ton zu reden. Ich beschloß, ihr einen Strauß Blumen mitzubringen.

«Im Grunde ist das ja unanständig», sagte Pulitzer nachdenklich.

«Kommt ganz drauf an, was du machst.»

Ich schaffte es zwar nicht, mir den Volontär als feurigen Liebhaber vorzustellen, aber ich begann trotzdem, ihm eine Beschreibung von Uschi Hofbauer zu geben, der jungen Bremserin der verunglückten Anke Everding. Pulitzer tat abwägend, aber innerhalb von fünf Minuten hatte ich ihn an der Angel. Ich will ehrlich sein: innerhalb von eineinhalb Minuten, und das auch nur, weil ich langsam redete. Ich wußte buchstäblich nichts über Uschi, und vielleicht war sie noch nicht einmal volljährig. Aber das war Pulitzer in gewisser Weise ja auch nicht. «Das ist natürlich kein dienstlicher Auftrag», sagte ich. «Schau einfach mal, was geht.»

«Als was soll ich mich ausgeben?»

«Wie wär's mit etwas ganz Abgefeimtem: Journalist?»

Pulitzer behielt sich ausdrücklich vor, seine Biographie behutsam zu frisieren. Er wollte sofort nach Altenberg aufbrechen. Ich riet ihm, per Telefon abzuklären, ob Uschi überhaupt noch im Lande weilte, blieb weitere zehn Minuten im Auto sitzen und sortierte alles, was im Laufe des Tages verrutscht war. Ich mußte einen Zahn zulegen oder die Sache abblasen. Bloß nicht einem Phantom hinterherrennen. Fakten schaffen, zur Not auch ohne Waffen.

Der erste, dem ich in der Redaktion begegnete, war ein Schwein.

«Mensch, Hornung, nimm die Maske ab. Oder hast du sie schon abgesetzt?»

Hornung wollte sich ausschütten vor Lachen. Ich kannte das Drama vom letzten Jahr. In der Hochzeit des Karnevals brach in meinem Kollegen der Rheinländer durch. Trotz der deprimierenden Erfahrungen des Vorjahres unternahm Hornung augenscheinlich einen erneuten Anlauf, uns in die Geheimnisse des Frohsinns einzuführen. Besendahl lehnte an der Flurwand, er schien unter Schock zu stehen. Tannhauser fand sich viel zu wichtig, um wertvolle Zeit mit Lachen zu vergeuden, und der Kulturredakteurin wäre bestenfalls mit einer venezianischen Karnevalsmaske beizukommen gewesen.

«Laß es», riet ich Hornung. Aber er ließ es nicht.

Ich warf einen letzten Blick auf die Bob-Beilage und widerstand der Versuchung, eine Gemeinheit über Altenberg einzuschmuggeln.

Zwischendurch lief Zapf ein und ließ sich von Hornung ein faßartiges Pappmaché-Korsett anpassen. «Schwangerer Mann» nannte Hornung die Verkleidung. Christine hatte mein Vorzimmer mit Luftschlangen geschmückt, die in der Mitte so weit durchhingen, daß man sich ständig an einer Schlange strangulierte. Die Pohl schleppte Berliner herbei.

Hätten wir jetzt nur noch gezecht und gefeiert, wäre ich nach Hause auf meine Arche Noah gegangen. Aber der Betrieb lief parallel auf vollen Touren, so bekam die Szenerie etwas Surrealistisches – bis auf Hornung. Er war ja Rheinländer.

«Partielles Irresein», nannte es unsere Kulturchefin. Daraufhin belegte Hornung sie mit dem Titel «Generelles Langweiligsein», und ich mochte den Kerl gleich lieber.

«Egon, was sind das für Schmierzettel auf meinem Tisch?»

Besendahl schaute um die Ecke. «Das ist die erste Arbeit von meinem Nachbarn.»

«Welchem Nachbarn?»

«Der Arbeitslose, dem du gesagt hast, er ist unser neuer freier Mitarbeiter.»

«So habe ich das nie gesagt.»

«Lies erst mal.»

Das tat ich, dann starrte ich Besendahl an: «Das ist ein Artikel über Kegeln. Wollt ihr mich veralbern?»

«Gut geschrieben?»

«Weiß ich nicht. Interessiert mich auch nicht. Kegeln ist meine Sache.»

«Er sagt, er kennt sich mit Kegeln am besten aus.»

«Dann soll er das Zeug an die *Depesche* schicken. Da sehen ja sogar die Redakteure aus wie Kegel.»

Plötzlich knallte etwas. Es war kein Schuß, aber was war es? Es knallte zum zweitenmal.

«Josephine! Sofort entschuldigst du dich!» Die vor Zorn brüchige Stimme von Dr. Eß.

«Bei wem denn? Außer dir ist ja keiner da.»

«Josephine, du benimmst dich unmöglich!»

Da schoß sie über den Flur, dann ein stumpfes, ungutes Geräusch und Hornungs Ruf: «Sie haben den Bauch kaputtgemacht.»

Mich durchfuhr eisiger Schreck, ich schoß aus dem Büro und war darauf gefaßt, im Flur die mit einer Frühgeburt ringende Pohl vorzufinden. Aber Josephine war nur in Zapfs Pappmaché-Bauch hineingelaufen. Die Tochter des Chefs war ein Kind der Gegenwart: kurze, struppige Haare in diversen Farben, ein Ring im Nasenloch, viel Schwarz um die Augen, langer grauer Pullover über geringelten Strumpfhosen, die man heutzutage aber Leggins nennen mußte, um nicht als von gestern zu gelten. Darunter Fliegerstiefel. Mir fiel gleich auf, daß auch ihre Hände farbverschmiert waren.

Da brüllte Dr. Eß aus dem Hintergrund: «Ich muß mir das nicht bieten lassen!» Am Geräusch erkannte ich, daß er den Weg durch den Notausgang genommen hatte.

Wieder ein Minuszeichen auf der Sündentafel der Redaktion, unsere ehrenamtliche Sicherheitsfachkraft verstand keinen Spaß und führte einen heroischen, aber lächerlichen Kampf gegen unsere Angewohnheit, den Hinterausgang zu benutzen.

«Was gucksten so?» blaffte mich Josephine an.

«Ich suche nach Ähnlichkeiten.»

«Wenn ich die erste mit dem Alten finde, bringe ich mich um.»

«Wieso? Sieht doch schneidig aus, dein alter Herr.»

«Haben wir Schwesternschaft getrunken?»

«Pardon, Ihr alter Herr.»

«Sie können mich ruhig duzen. Mein Selbstbewußtsein hängt doch nicht von so was ab.»

«Willst du einen Berliner?»

«Essen?»

«Natürlich essen. Was dachtest du denn?»

«Vögeln.»

Sie guckte, ob ich schockiert reagieren würde, und ließ sich in mein Vorzimmer locken, wo die Berliner ausgegeben wurden.

«Verstehe gar nicht, was der Alte hat», sagte Josephine kauend. «Ihr seht doch gar nicht so dröge aus, wie er immer behauptet.» In Windeseile füllte sich der Raum, jeder wollte einen Blick auf das Früchtchen des Chefs werfen.

«Was schreibt ihr denn so über uns?» fragte Josephine.

Klockmann aus der Stadtredaktion wurde zickig und wollte seinen Artikel niemandem zeigen. Christine holte sich den Text kurzerhand auf ihren Schirm, und während Klockmann zeterte, las Josephine und sagte:

«Schreibt ihr so was freiwillig oder kriegt ihr noch Geld dafür?»

Klockmann hatte sich offensichtlich zu gut mit dem Leiter der Sonderkommission verstanden, die die Sprayer jagte. In jedem Absatz ging es um Sachbeschädigung und die kriminellen Täter.

«Jedenfalls haben sie euch jetzt am Haken», sagte Christine. «Wenn sie euch zum zweitenmal erwischen, wird es richtig teuer.»

«Mich kriegen die nicht», knurrte Josephine. Sie war groß, weit über eins siebzig. Gewaschen und entringt hätte sie möglicherweise attraktiv ausgesehen. Im Artikel stand, daß die Sprayer mittellos waren, der jüngste war 16, die älteste 22. Und noch etwas stand darin:

«Du bist das einzige Mädchen.»

«Was dagegen?»

«Hast es nicht leicht bei so vielen Kerlen, was?»

«Keine Probleme. Wir sind keine Redaktion.»

Hatte ich in meiner Kindheit auch soviel Energie auf überflüssige Kabbeleien vergeudet? Aber zu meiner Zeit war die Farbdose noch nicht erfunden, wir hätten mit einem Eimer losziehen müssen.

«Ey, du bist ja schwanger», sagte Josephine und piekte der Pohl in den Bauch. «Hoffentlich wird's kein Schniedel. Dann würde ich auf Ertränken plädieren.»

«Es wird ein Junge», sagte die Pohl empört.

«Mein Beileid. Beim nächstenmal strengt ihr euch aber mehr an.»

Wir versuchten herauszukriegen, worüber sie sich mit ihrem Vater gestritten hatte. Es war um Geld gegangen. Er hatte Angst, berappen zu müssen, falls sich die Bahn an den Zahlungskräftigen schadlos halten wollte. Danach brach zwischen uns ein Streit aus, ob die Graffiti schön oder ob sie Kunst waren und ob sie das Stadtbild bereicherten. Wir waren so gespalten wie die übrige Bevölkerung.

Josephine gab freimütig zu, daß unter ihren Kollegen viele Amateure herumliefen. «Aber unser Team ist gut. Wir sind die besten. Uns müßt ihr einzeln totschlagen, bevor ihr uns stoppen könnt. Zur Not gehe ich nach Polen und bitte dort um Asyl.»

«Ich habe Graffiti am Museum gesehen», sagte Tannhauser. «Das war voll daneben. Falscher Ort und miese Technik. Keine Phantasie, nur Schmiererei. Wenn ihr so einen Scheiß macht, müßt ihr euch nicht wundern.»

«Ein paar Arschlöcher gibt's überall, auch in Redaktionen. Das weiß ich von meinem alten Herrn. Aber deshalb sind wir doch nicht alle minus.»

«Gestern nacht warst du nicht zufällig in Radebeul?»

Sie suchte die Heimtücke hinter meiner Frage.

«Kennst du jemanden, dem ein schwarzer Hund gehört? Trägt gern Halstücher. Der Hund, nicht der Besitzer.»

«Ich kenne ungefähr zwanzig Leute, die einen schwarzen Hund haben. Was gibt's denn? Hat der Hund einen Ihrer Gartenzwerge umgepinkelt?»

Ich wechselte sicherheitshalber das Thema: «Vielleicht solltet ihr einfach mal acht Wochen die Farbdose aus der Hand legen. Warten, bis sich die Gemüter beruhigt haben, inzwischen ein bißchen an der Technik feilen und die Blinden bei euch trainieren.»

«Wir kneifen nicht», sagte Josephine verächtlich. «Das ist kein Hobby, Mann. Das ist mein Leben. Ich muß nachts los, sonst kann ich ja gleich Rentner werden.»

«Wart ihr das auch an der Uni?»

«Geil, was? Vier Mann, eine Nacht, Meisterwerk.»

«Du bist ganz schön eingebildet. Das ist dein Vater auch. Nur von wegen der Gemeinsamkeiten.»

«Was bei dem zu Hause überm Sofa hängt, ist die volle Langeweile. Schlechte Farben, schlaffer Strich, das beste ist der Rahmen. Der kauft sich Kunst als Geldanlage. Ist doch total krank so was, Mann.»

«Aber ihr macht jetzt jedenfalls erst mal Pause.»

«Wieso das denn? Was meinen Sie, wo ich von hier aus hingehe?»

«Ich will's lieber nicht wissen. Euch ist bewußt, auf was ihr euch einlaßt. Juristisch kriegt ihr kein Bein auf die Erde.»

«Danach fragt ein Künstler nicht.»

«Hast du schon mal daran gedacht, eine Leinwand zu bemalen?»

«Stell dir vor, ja. Bin eingeschlafen dabei. Alleine törnt das ab. Kein Thrill dabei. Die Bullen setzen jetzt Hunde ein, das bringt's.»

Josephine aß noch zwei Berliner gegen den Hunger, dann ging sie: stolz, kiebig, unbeugsam.

«An der wird Eß noch viel Freude haben», sagte Hornung. Im Hintergrund baggerte Massimo an Christine herum. Die beiden galten redaktionsintern als «Paar, das sich nie findet». Man sah sie öfter mal aneinander herumfummeln, eigentlich bei jedem Umtrunk.

Mühsam konzentrierten wir uns wieder auf die Arbeit, ich machte pünktlich Feierabend und war schon fast draußen, als Besendahl fragte:

«Was soll ich denn jetzt meinem Nachbarn sagen?»

«Sag ihm, er soll die Sportart wechseln.»

Als ich in den Hof fuhr, warteten sie in der geöffneten Haustür: links der Hund, daneben Hedwig, daneben die Katzenmutter. Ein Anblick, rührend zum Weinen.

Ich bemühte mich, die Garagenwand zu ignorieren.

Als ich mich gegen 23 Uhr wohlig seufzend ins Bett fallen ließ, quietschte es herzerweichend. Danach war ich wieder hellwach. Eine sofort durchgeführte Durchsuchung meiner Betthälfte förderte drei Vierbeiner zutage. Als ich sie zur Strafe in den Keller sperren wollte, knurrte mich der Hund an.

«Willst du Ärger?» fragte ich. Er nickte und bekam zur Strafe die Babys auf seine eigene Decke gelegt.

Hunde können noch dümmer aussehen als Menschen.

16 Flüssiges Fördergeld

«8 Uhr 02 und einige Sekunden. Warum nach dem Nordpol schweifen, sieh, die Gletscher sind so nah! Deutschland versinkt im Schnee. Alpen, Bayerischer Wald und Erzgebirge melden über Nacht neue, zum Teil sehr ergiebige Schneefälle, die auch am Tag anhalten werden. Einzelne Gehöfte sind nun schon die zweite Woche von der Außenwelt abgeschnitten. – Und hier die gute Meldung. Das Fitness-Video von Marian Panowsky ist wieder erhältlich. Nachdem die ersten 50000 Stück in wenigen Tagen verkauft waren, sprang spontan Ihr Radio Hiphop ein. Seitdem heißt es jeden Morgen um sieben Uhr: fit für die Wahl, fit fürs Leben. Die Morgengymnastik von und mit Marian Panowsky, unserem Box-Europameister und Bürgermeisterkandidaten für die Kommunalwahl am kommenden Sonntag. Marian, eine Frage: Wie fühlt man sich so als sportlichster Kandidat?

Ach, wissen Sie, ich gönne CDU und PDS die Lufthoheit an den Stammtischen und Bankschaltern. Dafür gehören uns die Turnhallen! Wenn sich nur zwanzig Dresdnerinnen und Dresdner am Sonntag aufgrund meiner Gymnastik besser fühlen als vorher, dann fühle ich mich reich belohnt. Meine Freunde von den Aufrechten und ich fordern den ganzen Menschen. Wir wollen, daß sie sich in ihren Körpern gut fühlen. Der Körper ist das, was einem keiner nehmen kann. Deshalb setzen wir uns mit aller Kraft für die Körper der Wählerinnen und Wähler ein. In den letzten Tagen vor der Wahl will ich meine Erfahrungen als Boxer weitergeben. Sie können uns im Alltag helfen.

Aber Marian, wollen Sie die Hörer auffordern, sich zu prügeln?

Im Gegenteil. Und schon gar nicht mit den Schwächeren. Aber wir müssen offensiver werden. Gegenüber den Ämtern und Behörden, vor Gericht und im Angesicht von Polizeibeamten. Wir Dresdner stehen immer wieder auf und stellen uns dem Gegner. Zugunsten unserer Familie, unserer Partner und Kinder. Wir sind keine Verlierer. Wer vorwärts geht, ist auf dem richtigen Weg. Gehen Sie ein Stück Weg mit mir. Bessere Sparringspartner kann ich mir nicht wünschen.

Das war euer Radio Hiphop. Unser Slogan: Wir sind hip, wir sind hop, mancher hält uns für bekloppt.»

Gleich nach dem Frühstück rief ich die Privatnummer von Professor Tillermann an. Eine Putzfrau oder Haushaltshilfe teilte mir mit, daß sich seine Rückkehr aus Kanada um einen Tag verzögert habe. Ich rief Löffler an. Sein Lebensgefährte war schon extrem ausgeschlafen. Der Professor sei am frühen Morgen nach Oberwiesenthal gefahren, er werde dort ein Seminar für Strömungstechniker aus elf Nationen leiten.

«Ist auch jemand aus Afrika dabei?»

«Pardon?»

«Mich interessiert nur, wie Thermofluiddynamik auf kisuaheli heißt.»

Die Bemerkung warf unsere Beziehung etwas zurück, aber ich war mit ihm ja auch fertig.

Dann wählte ich die Nummer von Paul Spiegel. Nichts. Zum erstenmal stellte ich mir vor, wie er sich, beschützt von mildem Frost, auf dem gefliesten Küchenboden seiner Wohnung langsam in einen modernen Gletscher-Ötzi verwandelte.

Ich orientierte mich auf der Landkarte. Weil man über die Autobahn erstaunlich dicht an Oberwiesenthal herankam, wollte ich es riskieren, obwohl vor den Fenstern die Schneeflöckchen tanzten.

Vorher hatte ich einen Termin beim Staatssekretär. Neben dem Eingang zm Innenministerium putzten zwei Männer mit Schrubbern verbissen an einem Graffito herum. Sie trugen Overalls und schlechte Laune zur Schau.

«Habt ihr das heute nacht selbst angebracht?» fragte ich und drohte ihnen lachend mit dem Finger. «Arbeitsplatzbeschaffungsmaßnahme, was?»

Sie hatten für meinen Humor nichts übrig, und einer sagte: «Das hört jetzt sowieso bald auf. In Amerika haben sie einen Schutzanstrich erfunden, da halten diese Schmierereien nicht drauf.»

Der Staatssekretär bot mir das übliche Zeug an, das ich wie üblich annahm. Obwohl er gern erst mit mir geplaudert hätte, sagte ich unbarmherzig: «Berichte. Laß nichts aus.»

«Du kannst froh sein, daß ich's schon zusammen habe. Fällt ja nicht in mein Ressort.» Seine Schätze ruhten in Umlaufmappen des Innenministeriums.

Manchmal fand ich es ungeheuer beruhigend, in einem ordentlichen Staat zu leben.

«Also das Ganze ist ein Topf mit dem schönen Titel ‹Innovationsförderung›.»

«Klingt ziemlich wischiwaschi.»

«Würdest du es besser finden, wenn es ‹Abzocktopf› heißen würde? Du weißt vielleicht, daß es unseren Hochschulen nicht eben blendend geht.»

«Den technischen Disziplinen aber wohl doch.»

«Die TU Dresden ist eine gute Adresse. Sogar mit Perspektive, wenn es uns gelingt, so viele Zukunftsindustrien nach Sachsen zu holen, wie wir in den Sonntagsreden immer behaupten. Ich erspare dir, wie viele Fakultäten und Studiengänge angeboten werden.»

«Danke.»

«Interessanter wird es bei den Sonderforschungsbereichen. Das ist eine Geheimwissenschaft, und die Forschungsbereiche sind noch aufgesplittert in Teilprojekte. Hier findet Grundlagenforschung statt, hier wird Neuland betreten.»

«Das hast du schön gesagt. Wenn du groß bist, wirst du bestimmt Politiker.»

«Hier geht es um alles, was derzeit angesagt ist: Mikroelektronik, Genforschung, Werkstoffe, Elektrophysik. Das ist noch komplizierter als Abseits beim Fußball.»

«Komm zum Thema.»

«Es findet enge Zusammenarbeit mit der Industrie statt, ein Stichwort: Siemens. Hier fließen die Fördergelder.»

«Wer beantragt die? Wer vergibt die?»

«Woher soll ich das wissen? Das hat sich alles längst verselbständigt. Jedenfalls haben deine speziellen Freunde von der Strömungstechnik beantragt und erhalten. Bobfahren als interdisziplinäre Angelegenheit.»

«Wieviel?»

«Eins Komma eins Millionen.»

«Fürs Bobfahren?»

«Es geht um die Kufenlegierung. Davon haben auch die Schlittenfahrer etwas. Und irgendeine weitere Anwendungsmöglichkeit findet sich immer. Denk an die Teflonpfanne.»

«Gibt es auf diesem merkwürdigen Planeten irgendeine Form von Kontrolle?»

«Wie stellst du dir das vor? Man kann Ergebnisse nicht erzwingen.»

«Das kenne ich aus dem Sport. Aber man kann prüfen, ob erfolgreich gearbeitet wird. Das kenne ich auch aus dem Sport.»

«Ich kenne die Professoren Tillermann und Löffler nicht persönlich.»

«Ist auch schwer möglich. Einer reist durch Kanada, und der andere erkundet die sächsischen Kurorte.»

Der Staatssekretär faltete seine Hände über den Akten.

«Halt dich zurück», sagte er. «Du hast von Universitäten keine Ahnung. Die nageln dich an die Wand.»

Ich trank meinen Kaffee aus und stand schon abmarschbereit, als mir noch etwas einfiel:

«Gibt es andere Forschungsprojekte, die etwas mit Bob und Schlitten zu tun haben?»

«Ich habe mich schon gewundert, daß du danach nicht fragst. Nein, gibt es nicht.»

17 Das Bekennerschreiben

Ich fuhr um 9 Uhr 30 los und brauchte zwei Stunden. Oberwiesenthal kannte ich von zehn Dienstfahrten und keinem einzigen Privataufenthalt. Eine Stimme wollte mir einflüstern: Du lebst falsch, wirf wenigstens einen Blick auf die wunderschöne Innenstadt. Aber die Stimme fand kein Gehör.

Ein Mensch, der an das Gute und Wahre in seinen Nächsten glaubte, hätte jetzt alle Hotels, Pensionen und Hallen abgeklappert, in denen Seminare und Tagungen abgehalten werden können. Ein Mensch, der älter war als acht, fuhr gleich zur Bobbahn.

Professor Löffler sah mich und sagte: «Scheiße.»

«Angenehm», sagte ich.

«Was wollen Sie von mir?» rief er klagend.

«Die ordnungsgemäße Verwendung von Forschungsgeldern überprüfen.»

Er wich einen Schritt zurück.

«Ja», sagte ich lachend, «so haben Sie sich einen Revisor nicht vorgestellt.»

«In der Tat», sagte er leise. «Und ich glaube Ihnen kein Wort.»

«Was ist das hier? Sieht nicht nach Seminar aus. Oder veranstalten Sie diese wahnsinnigen Incentives, wo die größten Umsatzbringer sieben Tage Rio gewinnen?»

«Sie sehen es doch», sagte er muffig. «Wir testen.»

«Warum nicht in Altenberg? Okay, ist ja klar. Zuviel Auftrieb.»

«Wir testen immer da, wo nichts los ist.»

«Ihren Bob behalten Sie aber diesmal im Auge?»

«Sie sind geschmacklos.»

«Wer fährt denn Ihren Bob?»

«Bobs. Plural. Wir haben zwei. Und das tun Fahrer aus den örtlichen Vereinen. Routinierte Fahrer.»

«Was ist eigentlich Ihre Erfolgskontrolle?»

«Bitte?»

«Woran erkennen Sie, ob die neuen Kufen besser sind?»

«Na, an den Zeiten, Mann. Fahrten mit alten Kufen und mit neuen. Reichlich Fahrten. Danach der Vergleich. Nur so geht es. Die Kufen sind die einzige Variable. Alle anderen Faktoren werden stabil gehalten: Bob, Bahn, Fahrer. Obwohl der Fahrer ... ich sage immer scherzhaft: Das Humanum ist ein Störfaktor.»

«Und dann schütten sich alle Humanums vor Lachen aus, die bei Ihnen gute Examensnoten kriegen wollen.»

Ein Viererbob kam vorbei, aus der Nähe spürte man, welche harten Schläge Fahrer und Bremser erhielten.

«Wahnsinn», sagte ich.

«Sie sollten bald mal runterfahren», sagte Löffler.

«Danke, kein Bedarf.»

«Hier in Oberwiesenthal machen sie Fahrten für Touristen. Mit gebremstem Schaum, aber davon kriegen Sie im Bob nichts mit, weil Sie mit Beten beschäftigt sind.»

«Eine Frage im Vertrauen, Herr Löffler, wofür geben Sie eigentlich eins Komma eins Millionen aus? Und wann? In zwanzig Jahren?»

Die Zahl erschütterte ihn. «Sie spionieren uns aus.»

«Ich erkundige mich.»

«Sie sind wirklich Journalist?»

«Sie spüren wirklich Verantwortung für Steuergelder? Hat die Polizei Sie noch einmal zu dem Diebstahl des Bobs vernommen?»

«Warum sollte sie? Ich sage heute das gleiche wie gestern.»

«Ist wahr? Wie langweilig. Wo steckt Paul Spiegel?»

«Woher kennen Sie Paul? Was wollen Sie von ihm? Ich warne Sie, Paul ist ein sensibler Typ. Wenn Sie dem mit Ihrer direkten Art kommen...»

«Wo ist er?»

«Das weiß ich doch nicht.»

«Warum suchen Sie ihn nicht? Haben Sie keine Angst, daß er sich etwas antut, so sensibel, wie er ist?»

Löffler sah mich eindringlich an. Er rang mit sich, dann ging es: «Sie wissen nicht, was hier läuft.»

«Stimmt.»

«Aber alle Ihre Vermutungen sind falsch. Ich sehe es Ihnen doch an, wie es in Ihnen arbeitet. Der tödliche Unfall, der Diebstahl des Bobs, das Forschungsprojekt. Und jetzt ist auch noch Paul verschwunden.»

«Und was ist das alles in Ihren Augen? Normal, alltäglich, Zufall?»

Für Löffler war es normal, alltäglich, Zufall. Ich ließ den Kerl stehen und konnte nicht mal mehr den Aufenthalt an der Bahn genießen. Dabei hatte ich hier noch kein Hausverbot.

Bevor ich einstieg, schrieb ich mir alle Kfz-Kennzeichen auf. Dann verglich ich sie mit denjenigen vom Altenberger Parkplatz. Zwei Übereinstimmungen. Ein Wagen mit Zürcher Kennzeichen und ein anderer hatten an allen Tagen in Altenberg gestanden und parkten heute in Oberwiesenthal. Ich stieg wieder aus und sah mir das unidentifizierte Fahrobjekt an. Ein Kombi-Volvo in Babyblau mit viel Straßendreck. Der Aufkleber aus Banja Luka half mir aufs Pferd, der Wagen kam aus Slowenien. Im Grunde überraschte es mich nicht, daß ein Slowene deutsche Bobbahnen abfuhr, der Ehrgeiz seiner

Landsleute, eine große Wintersportnation zu werden, war allgemein bekannt. Im alpinen Skilauf hatten sie es schon zu einigen Weltklasseathleten gebracht.

Ich trieb mich noch eine Viertelstunde am Start herum. Katja ohne Nachnamen und ihr feilender Kollege waren anwesend, des weiteren Professor Löffler sowie zwei junge Männer in Rennmontur. Sie standen um einen neutral aussehenden Bob, mein Erscheinen ließ sie zu Trappisten mutieren.

«Finde ich ganz toll, daß Sie so verantwortungsbewußt mit Ihren Geheimnissen umgehen», sagte ich zu Löffler. «Immerhin könnte ich ja ein feindlicher Spion sein, und dann wäre der Steuerzahler traurig.»

«Einmal Hausverbot reicht Ihnen wohl nicht», konterte der Professor. Und für den hatte ich auf dem Wochenmarkt zehn Gewürztöpfe erbettelt.

Als ich mißmutig auf meinen Wagen zuschlenderte und mich fragte, warum ich mir die lange Fahrt angetan hatte, hörte ich mein Telefon piepen.

«Egon Besendahl, guten Tag.»

«Guten Tag, mein treuer Recke. Fühlst du dich auch an manchen Tagen so existentiell beschissen?»

«So geht's mir immer am 3. Oktober. Wir haben ein Bekennerschreiben bekommen. Ich lese es dir vor.»

Er räusperte sich.

«*An alle Redaktionen!*

Anke Everding ist tot! Ein junges, blühendes Leben wurde ausgelöscht, weil kapitalistisches Profitdenken keine Hemmungen kennt. Eine Firma, die unbedingt die beste sein will, hat Anke als menschliches Versuchskaninchen benutzt. Ich weiß, wovon ich rede, denn auch ich habe mich von dieser Firma kaufen lassen. Dafür schäme ich mich zutiefst. Anke wird nie mehr lebendig sein. Aber ich sehe es als meine Aufgabe an, die Öffentlichkeit über die angeblich beste Bobfirma der Welt aufzuklären.

Ankes Bob, mit dem sie für die Universität Dresden Testfahrten durchführte, ist nachts manipuliert worden. Die Täter wollten, daß es einen Unfall gibt, weil sie es nicht ertragen können, daß es eines baldigen Tages bessere Bobs geben könnte als ihre.

Es darf keinen neuen Unfall geben.

Bobpiloten, kauft nicht bei den Blauen Pfeilen.
Ein Mensch, der Schuld auf sich geladen hat.
Paul Spiegel»

Ich rannte ins Sekretariat der Bobbahn und überredete eine Sekretärin im türkisfarbenen Trainingsanzug, ihr Faxgerät zur Verfügung zu stellen. Dann rief ich Besendahl an, er schob in Dresden das Bekennerschreiben in den Schlitz.

«Was ist denn nun schon wieder?» bellte Löffler. Als er gelesen hatte, sah er aus, als würde er jetzt gern ausfallend werden.

«Das ist eine Fälschung.»

«Nein, Herr Professor. Das ist ein Bekennerschreiben.»

«Ein Scheiß ist das. Das ist nur dann ein Bekennerschreiben, wenn ihr von der Presse so etwas ernst nehmt. Das paßt euch doch gut in den Kram, so was!»

«Weshalb regen Sie sich eigentlich auf? Ihnen wird in dem Brief doch gar nichts vorgeworfen.»

«Sie sind witzig. Kennen Sie Paul? Wissen Sie, unter welchem Druck wir arbeiten? Haben Sie eine Ahnung, was auf unser Forschungsvorhaben zukommt, wenn sich herausstellt, daß wir ein U-Boot in unseren Reihen hatten?»

Der jüngere Mann meldete sich zu Wort: «Ich glaube einfach nicht, daß Paul ...»

«Deine Menschenkenntnis haben wir alle leidvoll erfahren dürfen», bellte Löffler, und der andere verstummte.

In einer dramatischen Anwandlung zog der Professor den Reißverschluß seiner Jacke bis unters Kinn und wollte hinausstürmen. Im letzten Moment kehrte er um: «Ich brauche den Brief.»

«Hat hier einer was gesagt? Ich habe gar nichts gehört.»

Er knirschte mit den Zähnen und sagte: «Würden Sie mir bitte den Brief geben? Sie kriegen ihn sofort wieder.»

«Ja, warum sagen Sie das nicht gleich! Hier haben Sie ihn. Lassen Sie sich ruhig Zeit. Aber nicht mehr als fünf Minuten.»

Als er draußen war, fand auf der sprachlosen Ebene zwischen uns eine Menge statt. Katjas Gesicht und das ihres Kollegen sprachen Bände. Ich sah Schadenfreude, aber auch Besorgnis.

«Ich glaube es trotzdem nicht», sagte der Kollege. «Nicht Paul Spiegel. Ist einfach nicht der Typ dafür. Eher du.»

Katja brauchte einige Sekunden, bevor sie auf die Unterstellung reagieren konnte. Ich ging schnell dazwischen, zerfleischen konnten sie sich auch noch hinterher.

«Was meinen Sie?» fragte ich einen der beiden Fahrer, «hat Anke einen Fahrfehler begangen?»

«Ich befürchte, ja», sagte der mit dem blonden, fast unsichtbaren Vollbart. «Jeder von uns hat sich schon mal versteuert. Ich bin achtmal umgefallen. Aber im Normalfall rutscht man wie eine Schildkröte auf dem Rücken weiter. Blaue Flecken bis zum Abwinken, und damit du gar nicht erst anfängst zu verkrampfen, steigst du am besten gleich wieder in den Bob.»

«Warum regt sich der Professor so auf?»

«Der hat Angst um sein Geld», sagte Katja. «Nach dem Unfall in der letzten Woche war für die Öffentlichkeit zum Glück ja schnell die Luft raus. Eindeutig ein Unfall, fertig. Aber mit diesem Bekennerbrief geht es wieder los, und diesmal werden sich alle fragen, in was für einem Bob Anke eigentlich gesessen hat. Wenn wir Pech haben, berichten morgen alle Zeitungen über das Forschungsvorhaben.»

«Warum freut Sie das nicht? Geheim bleiben müssen doch nur die Ergebnisse. Warum das ganze Projekt?»

«Weil man die Sache dann nicht mehr in der Hand hat», sagte Katjas Kollege, der mich langsam interessierte. «Löffler ist mißtrauisch. Er glaubt, daß jeder von uns auf der Kippe steht, auszupacken. Am liebsten würde er alles allein machen, selbst die Fahrten.»

«Dieser Universitätsmensch hat Talent», sagte der blonde Bobfahrer. «Ich bin zweimal mit ihm runtergefahren. Hat keine Angst und ein gutes Auge.»

«Ist Paul Spiegel in irgendeiner Weise auffällig geworden?» fragte ich. «Hat er Geldsorgen?»

«Wer hat in Ostdeutschland keine Geldsorgen?» fragte Katjas Kollege zurück. «Aber nichts Dramatisches. Viel dramatischer wird es jetzt für die Firma auf der Werft. Wenn eine Zeitung den Brief abdruckt...»

«Der wird abgedruckt, davon können Sie ausgehen.»

«Ich habe Sie für seriöser gehalten.»

«Ich stehe unter Konkurrenzdruck. Ich will nicht als nettester Redakteur in die Geschichte eingehen.»

«Pfui», sagte Katja verächtlich.

Was waren wir alle moralisch heute. Dieselben Leute, die im Verlauf eines Mittagessens sechs bis acht Kollegen bis auf die Unterhose durchhechelten, legten sich mit Migräne ins Bett, wenn sie denselben Wortlaut in gedruckter Form vorfanden. Ich war seit langem der Meinung, daß die massenmediale Schamlosigkeit der privaten Schamlosigkeit nachfolgte und nicht umgekehrt. Jedenfalls waren meine Gesprächspartner menschlich schwer von mir betroffen. Ich wollte ihnen nicht weiter zumuten, den Schwefelgeruch zu ertragen.

Den Weg zum Sekretariat kannte ich ja schon. Zwei Türen vor dem Ziel füllten sich meine Augenwinkel im Vorübergehen mit Türkis. Die Sekretärin leistete einer Kollegin Gesellschaft, wahrscheinlich war sie gebeten worden, sich einige Minuten unsichtbar zu machen.

Er telefonierte im Büro. Die Tür zum Flur war geschlossen, nicht aber die Tür des Vorzimmers.

«... entsetzlich. Der Großkotz-Reporter hat's mir gerade in die Hand gedrückt. Der aus Dresden, genau. Vom Sport. Vom Sport, ich bitte Sie! Das kann ich doch nicht ernst nehmen... Ach ja? Sieh an, hat das blinde Huhn also mal ein Korn gefunden. Oder zwei, ist ja auch egal. Jedenfalls darf der Brief nicht abgedruckt werden. Was können Sie da tun...? Wann sehen Sie ihn? Warum erst um 15 Uhr, warum nicht in zehn Minuten...? Was heißt Gäste aus Kambodscha? Machen wir hier Spitzenforschung oder Völkerverständigung...? Nein, ich bin nicht erregt, wie kommen Sie darauf? Wenn das abgedruckt wird, ist der Plan erledigt. Bis jetzt hat alles eins-a geklappt... was? Welcher Unfall? Ach, der Unfall. Wen kümmert denn der Unfall? Ich rede von dem Plan. Die Blutegel sind da. Alle voll auf die Kufen fixiert... Wie die Motten und das Licht. Wir sind einfach zu gut. Ich habe zwischendurch schon selbst daran geglaubt... Was? Ja, bitte. Ich komme so schnell wie möglich. Danke, heute abend große Lage. Bei mir. Ich koche was Schönes, allein schon, damit das viele Kräuterzeug endlich von meinem Küchenfenster verschwindet. Sie haben es gut. Sie sind fromm und können beten. Adieu.»

Um nicht weiter aufzufallen, suchte ich die Toiletten auf. Dort erhielt ich 30 Sekunden später Gesellschaft von Professor Löffler. Er überreichte mir das Bekennerschreiben mit den Worten: «Nein, ich werde Ihnen nicht verraten, mit wem ich telefoniert habe.»

«Interessieren würde mich nur, ob es Paul Spiegel war.»

Er starrte mich an. «Mann Gottes, Ihre Phantasie möchte ich haben.»

Ich gab sie ihm aber nicht.

18 Der schnelle Abgang

Laut Karte mußte ich mich nur ständig rechts halten und würde nach sechzig Kilometern Altenberg erreichen. Im ersten Ort entdeckte ich das Schild «Schneeketten. Frisch eingetroffen».

Das Erstaunlichste an dem Supermarkt war, daß der Besitzer noch ein Plätzchen gefunden hatte, um die Schneeketten zu stapeln. Es war quälend eng hier drin, jeder Quadratmeter vollgestellt, man hielt unwillkürlich die Hände dicht am Körper, um nichts herunterzureißen.

Ich würgte die Ketten über die Räder, fuhr an, nach zehn Metern knallte es links vorn ungesund, und die Kette sah nicht mehr frisch aus. Erbost pulte ich die Trümmer ab und verließ den Ort, der mir mein handwerkliches Versagen ein weiteres Mal bewußt gemacht hatte.

Ich fuhr seit zwei Wochen durch ein verschneites Sachsen, doch jetzt wurde es kriminell. Verwehungen hatten den Schnee meterhoch neben die Straße getürmt, der Wagen rutschte Richtung Altenberg. Über der Straße berührten sich die schneebepackten Äste. Es schneite nicht, das Licht war gut, aber ich kam so langsam voran und mußte mich ständig konzentrieren. Nachlässigkeit nahm der Wagen unverzüglich übel.

«... auf der kurzfristig einberufenen Pressekonferenz sagte der Polizeisprecher eine gründliche Untersuchung zu. Bis jetzt ist noch nicht klar, aus welcher Waffe die tödlichen Schüsse auf dem Gelände des Güterbahnhofs abgegeben wurden. Zeugen aus Kreisen der Sprayer wollen gesehen haben, wie ein Bahnpolizist auf Sven B. gezielt habe. Dagegen betonte der Polizeisprecher, daß bei dem sogenannten Krieg der Sprayerbanden beide Seiten Stich- und Schußwaffen mit sich geführt hätten.»

Mich sehen und auf mich losstürmen war eins.

«Sie sind ein Wohltäter!» rief sie und schüttelte begeistert meine rechte Hand. «Wir sind ausgebucht! Und es rufen immer noch mehr an!»

Ich befreite mich, mußte dafür aber fast gewalttätig werden.

«Kennen wir uns?»

«Ich habe Sie in der letzten Woche gesehen!» rief sie so laut, als würde ich weit entfernt stehen. «Ich bin vom Fremdenverkehrsamt. Ausgebucht! Sie kommen mit vier Sonderzügen. Und nicht nur Senioren wie sonst immer.»

«Aber was habe ich damit zu tun?»

«Sie sind doch der, der die Revolvergeschichten über uns schreibt. Daß es einen gruselt beim Lesen. Wunderbar! Auch in Schellerhau und Bärenburg und Zinnwald und Rehefeld und Hirschsprung sind alle Betten voll.»

Ein Einheimischer, der unsere Begrüßung auf dem Parkplatz schon längere Zeit verfolgt hatte, sagte: «Die kommen alle nur, weil sie die Kräuterlikörfabrik besichtigen wollen.» Sofort sprang die Dame vom Fremdenverkehrsamt auf ihn zu und verschaffte mir damit die Gelegenheit zum Rückzug.

Am Dienstag nachmittag waren alle Teilnehmer an der Zweierbob-Europameisterschaft in Altenberg eingetroffen und absolvierten erste Trainingsläufe. Die Zahl der Zuschauer an der Bahn war deutlich größer als an den vorigen Tagen. Die Piloten und Bremser hätte ich auch erkannt, wenn Zuschauer, Funktionäre und Sportler dieselbe Kleidung getragen hätten. Sie standen gut im Futter, ihre Körper waren wenig stromlinienförmig.

Ich gelangte problemlos bis zur Pforte des Paradieses, und weil alles bisher so glatt gegangen war, testete ich mein Glück, indem ich mir unter lässigem Zücken des Presseausweises Zutritt zum Bereich verschaffte, der Offiziellen und Sportlern vorbehalten war.

Sie feilten, schmirgelten, schraubten, steckten mit dem Oberkörper im Innern der Bobs. Ich entdeckte den deutschen Superstar, den sprach niemand an, und selbst ich hätte es nur getan, wenn man mir vorher einen Sturzhelm geliehen hätte. Er dampfte vor schlechter Laune und arbeitete an seinem Schlitten, als würde er mit einem Gegner ringen.

Im Vorbeigehen versuchte mir jemand die Schulter zu brechen, mein neuer Schweizer Bekannter nickte mir zu.

«Wie sieht die Bahn aus?»

«Gut präpariert. Kennen sich aus mit so was, die einheimischen Hunde.»

«Und das Quartier?»

«Ich habe schon Schlimmeres erlebt. Allerdings auch Besseres.»

Ein anderer Athlet gesellte sich zu uns, er war der Bremser meines Schweizers. Natürlich hatte auch er den Körper eines kräftigen Mannes, aber gegen die bauernschlaue Art des Piloten wirkte er wie ein Student. Ich wunderte mich nicht, als ich herausbekam, was er im Hauptberuf war: Student der Zahnmedizin und Zehnkämpfer. Ich griff in meine Tasche und fand vier Schokoriegel.

«Schade», sagte ich, «wenn Sie nicht kurz vor dem Wettkampf stünden, würde ich Ihnen etwas anbieten.»

«Ein bißchen Zucker wirft uns nicht um», entgegnete der Pilot.

«Dann ist es doppelt schade, daß es ausgerechnet vier Riegel sind. Kompliziert, die zwischen drei Leuten aufzutei...»

Zwei schnelle Bewegungen, und beide Bobfahrer hielten je zwei Schokoriegel in ihren mächtigen Händen. Kein Wunder, daß sich dieses Land in Europa immer mehr isoliert.

Im Augenwinkel glaubte ich, Löblich erkannt zu haben, er war gleich wieder verschwunden.

Aber ich bemerkte einen Touristen. Er stand neugierig an der Tür und umrundete danach die Bobs. Er blieb stehen und hob seinen Camcorder ans Auge. Vielleicht lief die Kamera sogar zwei oder drei Sekunden, dann wuchs vor ihm dieser Hüne aus Österreich empor und pflückte dem Filmer die Kamera vom Auge. Jeder sagte einen Satz, dann gab es von seiten des Österreichers eine heftigere Bewegung. Erst fiel die Kamera zu Boden, dann rieb sich der Tourist verdutzt die Wange, sie war feuerrot. Ein anderer Bobfahrer hielt die Tür auf, der Österreicher expedierte den Touristen, ihn gleichzeitig an Hose und Arm packend und «Pfüati» rufend, mit Schwung ins Freie.

Ich murmelte «aua, aua», und mein Schweizer Pilot sagte: «Korrekt. Auf meinen Bob hält auch keiner eine Kamera, den ich nicht kenne.»

«Angst vor Spionen?» Er nickte. «Aber das war doch ein harmloser Typ.»

«Wenn ich eines Tages Spion werde, verkleide ich mich auch so, daß ich aussehe wie ein Idiot.»

Bei den Engländern nebenan herrschte die beste Stimmung, das lag wohl auch am Inhalt ihrer Trinkbecher. Ich schlenderte hinüber, ergriff einen Becher und sagte ihnen auf den Kopf zu: «Doping.»

Sie stutzten, lachten schallend, einer goß den Inhalt des Bechers auf den Boden und sagte mit schrecklich rollendem R: «Dopingprobe. Danebengepißt.»

Wir lachten gerade so schön völkerverbindend miteinander, als sich mir eine Hand auf die Schulter legte.

«Herr Stützner», sagte ich freundlich. «Ich dachte gerade an Sie, wir sprachen über die hervorragende Organisation.»

«Wo ist Ihre Akkreditierung?»

«Meine...? Ja potzblitz, wo ist die denn abgeblieben? Wollten Sie sie mir vielleicht gerade bringen?»

«Ohne Akkreditierung haben Sie im Innenbereich nichts verloren. Das ist das eine. In Ihrem Fall kommt erschwerend hinzu, daß ich Ihnen am Sonntag Hausverbot erteilt habe. Zu meinem Bedauern muß ich feststellen, daß Sie sich nicht an meine Anweisungen halten. Deshalb muß ich – so leid es mir tut – Anzeige gegen Sie erstatten wegen Hausfriedensbruch.»

Erstaunlich, wie konzentriert so viele Menschen aus so vielen Nationen miteinander schweigen konnten.

«Würden Sie mich bitte nach draußen begleiten», sagte Stützner.

Dann trat der Österreicher auf uns zu. «Gibt's was?» fragte er mit gefährlicher, lauernder Gemütlichkeit. Kein Zweifel, der Tourist mit dem Camcorder hatte ihn auf den Geschmack gebracht. Er sah mich an, wie ein Kraftsportler seine Hantel betrachtet. Da mich nun auch meine Schweizer Freunde mit kälter gewordenen Augen betrachteten, peilte ich die Tür an.

Draußen stand ich Löblich gegenüber. Ich wandte mich an Stützner und sagte: «Da müssen Sie aber drauf achten, daß vor der Tür keine Hundehaufen herumliegen. Macht keinen guten Eindruck.»

«Ärger?» fragte Löblich mit Gesichtszügen, die scheinheilig grinsend verschwammen.

«Geben Sie's zu, Herr Stützner, dieser Mann hier ist Ihre Quelle, die Ihnen alles über mich erzählt hat.»

«Ich gebe gar nichts zu. Verlassen Sie einfach das Gelände», knurrte der Mann von der Organisation und ließ uns stehen.

«Aber Sie wollten ihn doch...!» rief Löblich und brach ab.

«Okay, Kollege. Ich weiß noch nicht, was. Aber ich denke mir was aus. Speziell für Sie. Es wird einen bleibenden Eindruck hinterlassen. Allein schon für Ihren letzten Kommentar im Blatt.»

«Oho, was höre ich denn da? Das klingt ja wie eine Drohung.»

«Das ist ein Versprechen, Löblich. Und ich pflege meine Versprechen zu halten.»

19 Blut auf den Schienen

«Hast du schon gehört, sie haben Josephines Freund erschossen! Der Chef war vorhin kurz da. Sieht aus, als sei er seit Tagen nicht mehr vom Scheißhaus runtergekommen.»

«Christine, würdest du bitte zu den Fakten zurückfinden.»

«Letzte Nacht haben sie Josephines Freund erschossen. Die Rotznasen waren im Straßenbahndepot, wollten Wagen bemalen. Die Polizei hat sie schon erwartet.»

«Wie das denn? Hat die Polizei einen V-Mann in der Bande?»

«Weiß ich doch nicht. Jedenfalls hat es eine Schießerei gegeben.»

«Mit wie vielen Waffen?»

«Weiß ich nicht. Jedenfalls...»

Ich ging ins Lokale. Klockmann ließ mich erst seinen Artikel lesen und lieferte mir danach seine Notizen aus. Er war ein Pedant, ein Ordnungsfanatiker. Bei Klockmann überkam mich oft das Bedürfnis, ihm aus Versehen eine Tasse Kaffee auf den Schreibtisch zu schütten. Seine Schmierzettel waren übersichtlicher als meine Tabellenseiten.

Der Tote hieß Markus Dietz, achtzehn Jahre jung. Abgebrochene Tischlerlehre, abgebrochene Fotografenlehre. Die Polizei hatte einen Tip bekommen und das Straßenbahndepot eingekreist. Sie schlugen zu, als die vier Sprayer noch keine zehn Minuten gearbeitet hatten. Über die Zahl der Polizisten existierten widersprüchliche Angaben, sie reichten von acht bis zwanzig. Als die Fahnder die Sprayer vor dem Straßenbahnwagen gestellt hatten, waren die Sachbeschädiger aufgefordert worden, ihre Farbdosen auf den Boden zu stellen. Die Sprayer gaben an, dem Befehl Folge geleistet zu haben, die Polizei bestritt dies. Als gesichert konnte gelten, daß ein Polizist einem Sprayer die Dose aus der Hand schlagen wollte. Daraufhin waren die beiden im Handumdrehen in eine Rauferei verwickelt. Polizisten und Sprayer waren ihrem Mann zu Hilfe gekommen, und dann waren Schüsse gefallen. Ab dieser Sekunde existierten zwei Versionen. Polizeiversion: Einer der Sprayer hielt plötzlich eine Waffe in der Hand, daraufhin, und nicht eher, zogen die Beamten ihre Dienstwaffen. Trotzdem gab der Sprayer einen Schuß ab, möglicherweise ungezielt, in der unübersichtlichen Situation und bei der schlechten Beleuchtung war dies nicht zu erkennen. Die Beamten mußten den Schuß für einen gezielten Angriff auf Leib und Leben halten. Ein oder zwei Beamte gaben insgesamt vier oder zehn Schüsse ab, die Untersuchungen waren noch nicht abgeschlossen. Der Sprayer erlitt einen Bauchschuß, der die große Körperschlagader zerriß, und erlag noch im Depot seinen Verletzungen.

Version der Sprayer: Der später getötete Freund zog in der Tat eine Waffe, schoß aber nicht und richtete die Waffe auch zu keinem Zeitpunkt auf einen Polizisten. Die Polizisten agierten von der ersten Sekunde an aggressiv. Als sie die Waffe sahen, drehten zwei oder drei von ihnen durch, zogen ihre Waffen, wobei einem die Pistole aus der Hand glitt, und schossen insgesamt zehnmal oder häufiger. Es war eine gezielte Hinrichtung.

«Warum kommt mir das alles nur so vor, als hätte ich es schon zwanzigmal gelesen?»

Klockmann unterbrach das Abwischen seines Bildschirms und sagte: «Die Tochter von Eß ist voll durchgedreht. Sie stand nach der Polizei-Pressekonferenz plötzlich vorne am Tisch und ging sofort auf den Sprecher los. Wenn nicht einer dazwischengegangen wäre, hätte sie ihm die Augen ausgekratzt.»

«Aber sie haben sie nicht in Notwehr erschossen. Volle Profis, unsere Polizei.»

Ich wußte, was jetzt passieren würde. Gestern abend waren zwei Wahrheiten gezeugt worden, beide Seiten würden ihre jeweilige Lieblingswahrheit füttern und tränken und alles tun, damit sie prall und rund wurde.

«Einen Vorteil hat das Ganze», sagte der wischende Klockmann. «Jetzt hören endlich die Schmierereien auf.»

«Wieso Schmierereien? Hat die Polizei mit den Farbdosen gearbeitet?»

«Ha, ha, sehr witzig. Der Bürgermeister hat einen Appell an die Sprayer gerichtet. Hast du das nicht im Radio gehört? Ihr Sportleute kriegt vom richtigen Leben eben nichts mit.»

«Du kannst froh sein, daß ich nicht mehr meine kleine Wohnung habe. Sonst würde ich dich da an einen Sessel fesseln und dich 24 Stunden zusehen lassen, wie alles verdreckt. So was kann einen Mann wie dich brechen.»

In der folgenden Stunde verfolgte ich neidisch, wie sich Lokales und Regional-Redaktion darum balgten, in wessen Zuständigkeit das Bekennerschreiben des untergetauchten Paul Spiegel fiel.

«Laßt es mich doch machen, wenn ihr euch nicht einigen könnt», schlug ich großherzig vor. Daraufhin einigten sie sich innerhalb von 30 Sekunden.

Besendahl hatte tagsüber die Stellungnahme der Bobfabrik zu dem Bekennerschreiben eingeholt. Die Geschäftsführerin Vilakazi hatte sofort erkannt, was sich da über ihrem Betrieb zusammenbraute, und eine lauwarme Erklärung zusammengestoppelt. «Unsere Firma hat mit den Geschehnissen in Altenberg nichts zu tun. Wir werden gegen jeden mit rechtlichen Mitteln vorgehen, der anderes behauptet.»

Am Rande kümmerte ich mich auch um die restliche Welt des Sports: Short Track in der Eishalle, die Siegesserie der Basketball-Damen des Dresdner Vereins BV Zschachwitz in der Oberliga und den bevorstehenden City-Lauf der Allgemeinen Ortskrankenkasse am Sonnabend in der Innenstadt. Am sogenannten Jedermannslauf wollten auch Hornung und Tannhauser aus der Redaktion teilnehmen. Tannhauser wollte mich überreden, mitzulaufen. «Sollte für den Sportchef eigentlich Ehrensache sein.»

«Du läufst doch nur, damit du nicht bei deiner Frau zu Hause sitzen mußt.»

Aber Frau Tannhauser lief ebenfalls mit. Ich stellte mir vor, wie Hedwig und ich zum erstenmal gemeinsam kegeln gehen würden.

«Wo steckt eigentlich der Kleine?» wollte Besendahl wissen.

«In Altenberg. Sonderauftrag.»

«Warum kriege ich nicht so einen Sonderauftrag?»

Ich stellte mir vor, wie Egon versuchte, die Bobfahrerin Uschi von den Freuden eines Liebesakts zu überzeugen. Zwischendurch rief ich Hedwig an, die in der Klinik eine Doppelschicht absolvierte, weil viele Kollegen mit Grippe ausgefallen waren. Sie berichtete mir vom Genesungsprozeß des Irokesen.

«Er steht neben mir und möchte mit dir reden.»

Es bellte zweimal im Hörer, viel qualifizierter waren die meisten Antworten, die ich bei meinen Interviews erhielt, auch nicht.

«Wie hast du es geschafft, den Hund in die Klinik einzuschleppen? Ich denke, Tiere sind bei euch strikt verboten.»

«Ich habe gesagt, daß ich ihn für einen Versuch brauche.»

«Was für einen Versuch denn?»

«Wellness für Hunde.»

Ich war nicht sicher, ob sie das ernst meinte. Als ich mir den Irokesen mit einer Gurken-Gesichtsmaske vorstellte, bekam ich vor Lachen einen Schluckauf, der so hartnäckig war, daß Christine den Telefonhörer übernahm:

«Ich lege jetzt auf, und dann schlage ich ihm so lange auf den Rükken, bis es aufhört.»

«Je kleiner der Mann, desto größer das Auto», sagte ich und kletterte kurz nach 19 Uhr 30 zu Massimo in den Geländewagen.

«Dafür seid ihr Germanen miese Liebhaber», sagte der Fotograf und bot mir einen Kaugummi an.

«Schon jemand gekommen?»

«Du bist gut. Ich weiß nicht, wie die aussehen.»

«Ich doch auch nicht.»

«Gute Voraussetzungen. Deshalb habe ich seit zwanzig Minuten jeden fotografiert, der das Haus betreten hat.»

Dafür beglückwünschte ich ihn. Wir vertrieben uns die Zeit mit Klatsch. Massimo wußte, daß Kathrin bei mehreren Ärzten gewesen war, aber keiner die Ursache für ihre lange Appetitlosigkeit festgestellt hatte. Ich erzählte von dem Kollegen im Layout, der eine Villa in Polen geerbt hatte und ernsthaft über Auswanderung nachdachte. Massimo wollte gehört haben, daß Dr. Eß seiner Tochter Hausverbot erteilt hatte, solange sie vor Zeugen Rachegelüste gegenüber Polizeibeamten ausstieß.

«Ist eine arme Sau», sagte ich. «Mit achtzehn zusehen zu müssen, wie dein Freund über den Haufen geschossen wird.»

«Sie kommt drüber weg.»

«Kennst du Josephine?»

«Vom Sehen. Wir verkehren im selben Lokal. Sie wohl häufiger als ich. Ist so eine Existentialistenbude. Aber Musik vom feinsten. Und der Wein auch.»

Dann ging es los. Innerhalb von zehn Minuten fuhren diverse Autos auf der Suche nach einem Parkplatz am Haus vorbei. Massimo fotografierte ohne besondere Vorsichtsmaßnahmen aus dem Wagen heraus. Es war ja längst dunkel. Ich kam auf vier Kandidaten, denen ich zutraute, zur Sondersitzung bei Löffler unterwegs zu sein.

Viertel nach acht brach ich die Aktion ab und sagte Massimo, daß ich die Bilder morgen früh um neun auf meinem Tisch vorfinden wollte. Er hatte sich so etwas wohl schon gedacht und muffelte in seinem heimatlichen Idiom herum.

Um 22 Uhr 35 warf Massimo die Steine durcheinander: «Du bist resistent gegen Backgammon.»

Er war nicht der erste, der mir das sagte.

Um 22 Uhr 38 betrat Josephine das Lokal. Selbst bei Kerzenlicht sah sie blaß aus. Vom Eingang an absolvierte sie die Tröstungstournee, eine Umarmung nach der anderen, Kopf-hoch-Sprüche und mehr als eine geballte Faust. Ich besorgte mir an der Theke einen dreifachen Rum, tippte Josephine auf die schmale Schulter und drückte ihr schweigend das Glas in die Hand. Sie trank aus, sagte auch kein Wort, und ich ging zu Massimo zurück.

Zehn Minuten später stand sie neben mir, nickte Massimo zu und sagte, ohne mich anzusehen: «Danke für den Schnaps. War besser als das viele Mitleid.»

In den folgenden Minuten plapperte ich munter los. Weil immer wieder junges Volk dazwischenplatzte, setzte ich Josephine auf Massimos Platz an der Schmalseite der Theke, so daß ich sie fortan gegen den Rest des Lokals abschirmte. Irgendwann war der Zeitpunkt erreicht, ab dem sie über den gestrigen Abend im Depot berichten konnte. Hatte Markus nun eine Pistole gezogen oder nicht? Nein. Ein anderer aus der Gruppe? Nein. Einen Gegenstand, den man für eine Pistole halten konnte? Nein. Also vorsätzlicher Mord? Ja ja ja.

Wir kauften dem Zeitungsboten die *Depesche* von morgen ab. Die Todesschüsse im Straßenbahndepot waren natürlich der Aufmacher. Auf Seite eins des Lokalteils dann die Parodie: die Kolumne des Bürgermeisters zum Thema Graffiti.

«Eine Katastrophe kann auch Anlaß zum Umdenken sein. So besehen erhält der tragische Tod eines jungen Menschen, an dem niemand Schuld trägt, einen Auftrag an uns alle: Die Kunst gehört ins Museum oder an jene Orte des Stadtbildes, die dafür ein Mandat haben. Privateigentum muß geschützt werden, und wenn sich Eigentümer, wie diverse Versicherungen oder die Bahn, partout nicht mit den hastig hingeworfenen Geistesblitzen unserer mobilen Picassos schmücken lassen wollen, dann sollten die Helden der Farbdose einsehen, daß ihre Kreativität auf einer Leinwand besser aufgehoben ist.»

Die Zeitungen gingen im Lokal herum. Bei einer sofort durchgeführten Wahl zum Oberbürgermeister hätte der Amtsinhaber es auf null Prozent der abgegebenen Stimmen gebracht.

Josephine gehörte zu denen, die am wenigsten empört waren. «So sind sie eben», sagte sie. «Kunstbanausen. Dukatenkacker. Hetzer. Aber morgen eröffnen sie die Ausstellung irgendeines Künstlers, den sie nicht verstehen, und halten eine Rede über Kunst und Freiheit, die sie auch nicht verstehen.»

«Jedenfalls könnt ihr jetzt einpacken», sagte Massimo. «Jeder Bürger wird bei euern Bildern in der nächsten Zeit an Tod und Verderben denken.»

«Woher hat die Polizei gewußt, wo ihr gestern sein würdet?» fragte ich.

«Keine Ahnung. Zufallstreffer. Wahrscheinlich haben sie uns an mehreren Orten aufgelauert.»

«Was ist mit euern Feinden?»

«Das sind keine Feinde, sondern Rivalen.»

«Was ist mit denen?»

«Was soll mit denen sein? Arschlöcher sind sie.»

Wir spendierten Josephine einen sächsischen Eintopf, den sie im Lokal als Universalmittel gegen Kater, Depressionen und Hunger feilboten. Eine Freundin drängelte sich zu Josephine durch, nahm sie in die Arme, tröstete. Auch mir tat Josephine leid. Wie so oft, wenn der Staat Stärke zeigen wollte, war alles schiefgegangen. Ich ging davon aus, daß kein Legionär im Blutrausch den Jungen füsiliert hatte. Bestimmt war alles viel banaler abgelaufen: Eifer, Angst, Panik, Peng.

Um mich herum diskutierten sie die Kunst und Kunstmotive der Sprayer, ihre amerikanisierten Schlagworte. In diesem Lokal mußten sie nicht damit rechnen, Widerspruch zu ernten. Eine Tür weiter aber begann die reale Welt; wie die auf Graffiti reagierte, wußte ich nicht nur aus unseren Leserbriefspalten. Schmiererei, Affenkunst, Sachbeschädigung, Diktatur der Straße.

«Und wenn sie mich zusammenschlagen», sagte Josephine, «sie kriegen uns nicht weg. Jetzt erst recht nicht. Wenn die Polizei anfängt zu entscheiden, was Kunst ist und was nicht, müssen noch viel mehr zur Dose greifen.»

«Ihr müßt sie mit ihren eigenen Waffen schlagen und nicht mit euren. Eure sind zu schwach. Und wenn sie dir erst mal den Arm gebrochen haben, ist sowieso Pause mit Kunst.»

«Sollen wir Verbotsschilder sprayen, oder was?» fragte Josephine verächtlich.

Ich fand die Idee nicht halb so dumm wie sie, aber ich sagte: «Was eint denn alle Dresdner, die ein Mandat haben oder Macht, oder offiziell andere verhauen dürfen?»

«Der Hirnschaden.»

«Okay, Josephine, das ist natürlich ganz toll radikal. Hier kommt zur Abwechslung ein wenig Vernunft: Die Dresdner Amtsinhaber finden es ganz toll, Dresdner zu sein. Kapiert? Besorg dir ein Geschichtsbuch, in dem August der Starke abgebildet ist; und die Gräfin Cosel, seine Top-Mätresse; und Böttger, der Porzellanmacher; und die Dinglinger-Brüder und und und. Viel Barock und Schlösser und Feste. Keine Karikaturen, auf keinen Fall Verhohnepipelungen. Ein hoher Wiedererkennungswert ist die halbe Miete. Stichwort Werktreue. Das sind eure neuen Graffiti, und dann wollen wir doch mal sehen.»

Den zweiten Teil meiner kleinen Ansprache hatte ich weitgehend unbelästigt von Hintergrundgemurmel gehalten. Auch Josephines Blick hatte sich geändert.

«August der Starke», murmelte sie. «Du willst uns zumuten, August den Starken ... veräppeln kann ich mich alleine.»

«Daran habe ich keinen Zweifel», sagte ich ärgerlich. «Ich habe mir nur vorgestellt, wie zwei städtische Arbeiter mit Lappen und Besen in der Perücke von August herumfuhrwerken. Davor stehen fünf Fotografen, und am nächsten Tag lacht die ganze Welt. Herr Wirt, die Rechnung! Und eine Quittung.»

«Null Uhr und 24 Minuten. Wenn plötzlich neben Ihnen ein Gespenst im Bett liegt, muß es nicht an der Geisterstunde liegen. Aber nicht zu laut schreien! Der nächste One-Night-Stand sieht bestimmt besser aus. Das war wieder eine wahnsinnige Geschichte, wie sie nur das Leben schreibt, von Young & Yenidse, dem Sender, der es viel zu schade findet, das Leben nur zu Hause zu verbringen. Wie bei uns üblich, haben wir um Mitternacht wieder bei unseren klugen öffentlich-rechtlichen Brüdern die Nachrichten verfolgt. Sie können ruhig weiterfeiern, auch in dieser Nacht geht die Welt nicht unter – diverse kleine Tode eingeschlossen, aber für die sind Sie ganz allein verantwortlich. Sie und Ihre Kondition.»

Am späten Abend besaß der Winter die Anmutung, die ihm die Zivilisation tagsüber mit ihren Vernichtungsfeldzügen streitig machte. Etwas in mir schlug vor, nicht auf der Hauptstraße nach Hause zu fahren, sondern die Nähe der Weinberge zu suchen. Wunderbar, wie die weiße Decke das Licht verstärkte und auf der Straße die Geräusche dämpfte. Die kristallklare Luft schmeckte so gut, daß ich sie genüßlich inhalierte wie weiland Zigarettenrauch.

Zum erstenmal in diesem Winter ließ ich auf der Heimfahrt die Autoheizung im Normalbereich. Weil Hedwig nicht zu Hause war, wollte ich nach erfolgreicher Vertreibung der Katzenbrut aus meinen Daunen unverzüglich ins Bett flüchten.

Der Wagen knirschte in den Innenhof. Ich stieg aus – und stutzte. Überall Reifenspuren. Waren die Sprayer zurückgekommen? Aber am Wandbild hatte sich nichts verändert. Die Reifenspuren konnten nicht von Hedwig stammen, denn sie war vormittags in die Klinik gefahren. Es waren mehrere Wagen gewesen oder ein Wagen, der hin- und herrangiert hatte. So etwas kam bei uns vor. Aber heute hatte kein Wagen etwas auf dem Hof zu suchen gehabt. Zudem lag der Innenhof so abgeschlossen, daß niemand auf die Idee kam, ihn zum Wenden zu benutzen.

Im Haus war es dunkel, aber ich sah auch ohne Licht, daß auf meinem Hof nicht nur gefahren, sondern auch gegangen worden war. Hin und her zwischen dem oder den Wagen und der Tür, die in die Kelterei führte. Ich holte die Stablampe aus dem Wagen, ein stabiles Stück, das man außer zum Leuchten noch für andere Zwecke benutzen konnte, beispielsweise, um sie einem Angreifer zwischen die Beine zu hämmern. Plötzlich fand ich es naiv, so unvorsichtig auf den Hof gefahren zu sein.

In die Kelterei gelangte man auf drei Wegen: vom Hof durch die Tür, vor der ich stand, durch die Garagen und vom Haus durch den Keller. Wir verfügten über einen Kellertrakt für Haushaltszwecke und über eine Abteilung, in der einst die Fässer gestanden und die Flaschen gelagert worden waren. In den felsigen Untergrund geschlagen und roh belassen auf einem Grundriß von 15 mal 20 Metern.

Ich legte die Hand auf den Türdrücker. Ohne einzutreten, erkannte ich, daß die Kelterei menschenleer war. Ich spürte, wie meine Nackenmuskulatur lockerer wurde. Ich schloß die Tür und stand in der dunklen Kelterei. Leider hatte der Vorbesitzer alle brauchbaren Geräte abgebaut, um am Ende noch so viel Geld wie möglich herauszuholen. Ich hatte das oft bedauert, aber jetzt kam es mir zugute, denn auf dem Weg zur hinteren Tür hatte ich kaum Gelegenheit, irgendwo anzustoßen. Mit der Hand am Drücker kam das große Zögern. Je tiefer ich ins Haus eindrang, um so länger wurde der Weg ins rettende Freie. Aber die Reifenspuren! Ich betrat den Verbindungsflur zum Wohntrakt, blieb stehen und lauschte, nichts.

Vor der Kellertür zögerte ich. Dann stieg ich meine Treppe in meinen Keller hinunter und ärgerte mich, daß ich dabei war, das Urvertrauen in mein Hab und Gut zu verlieren. Komplett verloren hatte ich bereits die Restwärme aus dem Wagen.

Unten stand ich vor der Wahl zwischen Haushaltskeller und Weinkeller. Ich faßte die Stablampe fest. Drinnen ein Geräusch. Niemand hielt mich davon ab, jetzt die Polizei zu holen. Dafür war sie da, sie hatte 24 Stunden am Tag Dienst. Ein beruhigender Gedanke – für feige Reporter und Muttersöhnchen.

Die Tür schwang auf, und weil ich gleich zu Beginn einen nachhaltigen Eindruck hinterlassen wollte, stieß ich auch den zweiten Flügel auf. Dann bewegte ich mich längere Zeit nicht mehr.

Der Tisch war zehn Meter lang und vollgestellt mit Röhrensystemen, komplizierten Leitungen aus Glas. Kolben, Überlaufgefäße, Verdunster, köchelnde Töpfe auf etwas, für das mir nur das Wort Campingkocher einfiel. Neben und hinter dem Tisch oder der Reihe aus Tischen standen Schränke in Messing oder Silber, teils mit Türen aus Glas, teils mit festen Türen und hermetischen Griffen, die aussahen wie von einem Tresor abgebaut.

Mein Keller war ein Labor, ich sah die Weinkisten nicht mehr, die Glasballone. Aber eins sah ich: den Mann an den Tischen.

«Treten Sie näher», sagte Kurland. «Sie müssen keine Angst haben, daß Sie etwas kaputtmachen könnten.»

«Mann Gottes, was haben Sie hier inszeniert?» Kurland antwortete nicht, er trieb sich zwischen seinen Kolben und Pipetten herum, und er summte! Der Mann summte vor guter Laune.

«Ich gebe Ihnen jetzt ein Stichwort, und Sie assoziieren, okay?»

«Fangen Sie an», sagte er munter.

«Hausfriedensbruch.»

«In der Regel eine schlimme Sache, besonders wenn zuwenig Platz ist und wenn dem Besitzer materiell oder körperlich geschadet wird. Insgesamt eine Erfindung für mediokre Gemüter. Sie stehen darüber.»

«Hedwig.»

«Sie wird es verstehen, wenn sie Sie liebt.»

«Sie liebt mich, ist aber ansonsten zurechnungsfähig und hochintelligent.»

«Von uns werden Sie nichts hören und nichts sehen», sagte Kurland. «Es kann auch nicht mehr lange dauern.»

«Kommen wir zu den grundsätzlichen Fragen. Warum?»

«Weil es notwendig war, am alten Ort unsere Zelte abzubauen.»

«Warum?»

«Weil unser bisheriger Gastgeber, nun ja, die Geduld verlor. Ein trauriger Wesenszug der heutigen Zeit.»

«Warum bei mir?»

«Hier stören wir nicht.»

«Woher wissen Sie das?»

«Ich habe mich erkundigt. Und umgesehen.»

Ich hielt seinen letzten Satz spontan für Bluff. Gleich danach nicht mehr.

«Das ist Einbruch.»

«Das Wort ruft die falschen Assoziationsketten ab.»

«Sie meinen, weil Sie nichts gestohlen haben, ist es kein Einbruch.»

«Auch nicht. Sondern weil ich weiß, wonach ich suche. Daher ist es gerechtfertigt.»

«Weil alles, was Sie tun, einem höheren Zweck dient?»

«Ich spüre Verärgerung.»

«Ich hätte gute Lust, Ihnen ein paar an die Ohren zu hauen.»

«Das traue ich Ihnen zu. Ich werde keine Kraft darauf verwenden, mich zu wehren. Verspüren Sie unter diesen Umständen noch Spaß daran?»

«Nächstes Thema: Was?»

«Das wissen Sie.»

«Sie suchen in meinem Keller nach Gold? Ist Ihnen eigentlich klar, wie kalt es hier unten ist?»

Kurland trat dicht vor mich, aber ich wußte, daß er mich nicht berühren würde. «Ich spüre, wie sehr Sie die Vorstellung erregt, daß in Ihrem Haus der epochale Durchbruch gelingen könnte. Meine Mitarbeiter sind dahingehend instruiert, daß Sie unsere Anwesenheit gutheißen.»

«Sie sind nicht allein?»

Kurland winkte mir zu, ich folgte ihm in den hinteren Teil. Die Spanische Wand wurde erst sichtbar, wenn man fast davorstand. Auf Campingliegen schliefen eine Frau und ein Mann. Beide waren jung, unter dreißig.

«Sie sehen, wir haben hier unten alles, was wir wollen», sagte Kurland.

«Haben Sie Toilettenpapier?»

«Wenn wir die Toilette am Eingang benutzen dürften...»

«Wo kommen die beiden her?»

«Aus Tschechien. Sie sprechen übrigens kein Deutsch und konzentrieren sich nur auf ihre Arbeit.»

Wir gingen wieder in den vorderen Teil.

«Sie werden sich hier den Tod holen», sagte ich.

«Wir verfügen über eine Heizung. Wir verpflegen uns selbstverständlich auch selbst.»

«Wie dicht sind Sie davor?»

«Es sind die Unterlagen von Berger, dem Chemiefabrikanten. Sie haben uns aus einem gewissen Motivationsloch gerissen.»

«Wie dicht?»

«Ich nenne keinen Zeitraum. Man setzt sich selbst unnötig unter Druck. Aber ich wäre nicht überrascht, wenn Sie Ostern schon fast vergessen haben, daß wir jemals hiergewesen sind.»

«Ich will fotografieren.»

«Abgelehnt.»

«Ich fotografiere, Sie behalten die Negative bis zum Tag X. Dann bekomme ich sie. Außerdem bekomme ich das Exklusivrecht. Und nun das schönste: Ich werde Ihnen keinen Pfennig dafür bezahlen.»

«Wozu auch? Wenn der Durchbruch gelingt, ist Geld nicht das Problem. Nicht mehr.»

Als ich an der Tür stand, drehte ich mich noch einmal um. Kurland hatte mich schon vergessen. Ich fand in seinem Gesicht nichts, was ihn als Verrückten entlarvt hätte. Er war nur konzentriert.

«Eine Frage noch, Herr Kurland. Gibt es jemanden, der weiß, wonach Sie suchen, und Sie deshalb verfolgt?»

«Wenn Sie so leben müssen wie ich, entwickeln Sie einen siebten Sinn für Verfolger. Es ist alles ruhig. Gute Nacht.»

21 Hoch die Tassen für die internationale Solidarität!

Um 9 Uhr betrat ich die Redaktion, griff den Umschlag von meinem Schreibtisch und verließ die Redaktion. Um 9 Uhr 25 sagte ich: «Mit Milch, ohne Zucker. Wann kapiert das hier endlich einer?»

«Merken Sie sich das endlich», forderte der Staatssekretär seine Sekretärin auf, und ich sagte:

«Danke, Sie sind entlassen. Beziehungsweise können gehen.» Weil ich bei ihr in diesem Leben sowieso kein Bein mehr auf die Erde kriegen würde, sagte ich noch: «Husch, husch.» Als ich ihr Gesicht sah, nahm ich mir vor, nachher meine Radmuttern zu überprüfen.

«Kenn ich nicht», sagte der Staatssekretär und noch achtmal «kenn ich nicht». Bei einer gutaussehenden Frau hängte er «würde ich gern kennenlernen» an. Dann ließ er die Fotos auf den Schreibtisch fallen.

Ich griff mir Mann und Fotos und zog durch alle Büros im Ministerium, deren Bewohner man fragen konnte, ohne damit eine Regierungskrise auszulösen. Bezeichnenderweise war es eine Vorzimmerdame, die den ersten Treffer landete. «Das ist doch der Dings, der Dings...»

«Noch mal von vorn.»

«Turrini! Und mit Vornamen heißt er... na...»

Turrini war ein Professor der Technischen Universität Dresden, die Vorzimmerdame hatte ihn bei der Feier zur Etablierung eines neuen Fachbereichs oder Studiengangs getroffen. Sie wußte nicht mehr, worum es gegangen war, aber an Turrini erinnerte sie sich, weil er auf dem Festakt als einziger Wanderschuhe getragen hatte, und zwar schmutzige.

Der Staatssekretär trieb ein aktuelles Vorlesungsverzeichnis auf. Turrini, Herwig, Dr. rer. nat., promoviert an der Bergbauakademie in Bad Harzburg, habilitiert in der Schweiz, seit einem Jahr in Dresden.

Alle anderen Fotos, die Massimo vor Professor Löfflers Haus geschossen hatte, waren Nieten.

Mein folgender Lebensweg war von Staus geprägt. So fand ich Muße, unterwegs die Zeitungen durchzusehen. Alle hatten das Bekennerschreiben abgedruckt. Die *Depesche* war und blieb verschnarcht, sie faßte sich schon so unaktuell an. Im *Elb-Boten* wurde Löblich von Tag zu Tag besser. Noch 60 Jahre, und er würde mich eingeholt haben.

Vor der Fabrik war die Hölle los. Der MDR und SAT. 1 und DSF und ein TV-Team ohne Aufkleber bibberten gereizt im eisigen Wind. Die Printkollegen bewiesen ihre größere Grundintelligenz dadurch, daß sie sich in ihren Wagen aufhielten. Ich klopfte an ein Fenster. Egon Besendahl öffnete vorsichtig die Tür und sagte: «Nicht so fest klopfen. Sonst...»

«Ist dir schon aufgefallen, daß dein Auto das Schicksal der DDR symbolisiert? Vorne anklopfen und hinten fällt alles auseinander.»

Constanze Vilakazi hatte für elf Uhr eine Presseerklärung angekündigt und bis dahin den Laden abgeschlossen.

«Ziemlich dumm», sagte ich. «Das vergißt kein Journalist, wenn man ihn im Frost stehenläßt.»

Ich bekam nicht gleich mit, daß Besendahl etwas fremdelte, weil ich in seinem Bereich aufgetaucht war. Ich berichtete über Löfflers Forschungsauftrag und das subversive Treffen gestern abend.

«Dieser Löffler hat doch selbst gesagt, warum sie sich treffen wollen», sagte Besendahl. «Wegen des Bekennerschreibens.»

«Finde ich übrigens ganz toll, daß du dich dem Dativ nach ‹wegen› so hartnäckig verweigerst.»

«Dabei bleibt's auch in diesem Leben. – Ich verstehe, warum Diebe auf die Bobs scharf sind. So arbeiten Industriespione.»

«Gut», sagte ich, «bleibt nur noch diese Geheimsprache von Löffler. Welche Blutegel haben angebissen? So hat er es genannt. Und warum die Angst, daß das Bekennerschreiben abgedruckt wird?»

«Könnte Fürsorge sein. Für den jungen Mann, der verschwunden ist. Der hat doch bei ihm gearbeitet, und nun wird er beschuldigt, ein Spion zu sein.»

«Klingt plausibel. Aber um diesen Herrn Spiegel ist es in dem Telefongespräch kein einziges Mal gegangen. Jedenfalls nicht bei Löffler.»

«Ob der Verschwundene und Löffler von etwas wissen, was keiner wissen soll?»

«Wenn ja, dann wissen es aber auch die, mit denen er sich gestern abend verabredet hat.»

Ich blickte auf die geschlossenen Türen, auf die frierenden Kollegen, dann sprang ich aus dem Wagen.

Der Opel stand gleich hinter der Hausecke. Ein ziviles Polizeifahrzeug. Ich faßte an, die Tür war offen. Weihnachten im Februar. Ich wußte, wo sie das Blaulicht aufbewahrten. Ich wußte auch, wie man es auf Touren bringt. Keine zwanzig Sekunden später rannten mich zwei Männer über den Haufen. Einen kannte ich, aber ich hatte jetzt keine Zeit, mit Kommissar Giebel zu plaudern. Unser Verhältnis war immer noch so, daß man das Plaudern besser in Gegenwart von Augenzeugen vollzog.

Ich betrat das Gebäude als letzter. Besendahl berichtete mir drinnen, daß die Kollegen den Bau regelrecht gestürmt hatten.

Sie hatten die Bobs zur Seite geräumt, um Platz für die Pressekonferenz zu schaffen. Natürlich bekamen wir alle mit, daß zwei Polizeibeamte unter uns waren. Das fand keiner gut, aber solange sie sich anständig benahmen...

Die Geschäftsführerin nahm Aufstellung; in dem Moment, in dem sie zu reden begann, öffnete sich eine Tür, und mein spezieller Freund mit der leeren Bierflasche trug Tabletts mit Bechern und Thermoskannen herein.

Frau Vilakazi begrüßte uns, ich wünschte ihr gute Nerven und am besten auch ein gutes Gewissen.

Nach der Begrüßung sagte sie: «Auf einmal existiert dieses sogenannte Bekennerschreiben, in dem meine Firma beschuldigt wird, etwas mit dem Unfall in Altenberg und mit dem Diebstahl dieses Bobs zu tun zu haben. Ich werde nun zu diesen Vorwürfen Stellung nehmen. Ich will Ihnen aber auch gestehen, daß ich zuerst dagegen war, auf diesen Unsinn überhaupt zu reagieren.»

«Die Zeiten sind vorbei», rief Löblich vom *Elb-Boten.*

Unsere männliche Kaffeefee, die in diesem Moment neben mir stand, blickte ihn von oben bis unten an, als würde er prüfen, welche Körperteile des vorlauten Journalisten sich zur Kufenherstellung verwenden ließen. Mein Tip: die Zunge. Sie war das glatteste an Löblich.

«Ich kann mich kurz fassen», fuhr die Geschäftsführerin fort. «Erstens: Ich kenne Herrn Spiegel nicht. Eine Umfrage unter meinen Mitarbeitern ergab, daß Herr Spiegel allen unbekannt ist. Zweitens: Wir betreiben keine Industriespionage. Auf dem Gebiet des Bobbaus spioniert man traditionell bei uns und nicht umgekehrt. Es tut mir leid, aber ich wüßte gar nicht, was wir bei anderen ausspionieren sollten. Möglicherweise ist dort die Bezahlung besser ...»

«Sicher sogar!» rief einer der Angestellten, die bei den Bobs standen.

«Völlig absurd ist die Unterstellung, wir würden Bobs entwenden. Meine Damen und Herren, der gestohlene Bob wurde im Jahr 1994 in dieser Fabrik hergestellt. Gibt es noch Fragen?»

Selbst die *Depesche* stellte eine Frage. «Was sagen Sie zu dem Gerücht, daß Sie in der kommenden Woche Vergleich anmelden werden?»

«Das wüßte ich.»

«Was werden Sie tun, wenn der tödliche Unfall in Altenberg auf einen Konstruktionsfehler an Ihrem Bob zurückzuführen ist?»

«Eine hypothetische Frage. Bis heute hat noch kein Pilot behauptet, daß unsere Schlitten irgendwelche Fehler aufweisen.»

Dann meldete sich Löblich: «Schönen Gruß von Herrn Kleff.»

In diesem Moment veränderte sich die Chemie im Raum. Ich spürte den Ruck, der durch die Reihe der Angestellten ging. Die Geschäftsführerin sagte:

«Herr Kleff ist nicht mehr bei uns beschäftigt.»

«Ich weiß», sagte Löblich strahlend. «Das Arbeitsgericht weiß das auch.»

«Ich werde mich nicht zu einem laufenden Verfahren äußern.»

«Herr Kleff ist nicht so zurückhaltend. Er kennt beispielsweise Herrn Spiegel sehr gut.»

Besendahl und ich blickten uns an. Wir waren beide nicht gern in einem Raum anwesend, in dem ein Kollege von der Konkurrenz die Früchte seiner offensichtlich gründlichen Recherche erntete.

«Herr Kleff sagt, daß er höchstpersönlich Herrn Spiegel in die Firma gebracht hat. Wollen Sie immer noch nichts sagen? Zum Beispiel zu der Aufgabe, die Herr Spiegel in Ihrer Firma übernehmen sollte?»

«Kleff», sagte ich zu Besendahl, laut rief ich:

«Ich kenne Volker Kleff. Der redet viel, wenn der Tag lang ist.»

«Aber Uwe Kleff nicht», konterte Löblich triumphierend.

«Uwe Kleff», sagte ich zu Besendahl. «Ruf von meinem Wagen aus an. Mach einen Termin.»

«Wann?»

«In einer halben Stunde.»

Unser Glück war, daß jetzt die Frau von SAT. 1 mit dem Mikro auf Löblich eindrang und ihn etwas fragte. Alles schaute dorthin, Besendahl kam ungesehen raus. Nicht ganz ungesehen, Kommissar Giebel stand ja neben dem Ausgang.

«Alte Männer», sagte ich zu ihm und verdrehte die Augen.

«Frauen können im Alter den Urin nicht mehr halten, und wir werden ihn nicht los. Das ist für mich der Beweis, wie verschieden die Geschlechter sind.»

«Donnerwetter, Herr Kommissar, Sie denken ja über letzte Fragen nach.»

«Ich sage gar nichts mehr!» rief Löblich in diesem Moment gereizt. «Macht ihr lieber eure Hausaufgaben. Außerdem ist Polizei im Raum.»

Giebel ging sofort hoch: «Ja und? Was wollen Sie damit sagen? Ist das hier ein rechtsfreier Raum, oder was?»

Plötzlich war Lärm vor dem Haus. Erst dachte ich, daß es sich um eine ausländische Sprache handelte. Aber dann verstand ich, was sie skandierten: «Hoch die Tassen für die internationale Solidarität!» – «Wer euch was will, den schickt zu uns!»

Sie waren fünfzig Mann stark, nicht mehr. Aber was für Männer waren das! Kleiderschränke hielten Transparente in die Höhe, auf denen stand «Ihr seid okay» und «Come on, guys!» und «Die Zweitbesten grüßen die Besten».

Aus dem Hintergrund eilte Egon Besendahl mit seiner guten alten Rollei heran.

«Gratuliere», sagte ich zu Frau Vilakazi. «Die fünfzig besten Bobfahrer Europas organisieren für Sie eine Solidarisierungs-Demo. Gratuliere.»

Ich war nicht sicher, ob sie etwas sah, denn ihre Augen schwammen in Tränen. Sie wollte etwas sagen, gab es aber gleich auf. Die Fernsehteams arbeiteten bereits, alle Kollegen hatten Fotoapparate vorm Gesicht. Vorne stand unser deutscher Superstar, von dem bekannt war, daß er seine Bobs selbst baute.

Ich trat auf ihn zu: «Wie das? Warum engagieren Sie sich für diese Bobfirma?»

Er sah mich an wie einen Wurm. Er war bayerisches Urgestein, zum Lachen nicht geboren.

«Gehörst du zu den Bleistiftbeißern? Das ist gut, dann schreib auf: Wer eine Firma in den Schmutz zieht, die solche Verdienste hat, soll aufpassen, daß er keinem von uns über den Weg läuft. Dann könnte er nämlich einen an die Backe kriegen. Hast du das?»

«Ich merke es mir.»

«Gut. Mehr habe ich nicht zu sagen.»

Im nächsten Moment fielen die Fernsehgeier über ihn her, und er mußte doch noch etwas sagen.

«Hast du ihn erreicht?» fragte ich Besendahl.

«Er will nicht mit uns reden und er müßte auch gleich weg.»

«Was hast du ihm darauf gesagt?»

«Daß er bei uns seine Aussagen wiedererkennen würde.»

«Wunderbar. Wenn wir ein Jahrbuch herausgeben würden und keine Tageszeitung, könnte man diesen Gedanken sogar in Erwägung ziehen. Los jetzt. Wo wohnt er?»

Er wohnte da, wo ich wohnte: in Radebeul. Verkehrstechnisch war das gut. Wir konnten die Innenstadt vermeiden. Nicht so gut war, daß wir auf wenig geräumte Straßen trafen. Ganz schlecht war, daß sich Besendahl anstellte, als würde ich uns in die Hölle fahren wollen.

Ein einziges Mal hatte er Grund für seine Proteste.

«Warum bremst du denn? Du kannst auf dem Schnee doch nicht bremsen.»

«Sieh dir das an.»

Eine Lagerhalle mit Eternit-Anmutung. Nichts als Fläche. Mitten drauf die Figur, wallende Haare, protziger Halsschmuck, die Hand am Schwert, der Arsch auf dem Pferd, und das Pferd stieg mit den Vorderbeinen in die Höhe.

«Sie hat es getan», murmelte ich gerührt. «Sie hat es getan.»

Dann fuhr ich weiter.

«Was war das denn?» fragte Besendahl. «Das sah doch neu aus. Das heißt, eigentlich sah es alt aus. Ich glaube, ich kenne die Szene. In der Gemäldegalerie hängt so ein Bild. In der Abteilung für die alten Meister.»

22 Der erste Hamburger

Als ich sah, wo wir gelandet waren, wurde ich sauer.

«Egon, Egon, will das Gedächtnis nicht mehr so richtig?»

«Was soll das?» fragte er scharf. «Mein Gedächtnis ist ausgezeichnet.»

«Kleff, Uwe Kleff. Ich rede doch nicht undeutlich. Das hier ist Spiegel, Paul Spiegel. Hier habe ich selbst schon mehrere Male gestanden.»

Ich sah ihn an und begriff. Im nächsten Moment war ich draußen. Zehn Klingeln, dreißig Namen, natürlich Spiegel. Darüber Kleff.

Ich stieß die Haustür auf und stand Professor Löffler gegenüber.

«Wir wollen Sie nicht aufhalten», sagte ich. «Wir haben noch einige Stufen vor uns.»

«Er ist nicht da.»

«Wer ist nicht da?»

«Tun Sie nicht so scheinheilig. Sie wissen genau, von wem ich rede.»

«Okay, Sie haben mich überzeugt. Wo wollen wir reden? Denn jetzt reden wir. Ob Sie es wollen oder nicht. Ich habe die Faxen dicke. Sie machen mich seit Tagen lächerlich. Heute ist Beichttag. Sie dürfen das Lokal bestimmen.»

Eine Viertelstunde später hätte ich vor Lachen beinahe in die Hosen gemacht. «Quetschen», stieß ich mühsam hervor. «Quetschen, Egon.

Nicht den Mund, den Hamburger bei gleichzeitigem Aufreißen des Mundes. Guck zu, wie es der Professor macht, unser bekennender Vegetarier.»

Wir saßen auf den drehbaren Sitzen in der zweiten und dritten Reihe meines Sharan. Der Wagen stand auf dem Parkplatz des McDonald's Drive-In.

Egon Besendahl hielt den brötchenummantelten Klops so zaghaft in den Händen wie ein Vater seinen gerade geborenen Erben.

«Beiß rein», flüsterte ich heiser. «Friß den Kapitalismus auf.»

Er biß zu, an den Rändern quoll es hervor. Natürlich wollten wir wissen, wie es schmeckte. Es war, als würde Besendahl in sich hineinhorchen. «Ich weiß noch nicht», sagte er und biß erneut zu. Löffler hatte in derselben Zeit seinen Doppelstöcker bis auf die Serviette verputzt.

Ich verteilte die Kakaobecher und wies Egon auf die epochemachende Erfindung des knickbaren Strohhalms hin.

«Gut, meine Herren», sagte Löffler und streckte die Beine im Konferenzraum aus. «Kommen wir zum Eingemachten. Bevor ich ein Wort sage, nenne ich Ihnen die Sperrfrist für meine Mitteilungen. Stichtag ist der Tag, an dem die Aktion zu ihrem erfolgreichen Abschluß gekommen sein wird.»

«Welche Aktion?»

«Das werden Sie früh genug erfahren. Werden Sie sich an die Sperrfrist halten?»

Besendahl hatte damit keine Probleme. Er besaß vierzig Jahre mehr Erfahrung als ich in der Übung, Weisungen zu befolgen.

Löffler fuhr fort: «Im Moment sieht es tatsächlich so aus, als ob Paul gefährdet sein könnte.»

«Ach, auf einmal! Sie haben doch selbst gesagt, daß er ...»

«Ich meine nicht, daß er entführt wurde. Ich meine, daß der Mann sich die Schuld am Tod der Bobfahrerin gibt. Damit wird er nicht fertig. Alle gutgemeinten Argumente erreichen ihn nicht.»

«Wissen Sie, wo er sich zur Zeit aufhält?»

Löffler schüttelte den Kopf und ließ uns zusehen, wie man, ohne einmal abzusetzen, einen Becher Kakao austrinkt. Dann sagte er:

«Sie dürfen sich natürlich Notizen machen. Das ist die Wahrheit, die reine Wahrheit.» Nun legte sich Eitelkeit wie Mehltau über seine Züge. «Sie und ich haben uns kennengelernt, weil ich an der TU ein

Forschungsprojekt zur Entwicklung hochleistungsfähiger Kufen für Schlitten und Bobs leite. Sie und andere Medienvertreter haben uns in unseren Werkstätten besucht. Das ist das eine. Und das andere ist: Es gibt kein solches Projekt. Wir forschen an der TU nicht zu neuen Kufen.»

«Ich hätte nicht diesen Kakao trinken sollen», sagte Besendahl und roch an seinem Becher.

Löffler fuhr fort: «Das Kufenprojekt ist ein großer Bluff, ein einziger Schwindel, ein – wie man neudeutsch sagt – *fake*. Es hat aber dennoch seinen Zweck und Sinn. Es dient dazu, Spione anzulocken.»

«Wie der Kuhfladen Fliegen anlockt.»

«Genau so. Wir präsentieren den Fliegen aus aller Welt einen lekkeren Haufen und freuen uns, wenn sie eifrig herbeisummen. Und warum tun wir das alles? Wir locken sie auf den Kuhfladen, damit sie – um im Bild zu bleiben – das danebenliegende Steak in Ruhe lassen.»

«Bitte etwas weniger bildhaft.»

«Wir haben das Kufenprojekt erfunden, um in seinem Windschatten das eigentliche Forschungsprojekt stattfinden zu lassen. Auch dieses Projekt dient dem Zweck, Bobs und Schlitten schneller zu machen. Weil wir aber wissen, wie sehr solche Arbeiten von Ausspähung bedroht sind, wollten wir sicherstellen, daß die eigentliche Arbeit in Ruhe stattfinden kann.»

Ich winkte zwei Schüler heran und überredete sie, uns mit neuem Kakao und süßen Schweinereien zu versorgen.

«Aber nicht nur 50 Pfennig Trinkgeld», sagte einer der beiden. «Unsere Eltern haben uns verboten, mit fremden Männern zu reden. Besonders mit älteren.»

«Bestell deinen Eltern, wir sind reine Sommer-Exhibitionisten. Im Winter genießen wir die Freuden der Standheizung. Hier hast du fünf Mark. Und nun etwas zackig, bitte.»

Dann hatte Löffler wieder unsere Ohren.

«Über das eigentliche Projekt werde ich Ihnen nichts erzählen. Nur soviel», sagte er, als ich aufbegehren wollte. «Die Kollegen, die daran arbeiten, sitzen nicht in der TU und nicht in Dresden. Aber auch nicht weit davon entfernt.»

«Haben Sie Erfolg gehabt?»

«Mit dem Anlocken unerbetener Gäste? O ja», sagte er lachend, «wir wissen, mit wem wir zu rechnen haben. Es geht in dieser Szene international zu, aber auch familiär. Bestimmten Gesichtern begegnet man immer wieder.»

Die Schüler brachten uns die Doughnuts, und ich sagte:

«Das können wir nun glauben oder es lassen.»

«Ich gebe Ihnen mein Wort als Wissenschaftler und Ehrenmann.»

«Das ist nett, aber stellen wir, bevor wir pathetisch werden, doch lieber naheliegende Fragen. Wie paßt der Diebstahl des Bobs in Ihre Geschichte?»

«Der Bob ist gestohlen worden, um in den Besitz der Kufen zu gelangen.»

«Ein Bob ohne Kufen?»

«Wieso ohne Kufen?»

«Weil Sie mir nicht erzählen wollen, daß Sie Ihre wertvollen Kufen über Nacht in einer Art Laube einschließen.»

«Ein Versehen. Ein unverzeihlicher Lapsus. Einmal einen Fehler begangen und böse bestraft worden.»

«Ich traue Ihnen nicht, Herr Professor. Ich halte es sogar für möglich, daß Sie die Kufen drangelassen haben. Um im Bild zu bleiben: wie den Wurm am Haken.»

«Zum Anlocken? Wäre doch clever, finden Sie nicht? Natürlich nicht mit den echten Kufen, sondern mit handelsüblichen. Finde ich aber einigermaßen egal, zu diesem Zeitpunkt zumindest. Der Bob ist gestohlen worden, wir wissen, aus welchen Kreisen die Täter stammen. Jetzt soll die Polizei mal suchen. Die Show geht weiter, das heißt, die Testfahrten gehen weiter. Wir betreiben inzwischen bei unserer eigentlichen Aufgabe *business as usual.*»

«Aber dann muß Ihnen doch daran gelegen sein, daß in den Zeitungen über den Unfall berichtet wird», sagte Besendahl. Löffler widersprach nicht. «Das heißt, Sie nehmen es billigend in Kauf, daß Ihr Kollege Spiegel öffentlich als Krimineller oder zumindest als verwirrter Geist an den Pranger gestellt wird.» Löffler widersprach immer noch nicht. «Dann halte ich Sie mit Verlaub für ein großes Arschloch», sagte Besendahl mit der Seelenruhe, die ihn auszeichnete.

Nun wurde Löffler eifrig. Er war menschlich richtig schön betroffen und seierte im Moralischen herum, anstatt Besendahl inhaltlich zu widerlegen. Ich machte dem unwürdigen Gestammel ein Ende:

«Zeigen Sie uns, wo Sie wirklich arbeiten.»

«Ausgeschlossen.»

«Dann dürfen Sie sich nicht wundern, wenn wir Mühe haben, Ihrem Getrickse zu folgen. Tatsache ist doch, daß Sie so echt wie möglich erscheinen wollen.»

«Authentisch», sagte er begeistert.

«Ich finde es sehr authentisch, wenn in der Öffentlichkeit der Eindruck entsteht, daß Sie einen Verräter in Ihren Reihen hatten. Sie können Ihr schlechtes Gewissen ja mit etwas Vetternwirtschaft wiedergutmachen. Für eine Beschleunigung seiner universitären Karriere nimmt Herr Spiegel das Ungemach bestimmt gern auf sich.»

«Ich wiederhole noch einmal...»

«Moment. Ich habe Ihnen noch gar nicht meine Lieblingstheorie genannt. Die besagt nämlich, daß sich Herr Spiegel in diesem Moment in einem Hotel auf Rügen oder auf Hiddensee aufhält, lange Spaziergänge am Strand unternimmt und einmal am Tag mit Ihnen telefoniert.»

«Wollen Sie damit sagen, daß Herr Spiegel vorsätzlich...?»

«Warum nicht? Ein Schwarzes Schaf gehört zu so einem Spiel dazu. Aber ich weiß aus anderen Quellen, daß Spiegel wohl tatsächlich ein sensibler Zeitgenosse ist. Als solcher eignet er sich phantastisch für die Rolle des ‹Verführten›. Er muß das Spiel nur durchhalten.»

Löffler war eingeschnappt: «Haben Sie noch Fragen?»

«Wo finden die Testfahrten statt? Die Testfahrten für das richtige, das eigentliche Kufenprojekt?»

«Nirgends. Im derzeitigen Stadium nirgends.»

Er las in unseren Gesichtern und sagte: «Ich glaube, wir beenden das Gespräch. Ich eröffne Ihnen eine Riesenchance, vielleicht die letzte in Ihrem Berufsleben. Und was ernte ich als Dank? Unterstellungen. Das muß ich mir nicht bieten lassen. Dann vergessen wir's eben.» Er wollte schwungvoll abrauschen, aber er bekam die Tür nicht sofort auf und von mir alle Plastikreste mit auf den Weg.

«Hat sich der Youngster gemeldet?» fragte Besendahl auf dem Rückweg nach Radebeul.

«Ich rechne jede Sekunde damit.»

«Ob er wieder auf eine Frau reinfällt?»

Daran wollte ich lieber nicht denken.

Wir klingelten bei Spiegel und bei Kleff. Danach fragten wir im

Haus herum. Uwe Kleff spielte zu laut Musik und grüßte im Treppenhaus nicht. Paul Spiegel hatte oft Gäste, die ihre Schuhe vor der Wohnung auszogen.

«Man müßte einfach reingehen», sagte ich, als wir danach vor dem Haus standen. «Tür auf und rein. So was beschleunigt die Recherche ungemein. In deinem Staat hat man das gemacht, Egon.»

«Könntest du das denn?»

«Wenn ich mir Mut antrinke... Aber dann würde ich das Schlüsselloch nicht mehr finden.»

Auf dem Weg zur Bobfabrik zogen wir Zwischenbilanz. Löffler inszenierte also ein Ballyhoo für die Vereinigung der Industriespione. Die wahre Forschung fand ein paar Türen weiter statt. Das hielt ich für möglich. Aber um Testfahrten auf einer Bahn würden sie dabei nicht herumkommen, oder doch? Aber vielleicht fanden diese Fahrten nicht in Sachsen statt, sondern beispielsweise in Bayern oder im Sauerland. Oder in Calgary, Kanada. Und welche Rolle spielte Spiegel? Heilte er seinen moralischen Kater wegen des Bobunfalls aus oder war er eine Figur im Täuschungsspiel? Und was hatten beide Möglichkeiten für Konsequenzen? Sicher nicht die, daß Spiegel etwas mit dem Diebstahl des Bobs zu tun hatte. Aber vielleicht wollte er beweisen, daß der Unfall vermeidbar gewesen wäre. Vielleicht war etwas faul an den Bobs, dann brauchte er einen handfesten Beweis, im besten Fall einen Bob. Aber den hatte er dann seit einigen Tagen, ein Bob war ein simples Gerät, er mußte längst fertig sein mit der Untersuchung. Und wenn die Bobs gefährlich waren, wußte das auch die Firma, die sie gebaut hatte. Dann hatten sie etwas zu verlieren und etwas zu verbergen. Dann kamen sie aber auch selbst als Diebe in Frage.

Natürlich stießen wir auf ein verlassenes Nest. Keine Bobfahrerdemonstration mehr, kein Fernsehteam mehr. Eine Handvoll Menschen stand verfroren vor der Werkstatt, einen kannte ich vom Sehen. Besendahl kannte sogar seinen Namen:

«Das ist Mirco Birnbaum, einer der besten von den jungen Fahrern. Wird Zeit, daß er in eine Förderklasse hineinrutscht, sonst bleibt er ein ewiges Talent.»

Ich fragte Mirco, ob er die Demonstration mitbekommen hatte. Er war zu spät gekommen. «Dabei wollte ich endlich mal alle Großen auf einem Haufen sehen. An der Bahn kommt man nicht an sie ran. Und seitdem sie in Altenberg wie die Schießhunde aufpassen, schon gar nicht mehr.»

Wir erfuhren, daß noch ein Tourist den Verlust seiner Kamera zu beklagen hatte – zusätzlich einen Stiftzahn oder eine Brille, das wußte Mirco nicht genau.

Ich äußerte meinen Wunsch nur halbherzig, denn ich hielt es für möglich, daß er beginnen würde, an mir nach Zeichen von Trunkenheit zu schnüffeln. Aber Mirco willigte ein und stieg mit in das Auto.

Auf der Fahrt ins Funkhaus telefonierte ich mit Wuzzel, meinem besonderen Liebling unter den Redakteuren. Ihren bürgerlichen Namen hatte ich schon wieder vergessen. Als wir eintrudelten, lagen die Bänder bereit.

Das Schöne an 50-Personen-Demonstrationen ist ihre Übersichtlichkeit. Mirco nannte die Namen, ich schrieb sie auf. Besendahl war in der Zwischenzeit mit seinem Wagen in die Redaktion gefahren.

«Kennst du eigentlich alle Fahrer?»

Die Frage verstand Mirco nicht. «Sie kennen doch auch alle großen Journalisten», behauptete er. Ich verzichtete darauf, das Thema zu vertiefen.

Nach zehn Minuten war mein Zettel voll. Ich drückte ihn Mirco in die Hand: «Und jetzt sag mir, wer alles fehlt.»

«Walters fehlt. Und Cunningham auch.»

Außer den Engländern hatten alle Fahrer für die Dresdner Bobfabrik demonstriert, die Mirco zur europäischen Spitzenklasse zählte.

23 Der Rächer mit der Spitzhacke

Die Fahrt dauerte weit über eine Stunde. Mirco sprach nur über Bobfahren. Kein Wort von Eltern, Mädchen, Autos, Beruf. Er lebte mit Bobs, er träumte von Bobs, er nutzte seine freie Zeit nur, um zu trainieren. Die Fahrten für die Dresdner Universität unternahm er, weil für ihn jedesmal 50 Mark abfielen. Mirco interessierte nicht, was die Akademiker erforschten, er hatte für «Studierte» wenig übrig und fand es viel spannender, selbst in der Werkstatt zu stehen und am Bob herumzubasteln.

Als wir Altenberg erreichten, hatte ich mein Porträt über einen sympathischen Bob-Maniak in groben Umrissen fertig. Ich mußte Mirco nur noch dazu bringen, sich von Massimo fotografieren zu lassen.

An der Bahn lief der Trainingsbetrieb auf vollen Touren. Das Flutlicht war bereits eingeschaltet, ich verabschiedete mich von Mirco, den Geldschein nahm er erst an, nachdem ich fünfmal beteuert hatte, daß er nicht aus meinem Privatvermögen stammte. Von Vermögen konnte seit dem Kauf des Hauses auch nicht mehr die Rede sein.

Walters und Cunningham standen gerade am Start, sie waren die Piloten der britischen Bobs. Ich verrenkte mir den Hals nach einem Wachhund, aber weder Stützner, der so gern mit Anzeigen drohte, noch ein untergeordneter Terrier belagerten zur Zeit den Eingang ins Starthaus.

Ich kam gerade zurecht, um den kraftvollen Start des Bobs Großbritannien 2 zu verfolgen. Cunningham und sein Bremser. Den Weg zu Walters wies mir ein Pilot, der in seiner Lederhaut aussah wie eine Fleischwurst.

Meine Eingangsfrage lautete: «Sprechen Sie Deutsch?»

Walters antwortete mit vollständigen Sätzen, leider nicht auf deutsch. Damit war der gemütliche Teil seines Aufenthalts in Sachsen beendet, es begann der Hardcore-Aufenthalt, denn ich packte mein Englisch aus und legte mein Schicksal in die Hand meiner Gesprächspartner. Jahrelang hatte mir das Pein bereitet, dann kapierte ich, daß bei Angelsachsen die Freude, in ihrer Sprache angeredet zu werden, viel größer war als eine Neigung zu Schulmeisterei und Notengebung. Walters, von dem ich nicht den Vornamen kannte, war ein untersetztes Kraftpaket, sein Bremser verhielt sich zu Walters wie DIN A 3 zu DIN A 4.

Es ging damit los, daß ich nicht sicher war, ob Bobs auf englisch Bobs heißen. Deshalb zeigte ich wie ein Schwachsinniger bei jeder Erwähnung auf das Gefährt, das wir umstanden. Dabei waren meine Sätze ja nur die eine Hälfte der Qual. Ich mußte auch noch die Antworten dechiffrieren. Walters redete wie eine Maschinenpistole, er hatte seine sprachbildenden Jahre eindeutig nicht in Oxford verbracht. Ich aber auch nicht, so glich sich manches aus. Ja, sie hatten von der Demonstration gehört. Nein, sie waren nicht dabei gewesen, sein Kumpel Cunningham auch nicht. Warum? Warum nicht? Nein, sie fanden es nicht wichtig, ob die Dresdner Firma an den Rand des Ruins getrieben wurde. Nein, sie fuhren selbst keinen Bob aus Dresden. Woher ihr Bob stammte? Oh, von da und dort. Und der Hauptteil? Von da und dort. Die Kufen kamen dann sicherlich auch von da und dort? Logisch. Ich bekam immer größere Lust, den Bob anzuheben und ihn den beiden auf die Füße fallen zu lassen. Ich bedankte und verabschiedete mich.

Draußen stellte ich fest, daß die Fraternisierung von Einheimischen und Gästen auf vollen Touren lief. Zwei Fahrer, die ich noch nie gesehen hatte, klärten mit zwei jungen Frauen die Gestaltung des Abends ab. Jedenfalls hörte ich beim Näherkommen die Namen von Restaurants oder Kneipen. Ich stand nahe genug bei dem Quartett, um mitzukriegen, daß die Fahrer Portugiesen waren. Portugiesen in einem Bob? «Cool Running» fiel mir ein, der liebenswerte Film über ein Bob-Quartett aus Jamaica. Und obwohl ich sicher war, daß meine Gesichtsmuskulatur Sachlichkeit und Vorurteilslosigkeit signalisierte, musterte mich plötzlich einer der Portugiesen so intensiv, als wäre er in der Lage, mir unter die Schädeldecke zu schauen. Ich lächelte ihn an, wie man eben einen Menschen anlächelt, der die ehrenvolle Aufgabe übernommen hat, den letzten Platz zu belegen. Vielleicht hätte unser Blickduell noch schwerwiegende Folgen gezeitigt, wenn nicht plötzlich ein bekanntes Gesicht meinen Augenwinkel gestreift hätte. Ich bat den Schweizer Bremser zur Seite und kam unter weitgehender Beachtung der Wahrhaftigkeit zur Sache. Angeblich saß ich an einem Artikel über die langjährige Treue von Bobpiloten zu ihren Leib- und Magenfirmen und besonders zur Dresdner Firma. Der Schweizer steckte bis zum Hals voller Anekdoten: «Die Portugiesen experimentieren mit Urintherapie, damit auch mal ein anderer Letzter wird. Bei der letzten EM sind sie per Los für die Dopingprobe ausgesucht worden. Da mußt du dein Becherchen vollstrullen, und ein Offizieller steht daneben, damit du keinen fremden Urin einschmuggelst. Einen Moment paßt er nicht auf, der Offizielle, und als er sich wieder umdreht, stellt der Portugiese gerade den Becher von Schweiz 2 auf den Tisch und wischt sich genüßlich den Mund ab. Sie haben ihn austauschen müssen.»

«Den Portugiesen?»

«Nein, wieso? Den Offiziellen.»

An jedem anderen Tag hätte ich gern weiter zugehört. Aber heute mußte ich auf die Tube drücken.

«Was ist mit den Engländern? Wie ich höre, sind ihre Bobs Marke Eigenbau.»

«Ach ja? Geh hin zu dem, der dir das erzählt hat, und drehe ihm den Hals um.»

«Stimmt es etwa nicht?»

«Die Engländer sind keine Tüftler. Kaum einer wechselt so oft die Bobs wie die. Cunningham noch mehr als Walters.»

«Ist ja interessant. Und was für ein Fabrikat fahren die? Podar?» Er schüttelte den Kopf. «Siorpaes?» Er schüttelte. «Ja, was denn?»

«Die neuen.»

«Welche neuen?»

«Die neuen eben.»

«Habe ich nie von gehört.»

«Kannst du mal sehen, wie neu die sind.»

«Heißt das, es gibt eine neue Firma, die Bobs baut? Die ganz neu auf dem Markt ist? Die sich erst durchsetzen will?»

«Sie kommen aus der Nähe, von wo ich herkomme.»

Die Firma Mattielli hatte ihren Sitz in Brig im Wallis. Ich kannte die Gegend, mir war dort im Verlauf eines Urlaubs der Motor gleich dreimal verreckt. Leider wurde der Schweizer dann von seinem Piloten zur Arbeit gerufen. Ich drehte mich um und hatte plötzlich das Gefühl, auf den Rücken von Organisator Stützner zu gucken. Sicherheitshalber legte ich Distanz zwischen uns beide.

So gelangte ich in den Ort. Altenberg brummte, an allen Ecken wiesen Plakate auf Veranstaltungen hin: Musik, Gottesdienst, geführte Wanderungen. Ich versorgte mich in einer Bäckerei mit marzipanhaltigen Kuchenstücken und zog mit dem Blätterteig eine appetitliche Spur in den Schnee. Wie schön es war, mit einem Pulk von Urlaubern durch die Straßen zu schlendern. Aber mußten sie so langsam gehen, nur weil sie Urlaub hatten? Ich überholte und steuerte das Hotel an.

«Grüezi, Monsieur. Studer mein Name. Ich komme soeben aus der Schweiz, eilige Kurierfahrt für die Firma Mattielli. Entscheidende Unterlagen sind bei uns liegengeblieben. Ist bei Ihnen zufällig einer unserer Herren abgestiegen? Ich nehme auch eine Dame. Oder sonst ein Gast aus Brig? Brig im Wallis?»

Sie waren untröstlich, ich auch.

Das zweite Hotel, das dritte, vierte. Zum Schluß fragte ich eine

Souvenirhändlerin, die aussah, als verspürte sie quälenden Hunger nach einem besonders schönen Quartier. «Es darf auch ruhig etwas teurer sein.»

«Da werden Sie kein Glück haben, mein Herr. Alles ausgebucht wegen der Europameisterschaft.» Endlich nannte sie mir doch ein Hotel im Dörfchen Hirschsprung, einige Kilometer nördlich. Neben der Kasse lag ein Unterkunftsverzeichnis, das schnappte ich mir. Dann entdeckte ich das niedliche Vieh. «Ich möchte das Stinktier.»

«Das ist ein Dachs.»

Ich nahm es trotzdem, ließ es nett einpacken und rief vom Auto aus an.

«Mattielli? Ja, selbstverständlich wohnt der hier. Und Sie haben wichtige Papiere? Ich stelle Ihren Anruf gleich...»

Ich unterbrach die Verbindung. Dann Schnellstart.

Ich parkte in sicherer Entfernung und wartete auf ein Kind, das ich für meine Zwecke benutzen konnte. Sie waren zu zweit, in Altenberg und den Vororten liefen alle Kinder paarweise herum. Ich winkte sie näher und hatte plötzlich das peinigende Gefühl, von einer Kamera beobachtet zu werden.

«Hallo, ihr beiden. Wollt ihr euch fünf Mark verdienen?»

Das war nicht optimal, ich sah sie im Geiste schon schreiend davonstürmen und den Ort gegen den bösen Onkel zusammentrommeln.

Statt dessen sagte das eine Mädchen: «Zehn.»

«Zehn was?».

«Zehn Mark.»

«Das ist ja Wucher.»

«Bei Wessis nehmen wir immer das Doppelte.»

Lässig wies ich auf mein Autokennzeichen und hatte fünf Mark gespart.

Das Hotel besaß ein kleines Foyer. Ich war mit Zeitungen bepackt, um kompetent zu wirken. Nach zwei Minuten kamen die Mädchen und sprachen mit dem Mann am Empfang. Er spendierte ihnen Bonbons oder Kekse. Beim Hinausgehen ignorierten sie mich vollständig. Der Mann griff zum Telefon. Wenige Minuten später kam er die Treppe herunter und nahm sein Päckchen in Empfang. Mattielli sah aus wie der Wirt eines Pizzalokals, der jeden Abend die Reste aufißt. Er riß das Papier auf und hielt dem Mann am Empfang verdutzt den Dachs hin. Beide lachten, Mattielli roch am Dachs, biß aber nicht hinein. Ich konnte kein Wort verstehen, weil sich eine süßliche Streichmusik aus den Lautsprechern unter der Decke erbrach. Die beiden am Empfang plauderten miteinander, dann ging Mattielli Richtung Treppen. Ich war ihm dankbar, daß er den Aufzug stehenließ. So konnte ich dranbleiben. Mattielli bewohnte Zimmer 331.

Ich setzte mich wieder ins Foyer zu meinen Zeitungen, aus denen sich bereits ein älteres Urlauberpaar informierte. Sie wollten mir weitschweifig erklären, warum sie fremde Zeitungen lasen, aber ich sagte nur: «Wir müssen alle sparen.»

Draußen wurde es schnell dunkel, in kurzem Abstand kehrte ein Dutzend Gäste ins Hotel zurück. Sie würden jetzt duschen und sich fürs Abendessen feinmachen. So hatte ich es früher auch gehalten, als ich noch Urlaub gemacht hatte. Hier saß ich also drei Stockwerke unter einem Mann, dem eine Firma gehörte, die Bobs baute. Ich wußte, daß die Briten seine Erzeugnisse fuhren. Nun mußte ich nur noch beweisen, daß ein Schweizer und einige Engländer letzte Woche einen deutschen Bob gestohlen hatten. Aberwitzig, doch ich war in der Stimmung dafür. Ich brauchte ein Motiv für den Diebstahl des Bobs. Zur Zeit sah ich nur eins: Löffler selbst hatte die Aktion lanciert, um der interessierten Fachwelt zu signalisieren, für wie wichtig manche Leute die neuen Kufen hielten. Endlich hörte das Gedudel über mir auf.

«Lange Gesichter in Dresden. Tausende standen um 17 Uhr 30 fassungslos in Turnhosen und Leggins vor ihren Radiogeräten und warteten auf die beliebten zehn Minuten Abendgymnastik mit Marian Panowsky, die er wegen des großen Erfolgs in dieser Woche zusätzlich zu seiner beliebten Morgengymnastik veranstaltet. Aber der Europameister ließ sich mit unaufschiebbaren politischen Terminen entschuldigen. Wenn Marian am Sonntag die Wahl verliert, weiß er wenigstens, woran es liegt. Die Dresdner wollen nicht mehr auf die zehn gesunden Minuten morgens und abends verzichten.»

Ich wußte von Hedwig, daß sie mittlerweile selbst in der Klinik den Gymnastik-Firlefanz mitmachten. Ein Elektrohändler aus Trachau hatte in der letzten Woche den Obdachlosen, die im Abbruchhaus hinter seinem Laden kampierten, ein Radio mit der Auflage geschenkt, jetzt auch stets die Gymnastik mitzumachen.

Ich ordnete mein Papier und schlenderte Richtung Ausgang. Der

Mann, der hineinwollte, suchte sich meine Seite aus, dann wichen wir beide im selben Moment zur anderen Seite aus. Wir kamen heil aneinander vorbei. Bevor die Tür zuschlug, hörte ich, wie er am Empfang sagte: «Zu Herrn Mattielli.»

Auf der Straße war es menschenleer. Die Urlauber aßen, die Einheimischen kochten ihnen das Essen. Um mich kümmerte sich niemand.

Plötzlich raste der Pkw heran, ich zuckte zusammen, die Scheibe der Fahrertür war unten. «Anschlag! In Altenberg will ein Verrückter die Bahn zerstören.» Dann war er vorbei und ich auf dem Weg zu meinem Wagen.

Der Menschenpulk stand an der Geraden in der zweiten Hälfte der Bahn. Die Atmosphäre war unwirklich, das Licht und das Eis und die Wunde im Eis rechts. Männer im Anorak hielten einen Mann am Boden fest. Die Hacke lag noch auf dem Eis, gleich neben dem Loch. Er mußte einige Minuten ungestört gearbeitet haben. Die Wunde war bestimmt drei mal drei Meter groß.

Plötzlich schubste mich ein Arm zur Seite: «Lassen Sie mich durch. Ich bin von der Presse.»

«Ich auch», sagte ich und sah mir den Wichtigtuer genauer an. Auf die Reaktion war er nicht gefaßt gewesen.

«Für wen arbeiten Sie?» fragte ich. Er nannte den Namen meines Blatts.

Im Hintergrund eine Sirene, bei dem Täter bekam gleichzeitig jemand einen Wutanfall. Ich war durch den Kollegen abgelenkt worden und wußte nicht, ob es der erste Tritt war, den der Gefangene erhielt.

«Laßt gut sein», sagte ich. «In diesem Land schlägt nur die Polizei.»

«Wenn ich aber doch so wütend bin», rief der Treter und trat erneut zu. Nun drängten ihn endlich zwei Männer ab.

«Der Bahnwart», wurde um mich herum geflüstert. «Er nimmt alles so persönlich.»

Ein Streifenwagen rauschte heran, er hatte Schneeketten aufgezogen. Sie stellten den vermeintlichen oder tatsächlichen Sachbeschädiger auf die Beine.

«Den kenn ich doch. Den habe ich doch schon . . .» murmelte ich. In diesem Moment entdeckte ich in der Menge Dschingis-Khan.

«Hallo, Herr Doktor», sagte er zur Begrüßung.

«Geschenkt. Der Mann, der gerade die Bahn aufgehackt hat, war der nicht in den letzten Tagen schon hier?»

Dschingis-Khan sah sich den Festgenommenen an, aber ich hatte den Eindruck, als wüßte er die Antwort längst. Dann nickte er.

«Wann? Wann haben Sie ihn zum erstenmal gesehen?»

«Am Wochenende. Lief im Mantel rum. Kein Sportler. Hatte seine Frau dabei. Die war dann irgendwann weg, aber er ist jeden Tag wiedergekommen. Wie finden Sie das, daß ich so lange ohne Medizin rede?»

Ich eilte zu den Polizisten, die den Festgenommenen verhörten. Der eine stellte ihm die Frage aller Fragen:

«Warum haben Sie das getan?»

Der Mann spuckte dem Polizisten vor die Schuhe. Ich nahm jedenfalls an, daß er das vorgehabt hatte. Er traf jedoch die Hose. Damit war sein Schicksal besiegelt. Die Polizisten wendeten keine Gewalt an, aber ihr Tonfall wurde schlagartig kälter als das Eis der Bahn. Ich fürchtete, daß sie uns den Täter entführen würden, und wiederholte die Frage: «Warum haben Sie das getan?»

Er sah mich hochmütig an und sagte: «Diese Bahnen sind des Teufels.»

«Was heißt das? Gehören Sie einer Religionsgemeinschaft an?»

Irgend jemand lachte, der Festgenommene starrte mich an, dann sagte er mit leiser Stimme, die im Begriff war zu brechen: «Die Bahn hat mir mein Kind genommen.» Er ließ seinen Kopf gegen mein Schlüsselbein fallen und weinte. Um mich herum Überraschung, Wispern und Neugier. Die Beamten nahmen Herrn Everding zwischen sich und führten ihn zum Streifenwagen.

«Haben Sie das eben fotografiert?» fragte ich den Mann mit dem Blitzlicht.

«Was dagegen?» fauchte er pampig. «Die DDR ist passé. Jetzt darf hier jeder fotografieren.»

Ich bot ihm hundert Mark für seinen Film. Er suchte nach der Falle hinter meinen Worten, zum Glück sagte ein zweiter: «Ich habe auch geknipst.» Da schlug der erste ein.

Als nächstes griff ich mir den freien Mitarbeiter, zeigte ihm unter einer Lampe meinen Ausweis, nannte meinen Namen und sah zu, wie sich auf seinen Zügen Erkennen abzeichnete. Dann bat ich ihn, den Film sofort nach Dresden zu fahren. Er trat aufgeregt auf der Stelle und haspelte: «Darf ich denn auch mal...? Kriege ich denn auch mal...?»

«Logisch. Fahren Sie sofort los.»

Ich befragte die Zuschauer an der Bahn. Zwei Urlauber beim Verdauungsspaziergang hatten auf der Bahn Geräusche gehört. Fast zeitgleich waren der Bahnwart und ein Mitarbeiter auf einem Dienstgang vorbeigekommen. «Die haben dem ganz schön weh getan», sagte die Urlauberfrau beeindruckt.

Zehn Minuten später betrat ich das Polizeirevier von Altenberg. Herr Everding wurde noch verhört. Ich versuchte, nicht an seinen Gesichtsausdruck zu denken. Ich hatte vergessen, wie sehr seelischer Schmerz ein Gesicht entstellen kann.

Ich erkundigte mich bei dem Wachhabenden nach dem Stand der Ermittlungen im Fall des gestohlenen Bobs. Sie waren nicht weitergekommen, aber offenbar sehr glücklich über das Bekennerschreiben.

Dann ging die Tür auf, Löblich betrat das Revier.

«Ach nee», sagte er.

«Sie haben Ähnlichkeit mit einem früheren Kollegen von mir, bevor er sich durch eine Ganzkörpertransplantation in eine Ratte verwandeln ließ.»

«Sie verstehen einfach keinen Spaß.»

«Ich vertrage keine Unterstellungen.»

«Ich habe in meinem Kommentar nichts behauptet, was Sie nicht in Ihrem Artikel geschrieben haben.»

«Wo kommen Sie jetzt her? Jedenfalls nicht aus Dresden.»

«So fragt man Leute aus.»

Ich durfte Löblich dabei zusehen, wie er die Polizisten das gleiche fragte wie ich. «Wunderbar», sagte er dann und setzte sich neben mich auf die Bank. «Ein Vater verliert vor Schmerz den Verstand. Als der Rächer zur Spitzhacke griff. Wunderbar.»

Ich fragte mich, warum ich Löblich nicht mochte. Es konnte nicht nur daran liegen, daß er jünger und skrupelloser war als ich.

Dann brachten sie Everding. Löblich sprang sofort auf: «Herr Everding, was werden Sie demjenigen antun, der schuld ist am Tod Ihrer Tochter?»

«Ich werde ihn mit der Rasierklinge entmannen.»

«Wahnsinn. Und warum?»

«Weil er mir das Liebste genommen hat, was ich auf Erden hatte. Dafür nehme ich ihm das, was ihm am liebsten ist.»

«Und warum haben Sie die Bahn aufgehackt?»

«Um ein Zeichen zu setzen.»

«Wollen Sie das Bobfahren verbieten? Wollen Sie unseren Lesern eine Botschaft übermitteln?»

Sie zerrten Everding aus dem Revier. Der Wachhabende sagte, daß sie ihn nach Dresden überführen würden.

So zögernd war ich noch nie auf den Innenhof gefahren. Heute geschah es zum erstenmal, daß mein erster Blick nicht dem Wandbild galt. Hedwig lag schon im Bett. Auf meiner Seite hatte sie eine Decke ausgebreitet, auf der Decke lagen die Babys und ihre Mutter. Der Irokese lag am Fußende auf dem Laken.

Als ich den Raum betrat, gingen sechs Köpfe in die Höhe. In meinen wildesten Zeiten hatte ich beim Betreten des Schlafzimmers nicht für soviel Aufruhr gesorgt. Ich küßte Hedwig und streichelte dem Rest der Bagage über den Kopf. Hedwig schien arglos, daher beschloß ich, es ihr heute noch nicht zu sagen. Als ich auf dem Flur stand, hörte ich das Schnarchen. Laut und sägend. Ich schlich mich an die Tür an, riß sie auf – Stille.

24 Bobfahrt mit Goethe

Am Morgen begann es wieder zu schneien. Ich stand am Wohnzimmerfenster, die Füße in zwei Paar Wollsocken und gefütterten Hausschuhen. Dieser Winter würde nie aufhören, es würde immer weiterschneien, bis in den Juli hinein. Hinter mir quietschte die Tür. Ich war darauf gefaßt, daß Hedwig neben mich treten würde, und fuhr zusammen, als sich eine feuchte Nase in meine Hand schob.

«Na, du dummer Hund, was macht die Regeneration? Und warum witterst du nicht die Figuren im Keller? Ich denke, ihr seid so stolz auf eure Nase.»

Im Radio lief die Frühgymnastik mit Marian Panowsky. Ich versuchte mir vorzustellen, daß er Sonntag abend als neuer Dresdner Bürgermeister vor die Mikrofone treten würde. Es gelang mir nicht.

Der Irokese jammerte, ich öffnete die Haustür, sah dem Hund beim Stuhlgang zu und schloß die Tür, bevor mir der Appetit aufs Frühstück vergehen konnte.

«Dresden. Am gestrigen späten Abend kam es im Stadtteil Friedrichstadt zu einem kuriosen Zwischenfall. Empörte Bürger hinderten einen Reinigungstrupp der Stadt daran, ihre Hauswand von Graffiti zu säubern. Die bedrängten Männer konnten nur unter Polizeischutz tätig werden. Die Stadt hat gegen den Anführer der Hausgemeinschaft Anzeige wegen Körperverletzung gestellt. Und hier die von allen schon sehnlichst erwartete Meldung: Heute morgen turnt Marian Panowsky wieder mit allen Hörern in den neuen Tag hinein. Mit geradem Rücken in die Zukunft. Krumm waren wir lange genug.»

Weil ich Angst hatte, daß der Hund die Fremden stören könnte, bat ich Hedwig, ihn noch einen Tag in die Klinik mitzunehmen.

«Aber Liebster», sagte sie mit diesem Augenaufschlag, «ich gucke mir heute die Praxis in Meißen an. Hast du das vergessen?»

«Das kostet doch so schrecklich viel Geld. Hast du nicht etwas von über zweihunderttausend...?»

Sie umarmte mich: «Wir wollten doch nicht mehr von Geld reden.»

«Du wolltest nicht mehr von Geld reden. Läßt du heimlich neues drucken?»

Sie lächelte mich mürbe, und ich dachte auf dem Weg zum Verlag noch lange über Hedwigs unerschöpfliche Geldquellen nach.

«Massimo hat Christine aufs Kreuz geworfen!» Die Redaktion hatte ihr Thema des Tages.

Außerdem war Hornungs Frau dahintergekommen, daß seine Geliebte hochschwanger war. Sie hatte ihn hinausgeworfen, und er mußte bei seiner Geliebten übernachten, beide hatten sich heftig gestritten. Jetzt streunte Hornung deprimiert durch die Räume und fragte alle Kollegen nach Gästezimmern aus. Immerhin fand er noch die Kraft, mir den Dank der Regional-Redaktion für die Fotos vom Altenberger Bahnhacker auszusprechen.

Erst jetzt kam ich dazu, den heutigen Graffiti-Artikel zu lesen. In der Nacht von Dienstag auf Mittwoch war im Stadtgebiet zweimal August der Starke gesprüht worden. Einen August hatten wir ja im

Vorbeifahren entdeckt. Angeblich sollten 400 Beamte bis zur Wahl Nacht für Nacht die Entstehung weiterer Graffiti verhindern. Bilanz der Nacht auf Mittwoch: zwei Festnahmen, beide Male Einzelgänger, beide Male Anfänger. Bilanz der letzten Nacht: elf Festnahmen, zehn davon betrafen eine Klebekolonne der Aufrechten, die zum Schlußgalopp für Panowsky plakatieren wollte.

«Wie viele Bilder mit klassischen Motiven sind neu entstanden?» fragte ich ins Lokale hinein.

«Die Polizei zählt noch. Möglicherweise sind es drei. Einmal August, einmal August mit der Gräfin Cosel und ein Affe.»

«Ein Affe? Mit Panowskys Kopf?»

«Nein, einer aus der berühmten Figurenserie aus Meißner Porzellan.»

Von dem Kleinkrieg der Hausgemeinschaft mit der Reinigungskolonne hatten wir gute Bilder. Sie erhellten, wozu Beamtengeist imstande war, wenn er den formalen Standpunkt wie einen Bulldozer vor sich herschob.

Klockmann berichtete von den Reaktionen der Bewohner: «Die finden das altmodische Zeug gut. Die sagen: endlich mal was anderes als das Gekritzel.»

Christine betrat die Redaktion, schlagartig brach das Palavern ab, alle standen in ihren Türen, unter tausend Blicken mußte Christine den langen Weg zu ihrem Arbeitsplatz zurücklegen.

«Ihr seid so gemein», sagte sie.

«Wehe, du hast Massimo kaputtgemacht», sagte Tannhauser. In meiner Redaktion mußten sich die Frauen wirklich nicht beklagen, daß ihnen niemand etwas zutraute. Wir trauten ihnen alles zu.

«Kopf hoch», sagte ich zu Christine. «Was du dem Geringsten unter der Sonne getan, das hast du mir getan.»

«Du bist auch so ein Ferkel», sagte sie erschüttert. Sie setzte sich an ihren Tisch, dann schrie sie und sprang auf. Der Irokese lugte unter ihrem Tisch hervor. Er war kein kleiner Hund, aber er strahlte so viel Leutseligkeit aus, daß selbst ängstliche Naturen schnell mit ihm warm wurden.

Plötzlich stand Dr. Eß im Büro. Möglicherweise erwartete er Mitleid, aber er konnte seine Tochter nur gewähren lassen, oder er mußte sie erschlagen. Dazwischen gab es nichts. Erst schlich er 30 Sekunden um den heißen Brei herum, dann fragte er nebenbei:

«Von Ihnen hat wohl niemand zufällig meine Tochter gesehen?»

«Die junge oder die ältere?» fragte Hornung.

«Ich kann nur hoffen, daß sie sich endlich einsichtig zeigt», murmelte Eß.

«Hat sie doch schon. Sie malt seit neuestem gegenständlich.»

Er sah mich an, als hätte er von mir nichts anderes erwartet. Dann sagte er: «Damit hat sie die Sache weiter verschärft.»

«Aber die Leute finden die Bilder gut.»

«Die Leute! Ja, die vielleicht.» Er blickte auf das Papier, das er in seiner Hand hielt.

«Bei der Spitze der Stadt sieht man die Sache nicht so gelassen. Die Herren fühlen sich provoziert.»

«Wovon? Von August dem Starken?»

Nun wurde Eß ärgerlich. «Sie wissen doch, worum es geht. Wer an den Schalthebeln sitzt, ist empfindlich.»

«Nicht, wenn es um die Sorgen der Menschen geht.»

«Aber wenn sie sich herausgefordert fühlen, unsere Regierenden. Sie stocken das Kontingent von 400 auf 650 Mann auf. Und dafür ist Josephine verantwortlich.»

«Sie wollen mit 650 Polizisten verhindern, daß ein Bild von August dem Starken im Stadtbild auftaucht?»

Eß blickte mich an wie ein Insektenforscher. «Manchmal glaube ich, Sie meinen wirklich ernst, was Sie sagen. Dabei hört man allenthalben das Gegenteil.»

«Wissen Sie denn nicht, wo Ihre Tochter wohnt?» quakte die Pohl dazwischen. Natürlich wußte er das nicht, dafür schämte er sich ja als Vater. Bis auf die Pohl hatte jeder von uns die Problemlage auch schon mitbekommen.

Um Eß das Gefühl zu geben, daß er bei uns nicht völlig unten durch war, fragte ich: «Was wollen Sie denn mit ihr anstellen, wenn Sie sie finden?»

«Ihr den Ernst der Lage klarmachen, natürlich. Glauben Sie, ich habe Lust, meiner Tochter das nächste Mal im Leichenschauhaus zu begegnen?»

«Klingt nicht staatstragend, was Sie sagen.»

«Ach, ich scheiße doch auf das Staatstragende. Jetzt geht es nur um mein Kind.»

«In Altenberg hat ein verbitterter Vater die Eisbahn demoliert», sagte Zapf. Er war vor wenigen Minuten eingetroffen und trug – seitdem er den Chef bemerkt hatte – eine Sonnenbrille.

«Ja und?» fauchte Eß. «Warum sagen Sie das jetzt? Was soll ich Ihrer Meinung nach tun? Zur MP greifen?»

«Zur Sprühdose», sagte Christine nicht laut, aber gut vernehmbar.

«Wenn ich versuchen würde, August den Starken nachzuzeichnen, dann hätte der Staat einen Grund einzuschreiten. Majestätsbeleidigung. Oder gibt's das nicht mehr?»

«Ist ersetzt worden durch den Ausdruck Panowskybeleidigung», sagte ich und erntete giftige Blicke von allen Kollegen, die sich als Panowsky-Wähler geoutet hatten.

Dr. Eß blickte noch einmal betrübt in die Runde und zog sich in sein Reich zurück.

«Wenn er nicht weiter weiß, wirkt er fast wie ein Mensch», sagte Zapf und setzte die Sonnenbrille ab.

«Eigentlich wäre es unser Job, ihn wieder aufzurichten.» Alle sahen mich verblüfft an. «Ich meine, wir könnten zwei Minuten Nachdenken darauf verwenden, wo wir Josephine auftreiben.»

«Kann ich dir sagen», rief Hornung. «Bei irgendeinem Kommunarden auf der versifften Matratze.»

«Wo sie aber im Gegensatz zu anderen Seitenspringern nicht bewußtlos Nachwuchs zeugen.»

Die Pohl funkelte mich zornig an, und Klockmann sagte: «Ich habe mit ihren Kunstgenossen gesprochen. Zwei Namen von denen habe ich. Samt Telefon.»

Ich mochte meinen Berufsstand, wir waren die geborenen Problemlöser – zumindest die eine Hälfte. Die andere Hälfte bestand aus geborenen Problemproduzenten.

Klockmann ging telefonieren, ich ging redigieren, Hornung ging aufs Klo. So tat jeder, was er am besten konnte. Das Faxgerät orgelte eine Seite nach der anderen heraus, und ich brüllte: «Egon, wer ist Kirsten?»

Besendahl brüllte zurück: «Mein Freund, der Arbeitslose. Unser neuer freier Mitarbeiter. Welche Sportart hat er denn diesmal ausgesucht?»

«Dart! Sag ihm, er hat noch einen Versuch. Einen!»

Auf dem Flur begegnete ich der Kulturredakteurin, sie wirkte von Woche zu Woche mehr wie die weibliche Inkarnation Goethes.

«Wie geht's der verehrten Kultur?» fragte ich leutselig. Sie grunzte und entschwebte. Aber heute schwebte ich hinterher. Sie sah mich an wie etwas, bei dessen Anblick man sich fragt, ob die Bekämpfung mit Lavendelsäckchen ausreicht. Ich machte keine Bemerkung über die vielen Bücher, obwohl sie auf mich stets wie eine Fototapete wirkten. Bei jedem Redaktionsfest fanden sich am nächsten Morgen traditionell die meisten Aschenbecher und Gläser hinter Goethes Büchergebirgen.

Sie gab vor, arbeiten zu müssen. Ich stand hinter ihr und sah mir das Elend auf dem Bildschirm an: das Hohelied auf eine Dresdner Künstlerin, die Zementplastiken unter Titeln wie «Rauschen», «Schweigen» und «Wechseln» herstellte, des weiteren Bronzearbeiten, Lithografien, Wasserspiele, Eisenkugeln, Tonpyramiden, Indianerschmuck, moderne Räuchermännchen aus Holz, bei denen der Qualm aus dem Nikotinpflaster auf dem Rücken quoll. Ein wüstes Durcheinander von einer Person, die nicht wußte, was sie wollte, und mit ihrer Umtriebigkeit der Stadt seit langem auf den Geist ging.

Ich beugte mich vor und las den Satz: «Raumgreifende Installationen korrespondieren in der Nordsüdachse mit zartgliedrigen Ahornblättern aus Jahren mit ungerader Endziffer. Klima, Welt, Harmonie, Vielfaches, die Rückbiegung des Sinns in sich selbst.»

Ich sah, wie Goethe sich verspannte.

«Na bitte, Sie können es doch.» Sie mochte wohl gar nicht glauben, daß diese Worte von mir gekommen waren. «Jedes Achteltalent in unserer Stadt kann mit Ihrem Beistand rechnen. Warum werfen Sie sich nicht mal ins Zeug, wo es wirklich wichtig ist? Immer nur für diese nervenden Tanten.»

«Wie darf ich Sie verstehen?»

Ich setzte mich ihr gegenüber, damit ich nicht ständig auf diesen penibel ausrasierten Nacken blicken mußte, der mich einladen wollte, zart in ihn hineinzubeißen. Aber ich blieb stark, denn damit wäre die Wahl einer Frauenbeauftragten im Verlag beschlossene Sache gewesen.

«Sie haben die Geschichte um die Tochter des Chefs mitgekriegt?»

«Das hat doch nichts mit Kultur zu tun.»

«Das hat noch nicht einmal etwas mit Sport zu tun, und trotzdem interessiere ich mich dafür.»

Bisher hatte ich gedacht, daß Frau Goethe mich nicht leiden

konnte. Heute bekam ich zum erstenmal Zweifel. Plötzlich hatte ich das Gefühl, daß sie nicht wußte, wer ich war.

«Josephine überzieht die Stadt mit Graffiti, wie sie die Welt noch nicht gesehen hat. Sie hat gerade erst damit angefangen, die Sache wird sich steigern. Ich frage Sie: Was gedenkt Ihr Ressort zu unternehmen?»

Darüber hatte sie erkennbar noch keine Sekunde nachgedacht. Alles an der Frau war schwarz oder weiß oder rechteckig. Vielleicht war sie in ihrem vorigen Leben ein Schachbrett gewesen.

Ich beugte mich nach vorn: «Sie müßten sich die Bilder einfach mal ansehen. Und dann historisch einordnen. Stichwort Dresden. Was der gute Dresdner im Herzen hat, kann ja nicht von Übel sein, wenn es plötzlich an einer Wand prangt. Die Wiedergeburt des Alten in der Spraydose der Moderne. Wie finden Sie das? Geil, oder? In der Kunstgeschichte sind einige Wandmalereien ziemlich bekannt geworden. Habe selbst ich mir im Urlaub im Vatikan angeguckt. Träumen Sie nicht jede zweite Nacht davon, eine neue Künstlerin zu entdecken? Ich meine jetzt eine richtige Künstlerin, eine blutjunge Person mit Blut statt Staub in den Adern. Vielleicht eine komplette neue Epoche? Die man unter Umständen sogar nach Ihnen benennt?»

«Sie scherzen.»

«Auch ein Witz kann Kultur enthalten. Sie dürfen sich nur nicht Zapfs Witze anhören. Gucken Sie sich die Bilder an. Sprechen Sie mit den Menschen. Werk und Publikum, die Menschen auf der Straße. Vielleicht lädt Sie sogar jemand zu einer Tasse Kaffee ein. Das müßten Sie doch toll finden. Endlich ein Tag ohne lausigen Gratissekt in einer lausigen Ausstellung. Tun Sie etwas, womit niemand rechnet. Überraschen Sie die Welt und sich selbst. Da fühlt man sich großartig nach. Bisher haben die Kollegen in der Redaktion Sie immer nur respektiert. Ab morgen können Sie geliebt werden.»

Ich floh aus dem Büro, ich hatte begonnen, mir selbst zu glauben.

Das Fax hörte gar nicht mehr auf zu spucken. Die Teilnehmerliste für den Stadtlauf. Danach kam ein Fax vom «Ideenbüro Goldener Reiter». Sie schickten ihren Plan für einen gigantischen Volkslauf auf Schlittschuhen nach holländischem Vorbild. Dazu mußte nur noch die Elbe zufrieren. Sie kündigten an, daß sie in Verhandlungen mit einer Kältebaufirma stünden, die sich bereit erklärt hatte, ihr größtes Kühlaggregat noch weiter zu vergrößern, so daß es für 50 Meter Elbe auf kompletter Breite reichen würde. Ich war nicht sicher, ob ich alles verstanden hatte.

Das nächste Fax gab meinem Tag Sinn.

«An alle Redaktionen!

Mehrwert statt Gerechtigkeit?

Wann hat der tragische Tod von Anke Everding endlich Konsequenzen? Stehen manche Bobfirmen außerhalb der geltenden Gesetze? Schämt ihr euch nicht wegen eurer pflaumenweichen Berichterstattung? Nur der Elb-Bote verdient es, sich Zeitung zu nennen. Alle anderen sind Speichellecker.

Jeder Pilot, der bei der Europameisterschaft in den bewußten Schlitten an den Start geht, riskiert sein Leben.

Sage hinterher niemand, er habe es nicht gewußt.

Es darf keinen neuen Unfall geben.

Bobpiloten, kauft nicht bei den Blauen Pfeilen.

Ein Mensch, der Schuld auf sich geladen hat.

Paul Spiegel.»

Der Pilot rief seine Bremser zu sich. Ich zählte die Köpfe meiner Getreuen und siehe, sie waren nicht vollzählig.

«Wo ist Kathrin? Christine, hat Kathrin sich gemeldet?»

«Bei mir nicht.»

«Ruf zu Hause an. Vielleicht hat sie die Adresse vergessen.»

Dann kam ich zu einem Thema, das ich viel lieber hatte.

«Was sagen wir dazu, Männer?»

«Wird Zeit, daß ein Fachmann diese Schlitten unter die Lupe nimmt», sagte Zapf. «Ein unabhängiger Fachmann.»

«Willst du damit etwas Bestimmtes andeuten?» fragte Besendahl.

«Nicht solange du im Raum bist. Du wirst immer gleich ausfallend, wenn einer so tut, als ob deine geliebte Heimat nicht das Paradies auf Erden ist.»

«Oha, Kollegen. Ich merke schon, jetzt sind meine Qualitäten als Menschenführer und Moderator gefragt. Wollt ihr euch wieder vertragen, oder muß ich euch in aller Form zusammenscheißen?»

«Ist doch wahr», sagte Zapf mißmutig. «Hier herrscht manchmal Denkverbot. Es war von vornherein klar, daß wir kein kritisches Wort an die Bobfabrik richten dürfen.»

«Wer hat das denn gesagt?»

«Keiner, das ist ja das Schlimme. Das muß nicht mal mehr gesagt werden.»

«Beweise», forderte Besendahl störrisch.

«Beweise habe ich keine. Ich behaupte ja auch gar nichts.»

Klockmann steckte seinen Charakterkopf durch die Tür. «Ich habe eine heiße Spur.»

25 Im Abbruchhaus

Bis zuletzt war ich davon überzeugt, daß hier niemand wohnte. Ein Abbruchhaus wie aus dem Bilderbuch, Türen und Fenster verrammelt, Warnschilder, vor dem Eingang Müll, teilweise so verrottet, daß die ursprüngliche Gestalt nicht mehr festzustellen war. Der Irokese schnüffelte engagiert. Ich machte große Schritte, um den Verteidigungswall zu überwinden. Die Tür verriet schon einiges. Sie hing lose in den Angeln, aber sie wurde regelmäßig bewegt. Das Vorhängeschloß war reine Zierde.

«Ist hier wer? Josephine, bist du zu Hause?»

Die Holztreppe hatte kein Geländer mehr, ich hielt mich beim Hochsteigen an die Wandseite. Dann bellte mein Hund, dann bellte über mir ein zweiter Hund, dann ein dritter. Sie sahen alle aus, als wären sie miteinander verwandt. Erstaunlich, daß sich eine Sippschaft, für die Individualität das Höchste bedeutet, beim Hundebesitz mit einer Rasse zufriedengibt.

Der Junge war augenscheinlich eben erst aufgestanden, er kratzte sich mit beiden Händen unter dem T-Shirt. Irgendwie kam mir der Kerl bekannt vor, aber der Irokese sprang nicht an ihm in die Höhe.

Die Wohnung hatte vier oder fünf Räume. Einer war die Müllhalde, in allen anderen lag eine Matratze. Ich fragte nach Josephine, ein zweiter Junge deutete auf eine Tür. Ich klopfte, wartete, stieß die Tür auf.

Josephine lebte mit zehn Büchern und vielen Leinwänden, die mit der Rückseite zu mir an der Wand lehnten. Ich fand nichts, was dem Raum eine weibliche Note gegeben hätte. Der einzige Trost in dieser Traurigkeit war die Bewohnerin. Selbst verschlafen strahlte sie noch Energie aus.

Der Irokese stiefelte sofort ins Bett, Josephine liebkoste ihn roh.

«Jetzt geht's los», behauptete sie. «Was läßt Väterchen denn ausrichten?»

«Ich will dir nur etwas mitteilen. Heute abend zieht die Polizei mit 650 Leuten in den Krieg gegen euch.»

«Kommt noch was, oder war's das schon? Glaubst du, 650 Zombies zu foppen ist schwieriger als 400?»

«Du hast in der Kneipe so getan, als ob dir das nahegegangen ist, mit deinem toten Freund.»

«Ja und? Hängt mir das jetzt ewig nach? Einmal schwach, immer schwach.»

«Josephine, verschieb die Aktion bis nach der Wahl. Bis dahin sind die nicht zurechnungsfähig.»

«Und was ist nach der Wahl? Da schenken sie uns Blumen oder was? Da sind sie wieder mit nur 400 Zombies hinter uns her. Sonst ist da kein Unterschied.»

«Ist das deine Form der Rache? Willst du ihnen Gelegenheit geben, sich selbst zu erkennen? In ihrer ganzen Dürftigkeit?»

Sie sah mich überrascht an in ihrem überraschend weißen Hemd. «Hey, Mann, das hast du gut gesagt.»

«Kannst mich ja zu deinem Pressesprecher ernennen, wenn ihr mal an die Macht gekommen seid. Okay, okay, schon verstanden. Ihr wollt ja keine Macht. Ihr wollt nur die Hauswände.»

Jetzt stand sie auf, sie war hinreißend gebaut. Mich allein in einem Raum zurückzulassen, war so eine Sache. Ich drehte einige Leinwände um. Josephine malte heimlich Aquarelle, mit Brücken und Bächen und Himmel.

In der Wohnung wurde eine Wasserspülung betätigt, Josephine kam zurück und putzte mit einem Finger die Zähne. Sie konnte sich alles erlauben, ich konnte mir nichts erlauben. Plötzlich lachte sie.

«Lachst du mich aus?»

«Sind Sie nicht der, der in Altenberg Hausverbot gekriegt hat? Hat mir mein Samenspender erzählt.»

«Ach ja? Wie findet er das denn?»

«Er sagt, eines Tages wird man Ihnen in Dresden Stadtverbot geben.»

«Ein Charmeur, dein alter Herr. Ich geh dann mal wieder.»

Aber sie hatte mir nicht zugehört. «Vor ein paar Tagen habe ich noch so einen kennengelernt. In der Kneipe.»

«Wie mich? Das würde mich betroffen machen.»

«Einen aus Altenberg. So einen Typen von der Uni. Diese schüchternen Hemden, die so kaputt sind, daß sie nur noch einen hochkriegen, wenn sie ihre Promotionsurkunde angucken.»

«Sind da denn Fotos mit Frauen drauf?»

Sie lachte wieder. «Sagt, er arbeitet im Bergwerk. Voll daneben, der Kerl. Im Bergwerk.»

«Da gibt es aber Bergwerke. Jedenfalls eins.» Ich hatte die Hinweisschilder gesehen, zumindest am ersten Tag. Danach hatten überall Plakate für die Europameisterschaft davorgestanden. «Mußt mal ins Erzgebirge rausfahren. Tapetenwechsel ist eine feine Sache.»

«Sie geben wohl nie auf, was? Ich habe hier zu tun.» Ich war schon an der Tür, als noch etwas kam: «Wie finden die Leute uns denn?»

«Erfreulich. Du wirst Mühe haben, ihnen klarzumachen, daß das eine pechschwarze Anarchistin gesprüht hat.»

«Ärschen kannst du nichts klarmachen. Aber wenn sie es gut finden, werden sie es schlecht finden, wenn uns das Politbüro schlecht findet. Und das finde ich gut. Wehe, du bestellst dem Samenspender einen Gruß.»

Um 12 Uhr 30 war ich mit Kevin Hollstein verabredet, dem vierzehnjährigen Tennis-As aus Coswig. Der Knabe war im Begriff, sein erstes ATP-Turnier zu spielen. Mutter Hollstein konnte vor Aufregung kaum noch schlafen. Ihre Energie reichte aber aus, um allen Zeitungen Homestories aufzuschwatzen.

Dann piepte das Telefon.

«Hier Pulitzer. Chef, ich habe ihn!»

Ein Satz wie eine Fanfare. Triumphal, schrill, adrenalingesättigt.

26 Der mit der Schuld tanzt

Er stand in der Tür und sprengte vor Angeberei fast den Rahmen. Ich legte ihm eine Hand auf die Schulter und sagte: «Meine Schule.»

«Es war nicht immer leicht mit Ihnen», erwiderte Pulitzer mit feuchten Augen. «Aber ich habe mich durchgebissen.»

Uschi Hofbauer bewohnte eine Ferienwohnung, die sie über den örtlichen Sportverein ergattert hatte. Uschi stand in der Küche und kochte Kaffee, die dritte Person saß auf dem Bett. Ich stellte mich vor, er murmelte «Spiegel» und fiel aufs Bett zurück. Pulitzer stand ständig im Weg, das war die Übermotivation, am liebsten hätte ich ihn rausgeschickt.

Uschi brachte den Kaffee und Kekse. Ich nahm sie gleich an mich, damit die anderen sich nicht den Magen verderben konnten. Ich brauchte sie gesund, vor allem Paul Spiegel. Mir war schon länger aufgefallen, wie unruhig der Irokese sich benahm. Uschi sagte: «Ich gehe mit dem Hund raus.»

Ich schämte mich ein wenig und sagte zu Spiegel:

«Wissen Sie eigentlich, daß Sie einer der meistgesuchten Männer im Lande sind?» Ich hielt das für eine launige Bemerkung, aber Spiegel sah noch eingeschüchterter als bisher aus. Er war ein unscheinbarer Mittzwanziger, ein «Schluck Wasser», von dem ich bisher nur wußte, daß er sehr gut Schach spielte und am Kufenprojekt Professor Löfflers mitgewirkt hatte.

«Ich habe in den letzten Tagen keine Zeitungen gelesen», sagte er. So ein Satz verdarb mir zuverlässig die Stimmung. Wie konnte man lebendig sein und keine Zeitungen kaufen?

«Ich habe das alles erst gelesen, als ich zu Uschi gekommen bin. Ich mußte mich doch mit irgendwem aussprechen. Ich konnte einfach nicht mehr so weiter... es hat mir die Luft abgedrückt.»

Pulitzer berührte ihn am Arm und wirkte wie eine Krankenschwester.

Dann fing Spiegel an, fünf Minuten, zehn Minuten, fünfzehn Minuten, es war quälend. «Alles ist meine Schuld. Ohne mich wäre Anke noch am Leben. So etwas darf einem nicht passieren. Ich werde mir das nie verzeihen.»

An dem bewußten Tag hatten sie Testläufe durchgeführt, Mirco war der Pilot gewesen und zeitweise ein Freund Mircos, der schon häufiger eingesprungen war. Sie hatten an diesem Tag früher Schluß gemacht, Paul kannte den Grund dafür nicht. Anke Everding und Uschi Hofbauer waren an der Bahn gewesen. Die beiden hatten am Vormittag Läufe absolviert, am Mittag nicht mehr, weil die Universitätsleute die Bahn für sich allein beanspruchten.

Ein Dresdner Bob war im Ziel gewesen, der zweite wieder hochgebracht worden. Anke und Uschi hatten an dem Bob gestanden, und Spiegel, der für die Bobs verantwortlich war, hatte mit den beiden gesprochen. Uschi war dann gegangen, es standen ja keine Läufe mehr auf dem Programm. «Aber Anke ist geblieben, ich habe mich darüber gefreut. Ich hatte ja schon lange auf eine Gelegenheit gewartet... zu reden, ich wollte mit ihr reden. Aber sie hat nur über den Bob gesprochen, Bob vorn, Bob hinten, sie war besessen und hat auch gleich um eine Fahrt gebeten.»

Er schwieg erschöpft. Der Mann war eingesponnen in seine Schuld, sie drückte ihn in den Staub. Selbst ich als versierter Tröster wußte, wann man die Klappe halten muß, weil man den anderen mit Worten gar nicht erreicht. Umarmungen waren jetzt das Mittel der Wahl, dafür war Uschi besser geeignet als ich, die mit einem sichtlich entschlackten Irokesen zurückgekehrt war. Spiegel trank Kaffee. Dann ging es wieder.

«Ich habe nein gesagt, aber sie hat nicht lockergelassen.»

«Sie wußten doch, daß sie eine Top-Pilotin ist, oder?»

«Das wußte jeder an der Bahn.»

«Nun, dann war es doch kein unüberschaubares Risiko... ich meine, wenn ein Urlauber kommt, sagt man natürlich nein. Aber eine gute Fahrerin...»

«Nicht mit unseren Schlitten. Ich habe dafür die Verantwortung. Mit anderen Schlitten ja.»

«Jedenfalls hat sie Sie rumgekriegt.»

Er ließ die Schultern fallen und sagte leise: «Weil ich sie liebe.»

Jetzt passierte, was nach Lage der Dinge irgendwann passieren mußte. Pulitzer öffnete den Mund:

«Verstehe ich gut. Du wolltest einfach deine Chancen bei ihr verbessern. Du hast gedacht, laß ich sie halt fahren, und danach läßt sie mich...»

Spiegel sprang den Volontär an. Sie lagen sofort ineinander verkrallt auf dem Boden. Spiegel riß Pulitzers Kopf an den Haaren nach hinten, und Pulitzer schrie. Ich schaffte es nicht, Spiegels Hand aufzubrechen. Am Ende biß ich hinein, dann gab er nach. Der Irokese bellte. Pulitzer brachte sich hinter meinem Rücken in Sicherheit, Uschi redete auf den rasenden Spiegel ein. Zweimal, als ich schon dachte, daß er sich gefangen hätte, keilte er noch nach Pulitzer aus. Dann war es überstanden. Ich öffnete die Balkontür, vor allem, um mich selbst abzukühlen. Pulitzer stand neben mir und sagte: «Ich wollte ihn doch nur aufbauen.»

Ich befürchtete, daß Spiegel verstummen könnte, aber er wollte weiterreden, daß er zu Uschi gekommen sei, um von ihr Vergebung zu empfangen. Ich war Teilnehmer einer therapeutischen Seance. Mir tat der Kerl leid, aber ich tat mir auch selbst leid. Ich mußte ihn von den verdammten Schuldgefühlen befreien. Deshalb sagte ich: «Was ist mit den Bekennerschreiben?»

Nun war er nicht schuldbeladen, sondern erbost. Eigentlich hätte es seiner Beteuerungen gar nicht mehr bedurft. Das war nicht der Mann, der solche Briefe schrieb. Jedenfalls nicht mit dem Interesse, eine Firma anzuschwärzen. Er war vollauf damit ausgelastet, sich selbst zu beschuldigen.

«Paul, haben Sie einen Verdacht, wer die Briefe an die Presse gegeben haben könnte?»

Fehlanzeige. Er las den ersten in der Zeitung nach, den zweiten hatte ich als Kopie bei mir. Ich fragte ihn, wo er sich in den letzten Tagen aufgehalten hatte. Er nannte einen Freund in Berlin, sprach von nächtelangen Gesprächen. Es konnten für den Freund keine leichten Tage gewesen sein.

Dann kam ich auf Kleff, seinen Wohnungsnachbarn, der einst in Dresden Bobs gebaut hatte und dann im Streit ausgeschieden war. Ja, davon hatte er gehört. Offensichtlich ging Kleff mit seiner Dauerfehde gern und oft hausieren. Nein, er kannte den Kleff nicht näher, war ihm nur im Treppenhaus begegnet und hatte ihn auf einer Hausparty kennengelernt. In diesem Moment bückte sich Uschi, holte etwas unterm Bett hervor und gab es Paul mit den Worten: «Deine Brieftasche ist dir vorhin rausgefallen.»

Er steckte sie in die Brusttasche seines Hemds, zog sie wieder heraus, suchte und reichte mir ein Foto. «Hier, das ist auf der Party aufgenommen worden. Vorne, der, mit dem ich gerade rede, das ist Professor Löffler. Und der im Hawaii-Hemd, das ist Uwe. Uwe Kleff.»

Es war der Mann, der gestern im Hotel Mattielli besucht hatte.

Fünf Minuten später brach ich auf.

27 Ein Schritt zu weit

Die Rückfahrt war grausam. Ich erlitt zwei Totalsperrungen der Bundesstraße nach Unfällen und erwischte in Dresden die Reste der Rushhour. Eine Abkürzung erwies sich als Totalreinfall, weil ich hinter einem Umzugswagen festsaß. So erreichte ich Radebeul erst gegen 19 Uhr. Paul Spiegel begriff nicht gleich, weshalb ich ihn um seinen Wohnungsschlüssel bat. Jedenfalls hatte er ihn herausgerückt und war damit von meiner Verdächtigenliste getilgt. Pulitzer war in Altenberg geblieben, um Spiegels Einlassungen zu einem Artikel zusammenzustellen. «Jetzt spreche ich: Das Medienopfer wehrt sich!» Außerdem hatte er es nicht eilig gehabt, Uschi zu verlassen. Ich wurde den Verdacht nicht los, daß ich nur dazu da war, meinen Volontär mit Frauen zu versorgen. Ich war sehr dankbar, daß ich erst in Spiegels Wohnung gehen konnte. Gelegenheit, sich alles noch einmal zu überlegen. Dann quengelte der Hund, ich mußte hinaus ins Kalte und fand es entwürdigend, einem Lebewesen beim Stuhlgang zuzuschauen. Also packte ich den Irokesen ins Auto, sprach tröstende Worte und drehte mich beim Weggehen nicht um.

Erst rief ich aus Spiegels Wohnung an, dann ging ich hoch, horchte lange an der Tür und klingelte. In der Tasche spürte ich Zapfs Universalschlüsselbund, dann durfte es zeigen, was es konnte. Als sich mit leisem Klacken die Tür öffnete, überlief mich Gänsehaut. Links von mir der Hausflur, es waren nur wenige Schritte zurück ins bürgerliche Leben. Der Weg in Kleffs Wohnung war kürzer.

Es roch nach etwas, das ich nicht mochte, für das mir aber der Name fehlte. Ich wartete, bis sich meine Augen an die Dunkelheit gewöhnt hatten. Ich stand so sehr unter Strom, daß ich erst spät kapierte: Heller würde es nicht werden. Der Flur bekam von nirgendwoher Restlicht. Weil das wohl bedeutete, daß alle Türen geschlossen waren, riskierte ich es, das Licht einzuschalten. Es brannte zwei Sekunden, dann war es wieder dunkel. Spiegel hatte nicht gelogen: Kleff bewohnte eine Einzimmerwohnung. Er hatte allerdings vergessen, mir mitzuteilen, daß das Zimmer 50 Quadratmeter groß war. Ausgebauter Dachboden mit sechs oder acht Fenstern in den Dachschrägen. Sie spendeten nur deshalb kein Licht, weil sie zugeschneit waren. In der Wohnung war es kalt, deshalb blieb der Schnee liegen. Ich arbeitete mich zu einer der Türen vor, öffnete sie, ertastete den Lichtschalter: das

Badezimmer. Ich ließ die Tür halb offen, ging zum Schreibtisch, richtete den Schirm der Lampe auf die Erde, schaltete an. Dann durchsuchte ich, was sich auf der Glasplatte befand. Ich hatte den Tunnelblick, reagierte nur auf das Stichwort Bob und alles, was mit ihm zusammenhing.

Kleff war ein Pedant, sein Hobby war das Sortieren. Bei ihm lagen selbst die Briefmarken nach Werten geordnet. Viele Papiere in übereinander gestapelten Kästen aus Plexiglas, Aktenordner in den Regalen, aber auch viele Disketten neben dem Computer. Ich riskierte es nicht, den Kasten anzustellen, fühlte mich zu wenig heimisch auf diesen Geräten.

Blieben die Papiere. Die Aktenordner zuerst, aber das waren abgeschlossene Vorgänge aus den letzten drei, vier Jahren. Kleff war ein Prozeßhansel, er wollte nicht nur recht haben, sondern auch Recht kriegen. Zweimal ging es um einen Krieg gegen Feinde im Straßenverkehr, einmal gegen den Vermieter, offensichtlich wegen einer Mieterhöhung um 25 Mark. Dann die offene Rechnung: Kleff gegen die Bobfabrik, ein Ordner voll: Protokolle, Urteile, Einsprüche, höhere Instanzen, Gutachten, Vergleichsvorschläge, Ablehnungen. Aber das suchte ich nicht, das war alles offiziell mit Behördenstempel. Ich wandte mich den Kästen auf dem Schreibtisch zu.

Plötzlich ein Heidenschreck: Das Dach kam herunter! Nein, Schnee war von einem Fenster gerutscht. Mein Gehör war doppelt so empfindlich wie sonst. Kleff hatte Briefe an die Presse geschrieben und seinen Fall geschildert. Vor drei Monaten. An *Depesche, Elb-Boten,* noch zu Zeiten des seligen Warsteiner. Und – ich räusperte mich unwillkürlich – auch an ein mir persönlich gut bekanntes Blatt. Ich las meinen Namen, ich hatte den Brief nie erhalten oder sofort vergessen. Wir mußten etwas gegen den Briefschwund unternehmen. Erst letzte Woche hatten wir zwei Stunden ein untergegangenes Fax vom Deutschen Fußballbund gesucht. Am Ende mußte Christine in Frankfurt anrufen und um erneute Zusendung bit...

Ich wachte nicht auf, ich war nur nicht mehr bewußtlos. Ich spürte, daß ich mich in einem Auto befand. Und das Auto fuhr.

Ich wachte nicht auf, aber ich spürte, wie sich wieder Körperteile an mein Bewußtsein andockten. Ich war Besitzer eines Kopfes, und der Kopf schmerzte. Sie hatten mir auf den Kopf geschlagen und mich ausgeknipst. Ich wußte nichts. Und wollte nicht nachdenken. So dämmerte ich weg.

Stille ist etwas Kostbares. Endlich nicht mehr reden müssen, gemütlich die Beine ausstrecken, der Kopf liegt weich, ich darf mich nur nicht auf die Seite legen, meine Wange versinkt dann im Kissen, ich kriege so schlecht Luft und habe Federn im Mund. Ich patsche auf das Kopfkissen, langsam werde ich sauer auf Hedwig. Warum legt sie mir ein nasses Kopfkissen hin? Ich will dein Kopfkissen nicht, ich warf es auf die andere Bettseite, kam ins Rollen, rollte aus dem Bett und stand im nächsten Moment senkrecht.

Ich stand auf einem Feld oder einer Weide oder einem Fußballplatz. Ich stand auf einer weißen Fläche, deren Rand ich nicht erkennen konnte. Denn es war Nacht, und ich hatte plötzlich Angst, große Angst. In mir war noch Müdigkeit, der Rest Trägheit wollte mir einreden, daß alles halb so schlimm sei. Ich schnappte mir zwei Händevoll Schnee und verrieb sie im Gesicht. Es wurde besser, aber nicht gut. Eine weitere Handvoll, hinten auf dem Hals verrieben, schrecklich kalt. Ich war bereit – und scheiterte sofort. Denn um mich herum war alles flach. Ich sah, wo ich gelegen hatte, nicht der Hauch eines Hügels, aber ich war doch hinabgerollt. Wovon? Ich sah die Schuhabdrücke im Schnee, sie hatten mich hierhergetragen und einfach abgelegt. In der Nähe mußte eine Straße sein, ich mußte nur dort hingehen und warten, Finger raus, ein Auto nimmt mich mit, ein Glas Glühwein auf den Schreck und eine Stunde später dicht an Hedwigs warmen Körper gekuschelt. Ich blieb vor Kälte zitternd stehen, sie hatten mir meine Schuhe weggenommen. Mir wurde schwindlig vor Angst, ich verbot mir sofort, den Gedanken zuzulassen. Verzweifeln konnte ich am Ende immer noch. Ich mußte nur schnell zur Straße laufen, sie würden mich schon nicht ans Ende der Welt... Dann hörten die Spuren auf, suchend lag ich auf den Knien, nichts mehr, unversehrter Schnee. Zum erstenmal hob ich den Kopf zum Himmel.

Der Himmel war schwarz wie Tinte, von Sternen übersät, ihr Licht brillantklar. Und der Mond schien. So gut wie voll, ich wußte nicht, ob ab- oder zunehmend, hatte mir das nie merken können. Es war kalt, gnadenlos kalt. Ich trug meine Winterjacke, eine Joppe, ungefüttert, aber aus dickem Material. Ich trug sie seit mehreren Wintern. In der linken Tasche steckte der Schal, nicht lang, nicht dick, aber ein Schal. Unter der Jacke der blaue Pullover, V-Ausschnitt, darunter Oberhemd, T-Shirt, Ende. Handschuhe nicht, ich besaß gar keine. Die Hose aus Jeansstoff, schwarz, halbseriöses Erscheinungsbild. Aber auch zwei Hosen übereinander hätten mir jetzt nicht geholfen. Ohne Schuhe! So viel Angst hatte ich noch nie gespürt. Der Tod war nahe, ich ging direkt auf ihn zu.

Der Irokese! Der Hund saß im ungeheizten Wagen. Hoffentlich gab er Laut und randalierte, bis sich ein Anwohner gestört fühlte und die Polizei rief.

Es war bitterlich kalt, ich mußte mich bewegen, die Füße waren bereits taub. Und naß. Gefühllos? Ich kniff in alle Zehen, sie lebten. Ich mußte mich beeilen. Ich ging in eine Richtung. Es war kein Fußballplatz, es war ein weites Feld, dahinter Wald. Aber an einer Seite mußte eine Straße verlaufen, ich brauchte bloß eine Seite nach der anderen abzugehen.

Ich nahm Kurs auf die erste Seite, ging sie bis zu ihrem Ende. Sie mußte doch von etwas begrenzt werden.

Das wurde sie auch, von einem Zaun. Ich ging den Zaun entlang, knirschender Schnee war das einzige Geräusch.

Dann stand ich am Wald, die Bäume dicht an dicht mit schneeschweren Ästen bis zum Boden. Tannen, kein Durchkommen. Nach rechts, nein, nach links. Warum fühlte ich mich plötzlich so friedlich? Ich hatte oft genug gelesen, daß der Erfrierungstod mit einem Gefühl großer innerer Ruhe einhergeht. Schlagartig vermochte ich nicht mehr zu unterscheiden zwischen der Kaltblütigkeit, die ich jetzt benötigte, und der beginnenden Trance, die sich unterirdisch anschlich.

Laufen, ich mußte laufen, das Blut mußte kreisen, die halbe Stunde würde ich schon überleben.

Rasten, ich mußte rasten. Ich durfte nicht schwitzen. Der Schweiß würde verdunsten und ich unweigerlich auskühlen.

Klug sein, ich mußte klug sein. Rufen. Ich rief. Nichts. Still sein, auf menschliche Geräusche lauschen. Ich blieb stehen, mein Herz pumpte, es schlug mir im Bauch. Im Stehen konzentrierte ich mich auf meine Füße, ich spürte sie nicht. Weitergehen, weitergehen.

Nur noch Wald. Einerseits wußte ich, daß es falsch war, in ihn hineinzugehen. Aber vielleicht war es im Wald wärmer. Bestimmt, es war geschützter dort. Vielleicht weniger Schnee, vielleicht gar keiner.

Meine Strümpfe wurden steif, ich zog sie aus, ging weiter. Angst. Ich zog die Jacke aus, quälte mich aus dem Pullover, zerriß ihn, versuchte es. Ich war zu schwach und dumm, um einen Pullover zu zerreißen. Die erste Träne kam, Wut und Anstrengung. Ich wickelte meine Füße in den Pullover ein. Er hatte noch meine Wärme, es war ein wunderbares Gefühl. Dann sah ich meine zitternde Hand an. Ich konnte sie sehen, weil das Mondlicht bis zum Waldboden hinunterreichte. Die Hand zitterte, es war ausweglos, ich würde keine tausend Meter schaffen. Wann war ich bei Kleff...? 19 Uhr. Etwa um 19 Uhr 30 hatten sie mich erwischt, dann eine Stunde Fahrt oder eineinhalb. Es war jetzt höchstens 22 Uhr. Selbst wenn schon Mitternacht war, hatte ich noch sechs, sieben Stunden Nacht vor mir. Zu viel. Es war aus. Gierig saugten die Zehen die Wärme aus dem Pullover. Ich zog ihn wieder an, er mußte aufgeheizt und alle fünf Minuten an die Füße gehalten werden. So würde es gehen.

Ich stand auf und eilte vorwärts, stoppte, eilte zurück bis zum Waldrand, ging eilig an ihm entlang. Tränen liefen mir über die Wangen. Pullover aus und um die Füße. Ich würde Zeuge werden, wie mein Körper abstarb. Morgen würden mir die Ärzte alle Zehen abschneiden. Wenn ich Glück hatte, nur die Zehen. Wenn ich Pech hatte, die Füße mit dazu. Wenn ich großes Pech hatte, würden sie mir nicht einmal einen Fingernagel abschneiden, weil sich abgestorbene Füße und Hände vom Rest einer Leiche nicht grundsätzlich unterscheiden.

Ich band mir den Schal wie ein Kopftuch um und begann, sinnlose Laute vor mich hinzumurmeln. Die Stille war fürchterlich.

Immer wieder in die Zehen gekniffen, immer in der Erwartung, daß ich nichts mehr spüren würde. Und was ich alles zu bereuen hatte! In fünf Jahrzehnten sündhaftem Leben kamen einige Waggons Unrat zusammen. Wie viele Frauen hatten unter mir leiden müssen. Und unter wie vielen Frauen ich. Unentschieden. Meine Nase lief, ich war bis zum Mund beschmiert mit Schnodder. Wenigstens verspürte ich keinen Hunger. Kleff! Ich mußte meinen Leuten den Namen des

Mörders hinterlassen. Sie mußten doch wissen, bei wem sie an die Tür zu klopfen hatten – und danach an Kleffs Stirn, bis das Blut aus Ohren und Nase und Mund laufen würde. Am Ende würde der Irokese ihm die Kehle durchbeißen.

Ich setzte mich, egal auf was. Ich schlang die Arme um mich, beugte mich vor und schaukelte hin und her, nach vorn und zurück. Mein Atem, Rauch, das einzige, was sich bewegte. Der Wald war eingefroren, er hatte alle Zeit der Welt, ich hatte noch zehn Minuten. Ab jetzt dachte ich nur noch an Hedwig, wenn draußen schon keine Wärme war ... Ich ging einfach nicht mehr weiter, quälte mich in den Schneidersitz, drückte die Fußsohlen an die Oberschenkel, massierte sie, beklopfte sie. Es mußte weh tun, Schmerz war das Erfolgskriterium. Was weh tat, war lebendig. Die nächste Minute war wunderschön. Es gab keine Erinnerung an davor, keinen Gedanken an danach. Es gab nur diese Minute, sie wollte überlebt werden, das schaffte ich. Es war also gar nicht so schwer, die nächste Minute überlebt, dann das Spiel noch fünfhundertmal wiederholt und fertig.

Ich saß auf etwas im Schneidersitz und schaukelte. Meine Hände waren warm vom vielen Klopfen. Ich griff in den Schnee und panierte meine Füße, strich den Schnee liebevoll glatt. Seit Jahren hatte ich mich nicht mehr so intensiv um meine Füße gekümmert. Dann tat der Hals weh. Schaukelnd verging das Leben. Von unten stieg jetzt Kälte auf, das Herz schlug ruhig vorwärts. Längst waren die Augen geschlossen.

Der Schuß!

Der zweite Schuß.

Zwei weitere fast gleichzeitig.

«Heh! Hallo! Hier bin ich! Hilfe! Hier vorne! Kommen Sie hierher!» Ich rannte zu den Schüssen hin, aber jetzt wurde der Schnee metertief, ich ruderte, zog die Beine aus den Verwehungen, die sich wie eine Wand aufgetürmt hatten.

«Warten Sie! Hier! Ich habe mich verlaufen! Sie müssen mir helfen!» Warum riefen sie nicht zurück, warum gaben sie keinen Schuß ab?

«Hier bin ich! Hier!»

Der Wald war zu Ende, eine schmale Lichtung. Hier mußten sie gestanden, hier mußten sie geschossen ... ich schlug der Länge nach hin, spuckte Schnee, richtete mich auf, neben mir lag ein Körper. Sie hatten auf Wildschweine geschossen, Jäger, wer sonst? Der Körper des Schweins kam mir groß vor oder er war groß. Hoch und lang. Ich legte beide Hände auf das Fell, zog sie zurück, die linke Hand voll Blut. Die Wunde saß hinter dem Kopf, der Schnee darunter war schwarz. Als hätten sie dem Tier eine Granate in den Hals geschossen. Das war keine Kugel gewesen, das waren mehrere oder Geschosse, die beim Aufprall platzen. Wilderer. Jetzt machte alles Sinn. Illegale Jagd auf Tiere, Schreck über den nächtlichen Rufer, eiliger Rückzug. Ich bekam keine Angstattacke mehr, ich war nur noch wütend.

«Ihr Killer! Verrecken sollt ihr!»

Weil keiner da war, dem ich weh tun konnte, trat ich das Tier. Im Umkreis war der Schnee niedergetrampelt, ich sah Reste von etwas, Rüben vielleicht. Aus der Halswunde sickerte noch Blut, und plötzlich sprang ich zurück vor Entsetzen. Das Tier lebte. Es sah mich an, der Leib hob und senkte sich, aber vielleicht war das auch nur ich, der sich hob und senkte. Jetzt erst entdeckte ich die zweite Wunde im Bauch, sie war kleiner. Ich war mit der Hand schon dran, zuckte zurück, legte die Hand auf die Wunde. Der Mond schaute zu, wie mir das Blut über die Hand lief. Und das Blut war warm.

Die beiden Kugelschreiber steckten in der Brusttasche der Joppe. Ich faßte den einen, holte aus, dann stieß ich zu, rührte in der Wunde mit dem Stift herum, um sie zu vergrößern. Ich faßte mit beiden Händen zu und riß die Haut auseinander. Es ging nur zentimeterweise, das warme Blut wies mir den Weg. Ich stellte einen Fuß auf den Leib, packte zu, glitt ab am Blut, griff tiefer in die Wunde. Das Dum-Dum-Geschoß hatte die Haut durchlöchert, ich kam voran, ich riß am Fell, geriet außer mich vor Wut, Eifer, Anstrengung. Ich griff den Kugelschreiber, stieß wie mit einem Eispickel rasend in die Haut, perforierte sie, jeder Zentimeter baute mich auf, über dem Kadaver stand mein Atemrauch in der Luft. Ich stieß und riß mich aufs Ziel zu, wußte hinterher nicht, wie lange ich gewütet hatte, aber da war die Wunde im Bauch des Wildschweins, und die Wunde war groß. Ich krempelte die Hosenbeine hoch bis zum Knie, wurde mir bewußt, was ich in den folgenden Sekunden tun würde. Ich schluckte, stieg mit dem ersten Fuß durch die Wunde hinein in den Leib des Tieres und tat das gleiche mit dem zweiten Fuß.

Das Gefühl war herrlich. Das Schwein war ein Ofen, Füße und Waden waren eingehüllt von Heizschlangen, die aussahen wie Gedärm. Spontan hatte ich das Empfinden, der Wärme nicht gewachsen zu sein. Ich lockerte den Schal, ich krümmte die Zehen, oh, ich spürte, wie das Leben in sie zurückfloß. Wenn ich mich bewegte, quatschte es im Leib des Tieres, alles war dort naß und geschmeidig. Beinahe wäre ich ausgeglitten, aber ich fing mich, veränderte dabei die Richtung, schaute in eine andere Richtung.

Da stand ein Hochsitz.

Der Anblick von etwas, das Menschenhand geschaffen hatte, tat mir in der Seele wohl. Ich befand mich noch in der Zivilisation, wo ein Hochsitz stand, war ein Weg, auf dem man an den Hochsitz heranfahren konnte – jedenfalls in seine Nähe. Möglicherweise war dieser Weg im Winter unpassierbar, mit großer Sicherheit bei dem starken Schneefall der letzten Tage. Aber die Wilderer waren in die Nähe des Hochsitzes gelangt. Sie gingen davon aus, Beute zu machen, Wildschweine, zentnerschwer und blutend. Die schleppten sie nicht huckepack durch Verwehungen. Oh, mir wurde so gut, ich mußte nur den Spuren folgen. Aber ich beschloß, es nicht gleich zu tun. Ich wollte das Schwein nutzen, solange es mir Wärme geben konnte. Die Schachuhr war auf Null zurückgestellt worden. Und diesmal war ich klüger als beim erstenmal. Ich war hellwach, ich würde mir meine Kräfte einteilen. Es gab wieder eine Chance, das reichte mir. Sicherheit hatte ich in meinem Leben selten gehabt – und wo sie sich mir geboten hatte, war es mir bald langweilig geworden, zum Beispiel bei der Tageszeitung in Ostholstein. Dort hätte ich alt und grau werden können, der Platz am Honoratiorentisch im «Schwarzen Hahn» war für mich schon reserviert gewesen.

Ich trat auf der Stelle, ich fühlte mich unbeschreiblich wohl.

Natürlich spürte ich, wie das Schwein auskühlte. Aber schnell ging es nicht in der Dicke seines Leibes, und auch als es nur noch fünfundzwanzig Grad Celsius warm war und dann fünfzehn, hatten es meine Füße zwanzig Grad molliger als in der letzten Stunde. Wie kalt war es jetzt? Ich hatte heute bestimmt dreimal den Wetterbericht gehört, immer mit einem Ohr. Natürlich war Frost angesagt worden. Aber nicht unter zehn Grad, das hätte ich mir gemerkt.

Als ich nicht mehr stehen konnte, ließ ich mich versuchsweise sinken und saß dann leidlich bequem auf der festen Flanke des Schweins. Ich klopfte ihm dankbar aufs Fell, sinnvoller war selten ein Tier gestorben.

So verging Zeit, eine Stunde vielleicht oder eine halbe? Ich mußte optimistisch denken: zwei Stunden. Es war weit nach Mitternacht, vielleicht schon ein Uhr. Aber es kam die Zeit, in der ich meine Füße aus dem Schwein zog. Ich hatte rote Stiefel, ich hatte immer noch keinen Hunger und wußte nicht was tun. Die Euphorie flackerte um ihr Leben wie eine verlöschende Kerze. Ich wollte am Leben bleiben, ich mußte jede Chance nutzen, so eilte ich hinüber zum Hochsitz. Meine Füße waren der Kälte nicht gewachsen und reagierten panisch auf die Berührung. Vom Hochsitz waren sie geflüchtet, ich wollte ihren Spuren folgen, zwang mich, nicht daran zu denken, daß alles wieder von vorn beginnen würde. Ich wollte am Hochsitz vorbeigehen, aber ich blieb doch stehen und sah hinauf. An den Füßen schnitt die Kälte wie mit Messern. Jede einzelne Sprosse tat mir weh. Ich zog mich mit beiden Armen in die Höhe, um die Füße zu entlasten. Ich zog mich in das kleine Viereck mit den Bänken auf drei Seiten. Dann begann mein Herz zu rasen. Sie hatten das Schwein von hier aus erledigt. Sie hatten mich rufen hören und waren geflohen. Wer flieht, läßt etwas zurück. Ich war gekommen, um Beute zu machen: eine Isoliermatte, eine Decke, eine Thermosflasche, eine Schachtel mit Munition.

Und das Gewehr.

Ich fühlte mich reich beschenkt und wußte, daß ich nicht sterben würde.

Ich zog den Pullover aus, wickelte meine Füße ein, stellte sie auf die Isoliermatte. Dann hüllte ich mich in die Decke ein, sie war groß, ich konnte mit ihr die Schultern bedecken, und sie reichte immer noch bis zu den Unterschenkeln.

Dann schraubte ich die Thermosflasche auf. Grog, bärenstarker Grog, Wasser und Rum im Verhältnis eins zu eins. Dazu ordentlich Zucker. Ich nahm einen tiefen Schluck und mußte zwei Minuten hektisch schlucken, bis ich sicher war, daß ich nicht erbrechen würde. Wie konnte etwas so Banales wie Wärme nur so wundervoll sein. Ich goß etwas Grog über meine Füße, rieb ihn in die Haut. Ich nahm einen zweiten Schluck und dachte über meine Lesefrüchte nach: Alkohol kühlt den Körper aus. Aber nicht mit mir. Der Grog war das Pfund, mit dem ich wuchern würde. Die Flasche faßte einen dreiviertel Liter, vielleicht einen ganzen. Sie war mehr als halbvoll. Ich wollte mich ökonomisch betrinken.

Und so geschah es. In der intensivsten Nacht meiner letzten Jahrzehnte betrachtete ich den Mond so lange wie sonst in Jahren nicht. Ich zog Verbindungsstriche zwischen den Sternen, krümmte die Zehen, spannte immer wieder die Muskeln von Beinen und Armen und Schultern an.

Ich war glücklich in dieser Nacht. Ich fühlte mich Hedwig nahe, ich wußte, daß in dieser Sekunde drei Katzenbabys auf meiner Bettseite lagen. Eins von ihnen würde schnarchen wie ein Braunbär, und jedesmal wenn Hedwig ein Auge aufschlug, würde Ruhe herrschen. Die Nacht hatte höchstens sieben Stunden oder acht, aber ich dachte so viel nach, als hätte ich Monate zur Verfügung. In dieser Nacht fielen mir Menschen ein, an die ich lange nicht gedacht hatte, Menschen, denen ich etwas zu verdanken hatte oder die auf mich einen starken Eindruck gemacht hatten. Ich hätte sie nicht vergessen dürfen, Freunde aus der Schule, Kollegen in der Volontärszeit, die Geliebte, die täglich achtzig Zigaretten geraucht hatte, kleine, unbedeutende Sportler und Trainer, flüchtige Begegnungen im Beruf und in der Kneipe. Wo kamen plötzlich die vielen Gesichter her?

Ich kam gedanklich weit herum in dieser Nacht. Es waren schöne Begegnungen, ich hatte viele wertvolle Menschen getroffen, und ich hatte nicht alle verprellt. Es standen viele Sterne in dieser Nacht, der Mond war mehr weiß als gelb und hatte einen großen Hof. Ich roch an Tannenzweigen, es duftete betörend nach Harz. Ich roch an der Thermosflasche, der Geruch gefiel mir noch besser. Ich war sehr lange wach, aber irgendwann schlief ich doch ein.

29 Durch den Hinterausgang

Ich erwachte davon, daß sich eine Hand auf meine Schulter legte. Ich wollte aufspringen, aber ich konnte mich nicht bewegen. Der Polizeibeamte mußte mir auf die Beine helfen.

«Was ist?» rief eine Männerstimme von unten.

«Lebt. Sieht aber aus wie ein Schwein.»

Sie hatten einen Anruf erhalten, anonym, daß nachts im Wald ein Mann um Hilfe gerufen habe.

Beim Herunterklettern nahm mich der Polizist praktisch unter den Arm, in meinen Füßen war kein Gefühl mehr. Kleff allein oder Kleff und seine Leute hatten mich in den Tharandter Wald auf der südlichen Seite der Elbe gefahren, dünn besiedelt, weitab vom Schuß. Ideal zum Erfrieren.

Sie schafften mich nach Dresden ins Krankenhaus Friedrichstadt. Ich war die Attraktion der Notaufnahme und bat eine Schwester, mich zu fotografieren. Dann fingen sie an, mich zu waschen. Ich wehrte mich, wollte das selbst erledigen, und alle sahen mich an, als wüßten sie mehr über mich als ich. Ich bat um ein Pfefferminz gegen meine Fahne, das lockerte die Stimmung. Plötzlich stand Kommissarin Panzer neben mir.

«Wo kommen Sie her?» fragte ich verdutzt.

«Halbe Stunde, dann gehört er Ihnen», sagte einer der Ärzte. Die Panzer tätschelte mir den Arm. Es war aufmunternd gemeint, aber mit derselben Bewegung schlug sie bestimmt beim Reifenwechsel die festsitzenden Muttern los.

Und dann brach die Hölle über mich herein! Sie hatte mich schon zweimal geohrfeigt, bevor ich auch nur daran denken konnte, mich zu schützen. Sie schlug noch weiter zu, bis ihr ein Arzt die Arme festhielt.

«Ich hasse dich!» rief Hedwig. Ihr Gesicht war bleich wie Wachs. «Das werde ich dir nie verzeihen! Nie!»

Sie brachten sie wieder nach draußen, und die Schwester murmelte: «Muß Liebe schön sein.»

«Wo kommen die alle so schnell her?» fragte ich.

«Sie waren für einige Stunden die meistgesuchte Person Sachsens. Wußten Sie das nicht?»

Dann kamen die Minuten der Wahrheit. Für meinen Geschmack waren entschieden zu viele Mediziner mit meinen armseligen Füßen beschäftigt. Während ich oben launige Bemerkungen produzierte, tagte unten der versammelte Sachverstand. Zwischendurch wurde die Tür aufgerissen, Hedwig rief: «Und der Hund geht auch auf dein Konto!» Dann war sie verschwunden.

Der Oberarzt kam zu mir: «Auf wie viele verzichten Sie freiwillig?»

«Wie viele von was?»

«Von Ihren Zehen.»

In diesem Moment begann ich möglicherweise leicht zu zittern.

«Wie wär's, wenn wir einen Tag abwarten?» schlug ich vor. «Vielleicht erholen sie sich wieder. Woran erkennt man, wenn sie sich nicht erholen?»

«Sie werden dann schwarz. Und bleiben auch nach dem Waschen schwarz.» Sie informierten mich, daß die kleinsten zwei Zehen an beiden Füßen stark in Mitleidenschaft gezogen waren. Sie verordneten mir Bettruhe, aber ich mußte sie enttäuschen: «Tut mir leid, so kommen wir nicht ins Geschäft. Ich habe in der nächsten Zeit furchtbar viel zu tun.»

Sie blickten sich an, blickten mich an, und die Schwester sagte: «Das ist der Alkohol.»

«Welcher Alkohol?»

«Ihre eins Komma sechs Promille.»

Ich bat sie, Hedwig hereinzurufen. Ich ergriff Hedwigs Hand, obwohl sie aussah, als könnte sie sich etwas Schöneres vorstellen, als sie mir zu gewähren. Dann sagte ich: «Frau Dr. Averhoff wird auf mich aufpassen, wie es ihr der bewußte Eid befiehlt.»

«In dem Eid ist von Phänomenen wie dir nicht die Rede», knurrte sie.

Ich bettelte und tat ihr schön, ich versprach, mich zu schonen und meine Arbeit tunlichst vom Bett aus zu erledigen. Sie ließen mich etwas unterschreiben, was ich mir vorher nicht durchlas. Dann durfte Hedwig mich mitnehmen.

Als wir im Auto saßen, sagte sie: «Sprich mich nicht an.»

Der Irokese wartete hinter der Tür, seine Füße sahen tiptop aus, dabei hatte er doppelt so viele wie ich. Als ich unter der Dusche stand, stieß ich einen Freudenschrei aus. Leider dachte Hedwig gleich wieder, daß mir etwas passiert sei, sie schnippte mit dem Zeigefinger zweimal an eine empfindliche Stelle oberhalb der Füße und murmelte: «Von den Zehen hast du immerhin zehn Stück.»

Dafür waren Zehen außerstande, solche kuriosen Veränderungen im äußeren Erscheinungsbild zustande zu bringen.

Hedwig war sonst keine Anhängerin der Fünf-Minuten-Medizin, aber in diesem Fall reichten sie vollauf. Während ich mich nach dem Abschluß der Untersuchung mit weichen Knien an den Kacheln abstützte, drückte sie mir die Dusche in die Hand und sagte: «Wisch und weg.»

Ich war gerade dabei, mich an ihrem Duftwasserbestand zu bedienen, als es heftig an der Haustür schellte.

Kommissarin Panzer war blaß vor Zorn. «Sie», sagte sie mit gepreßter Stimme, «mich läßt man nicht dumm auf dem Flur stehen und verdünnisiert sich durch den Hinterausgang. Ich könnte Sie aufs Präsidium mitnehmen.»

«Das würden Sie nie fertigkriegen, weil ich Ihnen leid tue.»

Sie lachte häßlich und sagte, als ich meinen Bademantel gegen vollständige Kleidung wechseln wollte: «Ich gucke Ihnen schon nichts ab.»

Fortan mußte ich ständig daran denken, daß der Mantel nicht ordnungsgemäß geschlossen sein könnte.

Der Hund betrat den Raum, ich spürte auf der Haut, daß ich in der Achtung der Kommissarin stieg.

Dann sagte sie: «Nun los. Ich habe auch nicht ewig Zeit.»

«Sie nicht, aber ich kann Ihnen jemand sagen, der das hat.»

«Was hat?»

«Ewig Zeit.»

«Ach ja? Und wer?»

«Der Mond.»

Es tat mir gut, das Unabwendbare noch zwei Minuten hinauszuzögern. Die Kommissarin hatte Anspruch auf eine besonders gute Version, nicht auf die erstbeste. Ich berichtete also, wie ich gestern abend in Radebeul überfallen worden war. Wie ich den Wagen geparkt hatte, wie ich ausgestiegen war, wie ich das Tuch auf Mund und Nase gepreßt bekommen hatte.

«Aber warum?» fragte die Panzer fassungslos.

«Einer wie ich hat viele Feinde.»

«Stimmt. Die drei Jungs von Dynamo, die Sie fünfmal nachts in der Kneipe getroffen haben und danach so süffisant in Ihren Kommentaren unterbrachten.»

«Die waren es nicht. Der Täter hat mit seinem Tuch meine Nase beim ersten Anlauf getroffen.»

Sie fragte, wie das Tuch gerochen habe, aber ich wußte natürlich von Hedwig, wie Chloroform riecht. Danach schilderte ich, wie ich im Dämmerzustand eine Autofahrt mitbekommen hatte und schließlich nachts auf dem Feld zu mir gekommen war. Als ich die Episode mit dem Wildschwein berichtete, war mir, als würde sie schwerer atmen.

Als ich ihr meine nackten Füße zeigte, nickte sie ernst. Als ich meine Rettung durch die Polizisten geschildert hatte, atmete sie auf:

«Das war ein glasklarer Mordversuch. Wem sind Sie in der letzten Zeit auf die Füße getreten?»

«Außer meinem Chef fällt mir spontan niemand ein.»

«Was ist mit Paul Spiegel? Sie haben den angeblichen Bekennerbrief abgedruckt. Was ist, wenn er gefälscht war?»

«Dann hätte Herr Spiegel ein Motiv.»

«Wann haben Sie ihn zum letztenmal gesehen?»

«Noch nie.»

«Noch nie?»

«Richtig.»

Das wichtigste beim Lügen ist, sich einen Punkt zu suchen und beim Aussprechen der Unwahrheit fest auf diesen Punkt zu blicken, damit der Blick nichts Fahriges, Unstetes bekommt. Eine entspannte Schultermuskulatur ist hilfreich, aber nicht zwingend notwendig, weil niemand im Ernst von einem alten Journalisten einen gesunden Rücken erwartet.

«Heute berichtet Ihr Blatt über Spiegel. Daß er gesund ist und tief enttäuscht von der Menschheit.»

«Wenn Sie genau hinsehen, werden Sie herausfinden, daß ich den Artikel nicht geschrieben habe. Befragen Sie hierzu bitte den Kollegen Pulitzer. Tut mir leid, ich weiß nicht, wo er sich momentan aufhält.»

«Sie kommen sich mächtig schlau vor, was?»

Ich legte, wie ich es von Frauen kannte, den Handrücken, begleitet von meinem Migräneblick, gegen die Stirn. Die Kommissarin verzichtete darauf, das Thema Spiegel zu vertiefen, und fragte mich nach weiteren Konflikten der jüngeren Vergangenheit. Sie fragte auch, warum ich den Wagen gerade dort geparkt hatte, und ich sagte: «Um meinem Hund etwas Auslauf zu gönnen, bevor ich nach Hause fahre. Man hat doch Verantwortung für so ein Tier.»

Sie fragte nach der Verletzung des Irokesen, ich erzählte ihr von der Beißerei mit dem Nachbarhund, und sie gestand, daß sie Hunde über alles liebte. Mir war klar, daß ich ihr einen Knochen hinwerfen sollte. Polizisten waren auch nur Menschen und freuten sich, wenn sie mit einem Ergebnis nach Hause gehen konnten. Deshalb erzählte ich von meinen Altenberger Streits mit den Organisatoren der Europameisterschaft. Das fand sie nicht zwingend, so berichtete ich von den Pöbeleien, die ich mir von Altenbergern angehört hatte, und spitzte die Zitate so lange zu, bis die Kommissarin sagte: «Oha.»

Natürlich kannte ich nicht die Namen der Schmäher, aber immerhin machte sie sich endlich Notizen. Dann sagte sie nachdenklich: «Woher wußte der Täter, daß Sie zu diesem Zeitpunkt gerade da sind? Es konnte doch niemand wissen, oder?»

«Radebeul konnte er wissen. Die Straße nicht.»

«Es sei denn, man hat Sie verfolgt.»

Ich schaute sie mit großen Augen an, und als sie fragte: «Aus Ihrem Wagen fehlt nichts?», hätte ich mir vor Ärger ein Haar ausreißen mögen. Beiläufig das geklaute Autoradio erwähnt, und die Polizei wäre beschäftigt gewesen.

Dann fragte sie: «Haben Sie die Suffköppe draußen selbst an die Wand gemalt?»

«Ein Hobby braucht der Mensch», antwortete ich bescheiden.

«Hätte ich Ihnen gar nicht zugetraut. Sie haben wenig von einem Künstler an sich. Eigentlich überhaupt nichts. Zapf hat auch nie was in dieser Richtung erwähnt.» Wir trennten uns in sachlicher Atmosphäre. Sie sagte mir sogar, daß ich ihr leid täte. Mehr konnte man von einer Polizeibeamtin nicht erwarten.

Ich nahm zwei weitere Aspirin. Allerdings hieß unser Aspirin nicht Aspirin, dafür kostete es weniger als die Hälfte und sprudelte genauso leidenschaftlich.

«Du willst jetzt aber hoffentlich nicht das Haus verlassen», sagte Hedwig streng. Wir hielten zu diesem Zeitpunkt beide ein Katzenbaby in der Hand und massierten seine kleine Wampe, weil Hedwig behauptet hatte, daß die Babys verstopft seien.

«Nur ganz kurz. Ein Stündchen. Vielleicht schaffe ich es in dreißig Minuten.»

«Du hast nicht zufällig das Bedürfnis, mir einiges zu erzählen?»

«Ehrlich gesagt nein. Ich weiß selbst noch zu wenig. Aber du bist die erste, die es erfährt. Ich versprech's dir.»

Mir war nicht klar, wie ich reagiert hätte, wenn Hedwig so pflaumenweich zu mir gesprochen hätte. Wahrscheinlich wäre ich beleidigt gewesen.

Der Wagen stand im Hof, jemand mußte ihn hergefahren haben. Ich hatte das alles nicht mitbekommen. Aber eins doch: Ich hatte heute vormittag keine Sekunde in meinem Haus gefroren.

Als ich hinterm Steuer saß, fühlte ich mich schlagartig elend. Müde, zerschlagen, wie aus Pergament. Natürlich schmerzten die Füße. Ich rief Christine an, sie stieß vor Begeisterung, mich zu hören, einen Schrei aus, stellte hundert Fragen und bekam keine einzige Antwort. Dafür bekam ich die gewünschte Telefonnummer. Constanze Vilakazis Stimme hörte sich nicht gut an: «Ich habe schon besser geschlafen.» Sie beklagte sich, daß sie nicht mehr zum Arbeiten käme, weil ihr Medienvertreter die Bude einrennen würden. Aber das war nicht ihr größtes Problem. «Es hat die ersten Abbestellungen gegeben. Zwei Stück nur. Das wirft uns nicht um, also vom reinen Wert stecken wir das weg.»

Weil das bewußte Wort schon in der Luft lag, sprach ich es aus: «Aber?»

«Aber das ist eine Premiere. Seitdem ich in der Firma bin, ist so etwas nicht vorgekommen. Wir haben doch unsere Bobs nie verkauft, wir haben sie zugeteilt.»

«Sauber. Wie Mercedes früher.»

Ich stellte die Frage, wegen der ich angerufen hatte:

«Warum haben Sie Angst vor Uwe Kleff?»

«Wir haben keine Angst. Er ist nur lästig, ein Querulant, ein Terrier, ein Frettchen.»

«Würden Sie sagen, daß Kleff kriminell ist?»

Das stritt sie ab, aber ich hätte jetzt gern ihr Gesicht gesehen. Um sie geneigter zu machen, berichtete ich, was mir widerfahren war. Nur den Einbruch in Kleffs Wohnung ließ ich auch diesmal aus. Ich erinnerte mich kaum noch daran.

Sie war bestürzt. «Aber damit kann Kleff nichts zu tun haben. Es ist doch ein Unterschied, ob man Streit mit jemandem hat oder ob man ihm ans Leben will.»

«Mir ist ja auch sein Motiv nicht klar. Aber Tatsache ist, daß er sich zur Zeit nicht in seiner Wohnung aufhält.»

«Sehen Sie. Er ist verreist. Oder in den Urlaub gefahren.»

Ich riskierte es und berichtete ihr, daß ich Kleff getroffen hatte, als er sich auf dem Weg zu einem Herrn Mattielli befand.

Im Hörer wurde vielsagend geschwiegen.

«Hundert Mark, Frau Vilakazi, für Ihre Gedanken. Kennen Sie Mattielli? Ich höre, daß er auch Bobs baut.»

«Das kommt immer mal wieder vor, daß auf der Szene Leute erscheinen, die sich darin versuchen. Meistens haben sie früher Autos konstruiert und suchen jetzt eine Marktlücke oder ein Produkt, bei dem der Kapitaleinsatz nicht so irre ist wie beim Bau von Kraftfahrzeugen. Aber die verschwinden auch schnell wieder, wenn sie festgestellt haben, welche Schwierigkeiten sich vor ihnen auftürmen.»

«Sie kennen Mattielli also nicht?»

«Vielleicht stellt er sich ja vor, wenn er in der Nähe ist.»

«Wie sind eigentlich Ihre Verbindungen zu den übrigen Bobfirmen?»

«Korrekt. Man liebt sich nicht. Aber die Claims sind abgesteckt.»

«Und Sie haben den größten.»

«Größe am Markt ist nicht vererbbar. Die muß man jeden Tag neu behaupten.»

«Da könnte man das gute alte Mütterchen DDR richtig liebgewinnen, oder?»

Sie seufzte, ich wünschte ihr alles Gute.

30 Schweine an der Wand

Ich stand vor dem Verlagsgebäude und dachte, ich sähe nicht richtig. Ich wechselte die Straßenseite und gesellte mich zu den Passanten. Ein Mann mit Karnevalskappe saß in einer Art Rikscha, die von zwei Schweinen gezogen wurde. Die Schweine standen vor einem Wegweiser.

«Wahnsinn», sagte neben mir ein junger Mann zu seiner Begleiterin. «Diese Dresdner.»

Neben ihnen stand eine japanische Reisegruppe, der ein Fotoapparat vor dem Auge festgewachsen war. Gleich neben mir ein Mann, der einen viel zu dünnen Mantel trug und unaufgefordert zu mir sagte: «Ich bin gleich rübergekommen, als ich's im Radio gehört habe. Ein Juwel. Hoffentlich verschwindet dieses störende Baugerüst bald. Jetzt wird's ja nicht mehr benötigt.»

«Wieso? Glauben Sie, das steht da wegen . . . ?»

Genau das glaubte er, alle glaubten es. Zwischen dem ersten und dritten Stockwerk des Verlagsgebäudes prangte dieses Riesenbild. Der oder die Künstler hatten sich von den vielen Fenstern nicht aus dem Konzept bringen lassen und einfach über die Scheiben gemalt.

«Die Wurzeln!» tönte eine Frau, der man die Theaterabonnentin ansah. «Wer seine Wurzeln kennt, ist nicht verloren.»

«Finden Sie das nicht etwas albern? Ein Kerl, der von Schweinen gezogen wird?» Ich wußte sofort, daß ich einen Fehler begangen hatte.

«Albern?» fragte schrill die Frau. «Wissen Sie etwa nicht, wer das ist?»

«Jorinde und Joringel, die fidelen Ferkel», sagte ich in einer matten Aufwallung meines Resthumors.

Da tönte die Frau: «Das ist Joseph Fröhlich, nehmen Sie das bitte zur Kenntnis. Der Hoftaschenspieler Joseph Fröhlich.»

Und mitleidig fügte sie hinzu: «Fröhlich war der Hofnarr von August dem Starken. Ein großer Spaßmacher und Zauberkünstler. Zu Unrecht vergessen. Aber jetzt haben wir ihn wieder. Das nenne ich verdienstvolle Arbeit am kollektiven Gedächtnis einer Stadt.»

«Sagt mir, wer das veranlaßt hat, und ich werde ihn am Sonntag wählen!» rief der Mann mit der Fliege.

Plötzlich begannen alle zu lachen, ich schloß mich nicht aus. Das rechte Schwein sah aus wie Tannhauser aus der Wirtschaft. Mein Kollege hatte das Fenster an der entsprechenden Stelle des Wandbildes geöffnet und glubschte nichts verstehend zu den vergnügten Menschen hinunter. Je begriffsstutziger er sich gebärdete, um so mehr kugelten wir uns. Wütend schloß Tannhauser das Fenster.

Sie faßten mich an den Händen und strichen mir über die Wange. Hornung wollte meine Zehen sehen. «Die, die sie dir abnehmen, kannst du präparieren. Dann verwendest du sie als Pfeifenstopfer. Das hat Stil.»

Die Arbeit mußte warten, weil jeder den wiederauferstandenen Sohn begrüßen wollte. Ich vertrug so viel Aufruhr nicht, weigerte mich, mein Abenteuer zehnmal zu erzählen, und hielt eine einzige Ansprache. An der Stelle mit dem Wildschwein verließen zwei Frauen und ein Mann den Raum. Ich wußte, daß diese Episode eine meiner Lieblingsstories werden würde.

Plötzlich flüsterte Christine neben mir: «Löblich ist gekommen.»

«Laß uns für seine Frau beten.»

«Er wartet in deinem Büro.»

Er stand am Fenster, als hätte ich ihm erlaubt hinauszuschauen. Obwohl er mich zweifellos gehört hatte, schaute er noch drei Sekunden länger hinaus, bevor er sich umdrehte.

«Herzliches Beileid, Kollege. Das wünscht man keinem.»

Es war okay, für einen Journalisten war es okay.

«Ich hab's gerade gelesen», sagte Löblich. Da fiel mir ein, daß ich's noch nicht gelesen hatte. Also durfte er zusehen, wie ich Pulitzers Artikel las. Der Youngster hatte sich wacker geschlagen. Man verstand beim ersten Lesen, worum es ging. Vor einem halben Jahr wäre das bei Pulitzer nicht selbstverständlich gewesen. Er hatte über Handball- und Fußballspiele berichtet und vergessen, das Endergebnis zu nennen; und als ich ihn dafür zur Rede stellte, hatte er gerufen: «Ihr seid alle so phantasielos.»

Löblich wartete ab, bis ich fertig war, und sagte: «War klar für mich, daß ich sofort losfahre. Man fragt sich ja: Wie sieht ein Mann aus, der so haarscharf am Tod vorbeigeschrammt ist?»

«Moment mal, wen meinen Sie eigentlich? Spiegel oder mich?»

«Sie natürlich.»

«Und woher wissen Sie Bescheid?»

Er lächelte eitel und sagte: «Wie hoch ist denn euer Etat für Informationshonorare ins Polizeipräsidium?»

«Pro Woche fünf Nelken und eine neue Unterhose.»

«Wie? Ach ja, Zapf. Vorbildlich, dieser Einsatz mit dem ganzen Körper.»

«Es gibt da einen Hauptkommissar Giebel, vielleicht wäre er für menschliche Anteilnahme auch dankbar.»

Ich sah, wie sich Löblichs Augenausdruck veränderte. «Wo finde ich Spiegel?»

«Unseren Spiegel?»

«Der gehört nicht euch.»

«Das ist aber mehr eine philosophische Einschätzung. Praktisch haben wir den Daumen drauf. Und da bleibt er auch.»

«Das ist nicht kollegial.»

«Stimmt.»

«Da hat sicherlich auch die Polizei etwas gegen.»

«Stimmt.»

«Ich brauche einen Termin mit Spiegel.»

«Ach, lieber Kollege, wenn ich Ihnen dabei doch nur helfen könnte.»

Löblich war für meine Regeneration ein wahrer Jungbrunnen. Den Burschen zappeln zu lassen, verhalf mir zu neuen Kräften.

Löblich unternahm einen neuen Anlauf: «Nennen Sie Ihren Preis.»

«Ein guter Mann ist nicht käuflich.»

«Ich sagte ja auch *Ihren* Preis.»

Wir lachten uns bellend an, und lachend griff Löblich in seine Tasche und warf einen Umschlag auf meinen Schreibtisch. Ich öffnete ihn.

Der Mann saß am Schreibtisch, sein Oberkörper lag auf der gläsernen Platte. Neben seinem Kopf stand eine Fotografie im Wechselrahmen, sie zeigte Uwe Kleff Arm in Arm mit einer jungen Frau. Auf dem zweiten Foto saß der Mann mit offenen Augen auf dem Sofa, in seinem Schoß lag ein Paß, er war aufgeschlagen, das Foto zeigte Uwe Kleff. Die nächsten Fotos zeigten Kleffs Wohnung aus verschiedenen Blickwinkeln, aber immer war der Mann auf dem Bild. Einmal hing ihm die Zunge aus dem Mundwinkel.

Dann der Ortswechsel. Ich brauchte zwei Fotos, bis ich erkannte, wo wir uns jetzt befanden: in der Wohnung von Paul Spiegel. Aus ästhetischer Sicht fand ich es ziemlich langweilig, daß sie jedesmal diesen Mann im Bild untergebracht hatten. Was meine Aufmerksamkeit aber wachhielt: Der Mann war ich.

Ich steckte die Bilder in den Umschlag zurück. Löblich gierte nach einer Reaktion. «Schätze, das sind die neuen Spielregeln», sagte ich.

«In der Tat, Kollege, in der Tat. Wollen Sie hören, wie ich mir den weiteren Verlauf vorstelle? Natürlich wollen Sie es hören. Bei einem Täßchen Kaffee plaudert es sich angenehmer.»

Ich ließ Kaffee kommen. Christine blickte mir ins Gesicht, was sie dort sah, gefiel ihr nicht.

Dann begann Löblich: «Sie waren in Kleffs Wohnung und in Spiegels Wohnung. Die Fotos beweisen das. Es liegt nun an mir, was ich mit den Fotos mache.»

«Wie wär's, wenn Sie sie sich in den Hintern schieben und die Fotoecken gleich hinterher?»

Löblich hatte blendende Laune. «Die Polizei würde sich unheimlich über die Fotos freuen. Schwerer Einbruch ist kein Pappenstiel. Für einen Journalisten schon gar nicht. Ich glaube, bei einer fristlosen Kündigung entfällt sogar die Abfindung, richtig?»

«Geben Sie doch nicht so an. Die Polizei wird wissen wollen, woher Sie die Fotos haben.»

«Von einem Staatsbürger, der über die Verwilderung der Sitten in gewissen Kreisen der schreibenden Zunft aufrichtig betroffen ist. Und dessen Namen ich selbstverständlich nicht nennen werde.»

«Jedes Kind sieht, daß ich ohnmächtig bin.»

«Zuviel Alkohol. Sie hatten ja sogar noch heute morgen eine Fahne.»

«Macht keinen guten Eindruck, wenn jemand auf jedem Bild bewußtlos ist. Schreit nach Manipulation.»

Löblich klopfte lächelnd auf eine andere Jackentasche und sagte: «Spätestens wenn die Polizei diese Fotos hier sieht, wird sie geneigt sein, mir zu glauben. Und Ihre Lebensgefährtin wird kaum noch geneigt sein, Ihnen jemals wieder etwas zu glauben.»

Ich bin in meinem Leben keine fünf Mal rot angelaufen. Jetzt tat ich es. Als Löblich mein Gesicht sah, trat er sicherheitshalber zwei Schritte zurück und sagte: «Na, na, wir werden uns doch zu keiner Unbeherrschtheit hinreißen lassen.»

Ich hatte Probleme mit dem richtigen Atmen. Der Zorn wollte mich zu nie gesehenen Taten treiben.

«Sagen Sie, was Sie loswerden wollen. Und dann verschwinden Sie.»

«Finde ich in Ordnung, daß Sie sich die Bilder ersparen. Ich selbst habe sie mir auch nur einmal angesehen. Und alle meine Kollegen ebenfalls.»

«Raus!»

«Sofort, sofort. Ich will wissen, wo sich Paul Spiegel aufhält. Ich will ihn sprechen, noch heute. Und weil Sie mir nicht einmal Milch oder Zucker zum Kaffee angeboten haben, will ich, daß Spiegel kein Wort mehr mit Ihnen spricht. Außerdem will ich alles wissen, was Sie über den Unfall in Altenberg wissen. Alles.»

«Sonst haben Sie keine Wünsche?»

«Oh, einige schon. Aber die bewahre ich mir für eine spätere Gelegenheit auf. Also – Sie wissen, wo und wie Sie mich erreichen können.»

Er zog ein Foto aus dem Umschlag und warf es auf den Schreibtisch. «Als Gedächtnisstütze», sagte er lächelnd und verließ mein Büro.

Es gibt eine Dimension des Zorns, die den Menschen bis zur Bewegungsunfähigkeit lähmt. Christine führte meinen Zustand auf die letzte Nacht zurück und machte mich rasend mit ihrer Besorgnis. Am Ende warf ich sie hinaus. Jetzt vermißte ich den Irokesen. Er schien mir den Tort, den ich ihm gestern im Auto angetan hatte, ja nicht krumm genommen zu haben. Dem Irokesen hätte ich jetzt gern alles erzählt, was ich zu sagen hatte. Andere Menschen besaßen für diesen Zweck sogenannte Freunde, denen sie mit ihren Gebrechen auf die Nerven fielen.

Wie war Löblich an die Fotos gekommen? Die naheliegende Antwort: durch Kleff. Bestritt der seinen Lebensunterhalt mit Erpressung? Und warum kam er mit den Fotos nicht zu mir? Antwort: weil ich in dem Spiel als Leiche vorgesehen war. Aber warum? Wenn ich schon umgebracht werden sollte, wollte ich wissen, warum. Was war das Gefährliche an mir? Was wußte ich, das einen anderen in die Ecke trieb? Alles hatte mit dem tödlichen Bobunfall von Anke Everding begonnen. Warum hatte ich mich nicht früher um ihre Familie gekümmert? Wo steckte der Vater jetzt? Und hatte Dschingis-Khan, der an der Bahn wohnte, nicht berichtet, daß er den Vater in Begleitung einer Frau gesehen hatte?

Plötzlich Tumult auf dem Flur. «Sie lassen Josephine raus!» – «Wo steckt Massimo? Guck mal einer bei Christine nach. Vielleicht sitzt sie drauf!»

Ich freute mich für Josephine und ihren geplagten Vater. Vielleicht würde sie jetzt Ruhe geben. Ich glaubte nicht so recht daran, dafür steckte in dem Mädchen zu viel Widerspruchsgeist. Und ich kannte noch jemanden, der unter Druck nicht einknickte. Auf der Fahrt zum MDR sprach ich meine Sätze halblaut vor mich hin.

Ich kam nicht gleich ins Funkhaus hinein, weil der Eingang von kreischenden Teenagern und winkenden Hausfrauen belagert wurde. Zuerst dachte ich an einen Rockstar aus dem Westen, den ich seit meiner Jugend kannte, oder einen aus dem Osten, den ich mir nicht mehr merken würde. Ich war aus dem Alter heraus, wo ich mir neue Musikernamen einprägen wollte.

Plötzlich ging die ganze Gesellschaft vor mir in die Knie. Weil alle sich gleichzeitig bückten, bekam ich einen Schreck und bückte mich auch. Aber die Menge ging auch gleich wieder in die Höhe, entgeistert starrte ich die Krampfadern der Frau vor mir an. Sie spürte mich wohl, drehte sich um und blickte mich von oben wie etwas an, auf das man ungern tritt, weil man es danach so schwer vom Schuh abbekommt.

In diesem Moment ertönte seine Stimme:

«Sich bücken, wenn es einem guten Zweck dient. Aber auch nur dann. Und danach wieder groß werden, nicht ducken, nie mehr dukken.»

Die Menge applaudierte, Panowsky winkte huldvoll. Sein Mantel war aus glattem Leder und mit Fell gefüttert. Die ideale Bekleidung für Bewohner von Winzerhäusern.

«Mancher, der sich bückt, spürt dabei einen Schmerz in den Gelenken. Es kann Muskelkater sein, es kann aber auch am krummen Rückgrat liegen. Muskelkater kriegt der, der sich zuwenig oder falsch bewegt. Ein krummes Rückgrat kriegt der, der falsch lebt.»

Beifall, Panowskys Begleiter strahlten, als sei die Wahl bereits gewonnen. Unser redaktioneller Verbindungsmann in die Staatskanzlei hatte von letzten Meinungsumfragen berichtet, die Panowsky nur fünf Prozent hinter dem CDU-Kandidaten sahen. Schon das wäre eine Sensation gewesen – ganz zu schweigen von einem noch besseren Ergebnis.

Jetzt riefen sie um mich herum «Gym-nas-tik! Gym-nas-tik!» und vollführten in ihrer Winterkleidung die Streck- und Dehnübungen, die Panowsky allmorgendlich im Radio zelebrierte. Der Boxer ließ den Mantel von seinen Schultern gleiten, die Frau neben mir rief lüstern «Ausziehn!» Dennoch war und blieb Dresden eine Stadt der Kultur. Panowsky sprang dann auf der Stelle, schlug die Arme über dem Kopf zusammen und spreizte die Beine. Und zufällig hatte einer aus seinem Troß auch wieder den monströsen Ghettoblaster dabei, der während des Wahlkampfs jeden Freiluftauftritt des Box-Europameisters begleitete. Ich hätte, was jetzt folgte, Aerobic genannt, aber seitdem war die Halbwertzeit für die Beschreibung von Aufwärmübungen ins Inflationäre gestiegen. Bei Panowsky hieß die Aktion «Gymnastik» und weiter nichts. Er mied die englischen Ausdrücke, und machte auch nicht den Fehler, sich mit einer Riege junger, gutgebauter Tänzer zu umgeben, die mit ihren käuflichen Visagen seine Auftritte in die Nähe von Werbeveranstaltungen gerückt hätten. Panowsky behielt Bodenhaftung mit sächsischer Muttererde, und ich – sonst für jede Unterstellung zu haben – verdächtigte ihn nicht einmal, daß dies aus Berechnung geschah. Der Mann war einfach gestrickt, er gab sich genauso, wie er war, selbst seine Begleiter von der Partei der Aufrechten wirkten nicht wie geschniegelte und gestriegelte nationale Rechte. Sie strahlten eine Normalität aus, die Dresdens Linke bis aufs Blut reizte und Panowskys Anhängern das Gefühl gab, sich für die eigene Redlichkeit nicht genieren zu müssen. Panowsky führte eine Volksbewegung der Kleingärtner im Geist an. Wenn die anderen Bürgermeisterkandidaten in den letzten Wochen zwanghaft immer wieder öffentlich ihre Fitneß demonstrierten, wirkten sie, als würden sie in einer fremden Sprache reden.

Wuzzel war wunderbar. Sie stellte nicht mehr als drei Fragen und haatte im Handumdrehen ein Studio und die nötigen Techniker besorgt. Ich war so konzentriert, daß mich nicht einmal die Kamera beklommen machte.

«Alle Sportfreunde waren vor einigen Tagen schockiert. Auf der Bobbahn von Altenberg kam die deutsche Jugendmeisterin Anke Everding ums Leben. Die Polizei spricht von einem tragischen Unglücksfall. Aber die Gerüchte wollen nicht verstummen, daß mehr dahintersteckt. Fragen wir eine Kapazität auf dem Gebiet der sportlichen Recherche.»

«Die unmittelbare Todesursache ist der Unfall auf der Bahn. Anke versteuert sich, der Bob kippt um, das Mädchen trägt unverzeihlicherweise keinen Sturzhelm. Aber kurz danach brechen Unbekannte in Altenberg einen Schuppen auf und stehlen den Bob, mit dem das Unglück geschah.»

«Zufall oder nicht?»

«Kein Zufall, denn just mit diesem Bob unternimmt ein Team der Technischen Universität Dresden Testfahrten. Es geht um die Entwicklung neuer Kufen, die die Bobs schneller machen.»

«Faszinierend. Hört sich nach Industriespionage an.»

«Das hört sich nicht nur so an. Alles, was in der Spionageszene Rang und Namen hat, hält sich in diesen Tagen in Altenberg auf.»

«Jetzt sitzen Sie mir unversehrt im Studio gegenüber. Aber vor nicht einmal 24 Stunden sind Sie das Ziel eines heimtückischen Mordanschlags geworden.»

«Das ist wahr. Man hat mich niedergeschlagen und nachts im Tharandter Wald ausgesetzt. Ohne Schuhe.»

«Mein Gott. Wie haben Sie überlebt?»

«Ich habe meine Füße in den Gedärmen eines schlachtwarmen Wildschweins gewärmt.»

«Kaum sind Sie dem Tod von der Schippe gesprungen, haben Sie entscheidende Fortschritte bei der Suche nach den Hintermännern in diesem mysteriösen Fall gemacht.»

«Richtig. Ich weiß, wer der Drahtzieher ist. Ich kenne seinen Namen, ich weiß, wo er wohnt. In der morgigen Ausgabe werden wir Roß und Reiter nennen. Mit Bild.»

«Können Sie unseren Zuschauern nicht heute schon einen klitzekleinen Hinweis ...?»

«Tut mir leid. Der Täter steht bereits unter Dauerbeobachtung der Polizei. Wilde Spekulationen würden alles zunichte machen. Ich wiederhole: Ich bin nicht der Typ für wilde Medienspekulationen.» Dann beugte ich mich nach vorn, zog erst die Schuhe aus und dann die Strümpfe. «Ich weiß, wem ich diese Verletzungen zu verdanken habe. Die erste Runde ging an meinen Gegner. Aber abgerechnet wird nach der letzten Runde.»

So, das war mein Angebot an Uwe Kleff, endlich aus seinem Erdloch hervorzusteigen. Ich wußte nicht, ob er hinter den neuen Kufen her war. Aber ich hatte ihn zu einer öffentlichen Figur gemacht. Er würde sich melden. Ich mußte nur darauf verzichten, meine Spaziergänge in der nächsten Zeit im einsamen Weinberg zu absolvieren.

Ich war vorgesehen für die «Landesschau» von heute abend.

Vor unserem Verlagsgebäude ballten sich die Menschen. Ein Kamerateam von RTL war an der Arbeit. Ich sah niemanden, der das Bild nicht schön fand.

«Sie ist bei Klockmann», teilte mir Christine ungefragt mit. Die Jungs vom Lokalen hatten sich Josephine gleich nach der Entlassung geschnappt und horchten sie nun aus.

«Hat Vorteile, wenn die Familie vom Chef kriminell ist», sagte ich. «Kurzer Dienstweg.»

«Hornung meint, Eß habe angeboten, das Bild auf eigene Kosten übermalen zu lassen. Was sagst du nun?»

«Stell dir vor, Michelangelo hätte so einen Vater gehabt.»

Und dann geschah mehreres zugleich: Josephine ging an meiner Flurtür vorbei, ich hatte die Füße auf meinen Schreibtisch gelegt und konnte daher das Poster sehen, das sich Christine an die Wand vor ihren Schreibtisch gehängt hatte: der Kilimandscharo oder Fujiyama. Und drittens hatte ich vorhin bei der Suche nach Pulitzers Artikel etwas gesehen, halb unterbewußt.

Ich schnappte mir die Zeitung.

«In den Schacht soll Leben einkehren – Projektgesellschaft Altenberg saniert leerstehende Bergbaugebäude».

Das Gehen klappte mit meinen malträtierten Zehen recht gut, das Laufen weniger. Mein Glück war, daß Josephine vor dem Haus gerade eine Huldigung zuteil wurde. Biedere Bürger, denen man ansah, daß sie zum Frühstück einen Anarchisten zu verspeisen pflegten, klappten ihre Hände gegeneinander. Man schlug Josephine auf die schmalen Schultern. «Weiter so. Wir stehen hinter euch.»

Das RTL-Team postierte die Künstlerin vor dem Bild. Der Kameramann war mit dem Hintergrund nicht zufrieden, Josephine mußte auf das Gerüst klettern, jemand rief nach einer Farbdose, weil keine aufzutreiben war, drückten sie Josephine eine Dose «Scheiben-Klar» aus dem RTL-Kombi in die Hand.

Ich fand es schrecklich, das Ende des Interviews abwarten zu müssen. Gleich danach griff ich sie mir.

«Hey, was soll das?! Ich habe euch alles gesagt! Dein Kollege hat mich doch schon alles gefragt! Hörst du mir überhaupt zu?»

Sie war laut und zickig, ich war leise und zickig.

«Nach Altenberg!» rief sie in einem Tonfall, als hätte ich von ihr verlangt, mich zu heiraten.

«Du mußt mir helfen.»

«Ich habe aber keine Lust, dir zu helfen. Ich helfe gar keinem mehr. Nur noch mir.» Und dann sagte sie: «Ich habe so viele Termine, ich weiß gar nicht, wo mir der Kopf steht.»

«Igitt, bist du eitel. Was für Termine denn?»

«Das Fernsehen. Was dagegen? Und ein Typ von einer Galerie will sich unbedingt meine Bilder ansehen.»

«Diese lauwarmen Aquarelle etwa? Wo dir beim Angucken die Augen zufallen?»

«Du bist doch bloß neidisch. Dabei quellen bei den Bildern die offensichtlichen Sinnbezüge aus den Überlappungen der Farben, und wo die sich treffen, findet die Zeugung der Realitäts-Embryos statt.»

«Hast du irgendwas eingenommen?»

«Wieso? Eine Tablette gegen die Müdigkeit.»

«Und warum redest du dann so verquollen?»

«Wieso ich? Das seid ihr doch! So steht es in der Zeitung.»

Goethe hatte zugeschlagen. Josephine trug den Artikel über dem Herzen. Ich wurde schon nach der Überschrift von einer Lesehemmung befallen. *«Der Sturz der Avantgarde in die Zeit – Eloge auf unsere neue Hofmalerin.»*

«Sie haben sogar im Gefängnis angerufen», berichtete Josephine enthusiasmiert. «Jeder will der erste sein. Nächste Woche bringt der *Spiegel* was über mich.»

«Gratuliere. Darf ich dich daran erinnern, durch wen du auf diese Idee gekommen bist?»

Patzig blickte sie durch die Frontscheibe.

«Wir brauchen nicht mehr darüber zu reden. Ich will auch keine Tantiemen. Aber du mußt mir einen Gefallen tun. Fahre mit mir nach Altenberg! Sofort!»

«Verstehe! Und da mieten wir uns die Suite, und dann machen wir das ganze Wochenende...»

«Red nicht so einen Unsinn, sonst erzähle ich dir, was mir gestern nacht außer den Zehen noch alles abgefroren ist.»

«Ehrlich?» fragte sie und wandte mir ihr interessiertes Gesicht zu. «Geht das denn? Ich meine, wie macht man denn...?»

Dann wurde eine Tür geöffnet, und Josephine stand einem großen Mann gegenüber. Er trug einen Mantel aus glattem Leder, innen mit Fell gefüttert. Ich sah, wie ihre Gesichtszüge willenlos und schlapp wurden. Sie sah aus, als wäre sie von einem idiotischen Schub befallen worden. Aber ich kannte diese Verwandlung. So sahen manche Frauen aus, wenn sie dem Mann ihrer Träume gegenüberstehen.

«Machen Sie alle Termine allein oder beschäftigen Sie dafür ein Double?»

Panowsky riß sich von Josephine los, er wirkte, als wisse er momentan nicht, wo er sich gerade befand. Dann fragte er:

«Haben Sie etwas gesagt?»

Einer seiner Begleiter schob ihn in die Redaktion hinein, ich packte die schmachtende Josephine am Arm, dirigierte sie in mein Zimmer und wählte die Nummer von Pulitzers Anrufbeantworter.

31 Licht am Ende des Schachts

Wieder eine quälend langsame Schneefahrt, und nie hatte ich so wenig Zeit gehabt wie heute. 14 Uhr am Freitag, wenn sie pünktlich Feierabend machten, würde ich bis Montag in die Röhre gucken. Ich trat aufs Gas, wo es möglich war und auch an einigen Stellen, wo man es sich verkneifen sollte.

«Paß doch auf!» rief Josephine und stützte sich am Wagendach ab.

«Keine Angst, ich werde dem Land doch nicht seinen jüngsten Kunststar nehmen.»

«Zum Arno-Lippmann-Schacht!» rief ich am Ortseingang von Altenberg dem ersten Passanten zu. Er war Tourist und wußte von nichts. Der zweite sprach kein Deutsch, die dritte redete nicht mit fremden Männern. Der neunte Versuch erbrachte eine Antwort. Wir mußten durch den Ort, den Rest des Weges wies uns der Turm des Schachts.

«Hier haben sie früher Zinn gefördert», teilte ich Josephine mit. «Von 1962 bis Anfang der neunziger Jahre.» Es war schön, die Jugend am Wissensschatz der Altvorderen teilhaftig werden zu lassen. Altklug sein war eine heimliche Leidenschaft von mir.

Wir hatten die Wahl zwischen drei großen Gebäuden: der viergeschossige Bau unter dem Turm, daneben die ehemalige Aufbereitungsanlage und in einiger Entfernung ein drittes Haus.

Ich schwor Josephine noch einmal auf meinen Plan ein: «Wir suchen den Burschen, den du seinerzeit in der Kneipe getroffen hast. Der, der dir gesagt hat, daß er in einem Bergwerk arbeitet.»

«Aber das habe ich doch für Quatsch gehalten.»

«Ich auch – als du es mir erzählt hast. Inzwischen weiß ich aber, daß es hier tatsächlich ein ehemaliges Bergwerk gibt, das sie zu einem Gewerbepark umrüsten.»

«Okay, wo müssen wir hin?»

Das hätte ich auch gern gewußt. Das Gelände war so groß, und überall sah es aus, als würde ausgebaut und umgebaut. Ich fragte zwei Männer, die uns mit Aktentaschen entgegenkamen:

«Wir suchen einen Bekannten. Er arbeitet bei einer Firma, die kürzlich hierhergezogen ist.»

Die beiden lachten. «Hier ist noch keine Firma eingezogen», sagte der eine. «Sie kommen ein halbes Jahr zu früh.» Und sein Kumpel krähte: «Wer zu früh kommt, den bestraft die Gattin.»

Josephine blickte mich an, als hätte ich ihm den Spruch beigebracht.

«Das war's dann wohl», sagte sie. «Umdrehen, Rückfahrt, eine Einladung zum Essen würde ich annehmen.»

Aber so schnell schossen die alten Reporter nicht. Ein Gelände von diversen Hektar Ausdehnung, auf dem Umbauarbeiten liefen und vor jedem Haus Schutthaufen lagen, sah zwar provisorisch aus. Es war aber gleichzeitig eine perfekte Tarnung für jeden, der in Ruhe forschen wollte.

«Wir sehen uns um», sagte ich und stieg aus.

«Was wollen wir denn hier sehen?» protestierte Josephine. «Ist Zinn nicht überhaupt radioaktiv?»

Ich sagte nein, nahm mir aber vor, zu Hause im Lexikon nachzuschlagen.

Ich telefonierte.

«Chef, was liegt an?»

«Merk dir eins, Pulitzer. Von uns beiden meldet sich nur einer am Telefon nicht mit seinem Namen, und das bin ich. Steckst du in Altenberg? Komisch, ich hätte drauf gewettet. Ist sie niedlich? – Nein, ich will nicht wissen, wo. Ob reicht vollkommen. Ich brauche dich auf dem Bergwerksgelände. Das, was sie gerade auf Vordermann bringen. Richtung Zinnwald. Warte am Wagen, wenn ich nicht da bin. Pfüati.» Weil ich mich entscheiden mußte, entschied ich mich gegen das entfernte Gebäude. Vom Haus mit dem Schacht kam uns ein Mann entgegen. Er sah nicht aus wie ein Arbeiter der Hand.

«Wie viele Firmen befinden sich auf dem Gelände?»

Er blickte mich an, blickte dann auf seine Hand, an der die Finger zählten.

«Vier», sagte er und wollte entschwinden.

«Beschreibe ihn», forderte ich Josephine auf. Leider widmete sie sich mehr dem Charakter als der Nasenform.

«Kenne ich nicht», sagte der Mann und ließ sich nicht mehr zurückhalten.

«Für eine Malerin hast du eine bescheuerte Art, Leute zu beschreiben.»

«Mach's doch selber, Mister Neunmalklug.»

Am Hauseingang hingen vier Schilder: Werbung, Buchgestaltung, Fernuniversität, Entwicklungsstudio für Brillengestelle. Wir schritten das Erdgeschoß ab. Ich wurde von Mutlosigkeit gepackt, natürlich konnte sich hinter jedem Firmenschild Löfflers getarntes Kufenteam verbergen. Hier half nur die Offensive. Dreimal standen wir vor verschlossenen Türen, nur bei den Brillengestellen war noch Betrieb. Josephine erzählte die Geschichte von ihrer Kneipenbekanntschaft, die sie unbedingt wiedertreffen wollte. Lügen konnte sie besser als beschreiben. Die Brillenleute waren zu viert, Josephine durfte sich alle angucken, zwei Minuten später standen wir vor dem Haus.

Wir hatten den Sharan fast erreicht, als Josephine plötzlich auf mich zusprang und mich schmerzhaft gegen den Wagen stieß. Impulsiv dachte ich, daß sie mich jetzt küssen würde. Aber sie rief leise: «Da! Das ist er!»

Ein Mann, etwa dreißig, längere Haare, schicker Mantel, altmodisch-moderne Aktentasche, kam vom Schacht und ging Richtung Einfahrt. Er sah uns nicht, weil mein Wagen zwischen uns stand.

«Bist du sicher?»

«Ich gucke mir jeden Mann genau an, der morgens um drei vorschlägt, zu mir zu fahren.»

«Ich hätte ihn nach deiner Beschreibung nicht erkannt.»

«Fang nicht schon wieder an.»

Noch vier Wochen, und ich würde mich daran gewöhnt haben, von halben Kindern geduzt zu werden.

Josephine wollte ihn mit dem Auto verfolgen, aber ich sah statt dessen erwartungsvoll dem Jüngling entgegen, der aus einer unmöglichen Richtung auf uns zugeschlendert kam.

Pulitzer begann gerade damit, Josephine anzugaffen, da setzte ich ihn bereits auf die Fährte des davongehenden Forschers. Glücklicherweise war der Volontär mit dem Auto da.

Josephine und ich verbrachten die nächste Stunde im Wagen und befreiten das Handschuhfach von Schokoriegeln und Hustenbonbons.

Wenn wir Pech hatten, würden die Brillenjungs die Nacht durcharbeiten. Und auch, wenn sie nur bis 22 Uhr blieben, würde ich bis dahin nicht durchhalten. Ich fühlte mich nicht gut und fror trotz laufender Standheizung. Josephine bot mir eine ihrer Pillen an. «Nimm. Davon fühlst du dich wie ein Mensch.»

Aber ich wollte in meinem Alter nicht mit einer neuen Sucht beginnen. Hedwig sollte die letzte Droge meines Lebens bleiben.

«Fandst ihn wohl toll, den Boxer vorhin, was?»

«Wie kommst du darauf?»

«Du hättest dein Gesicht sehen müssen.»

«Boxer haben eine Matschbirne.»

«Aber erst gegen Ende ihrer Karriere. Du siehst so aus, als wüßtest du jetzt, wen du am Sonntag wählst.»

«Ich wähl nicht. Das machen nur die, die glauben, daß etwas zu verändern ist. Und selber? Sportreporter wählen Boxer, ist doch klar. Asche zu Asche.»

Josephine hatte ein pikantes Problem angesprochen, ich war froh, daß sie nicht darauf bestand, es zu vertiefen.

Um 17 Uhr 55 marschierten sie ab. Vier Personen, sie hatten keine Stallwache zurückgelassen. Auf dem Gelände war es stockfinster.

Ich nahm das Telefon, wählte eine Nummer.

«Nachricht für die Kollegen. Freitag, 18 Uhr. Ich bin mit Josephine Eß auf dem Gelände des ehemaligen Bergwerks in Altenberg. Wir gehen da jetzt rein. Wenn wir nicht wieder rauskommen, vermache ich meine Fußballplakate der Kultur. Venceremos.»

Ich stieg aus.

«Nehmen wir keine Waffen mit?» fragte Josephine verwundert. Sie bestand darauf, daß ich die Heckklappe öffnete, und steckte sich etwas ein, was dort herumlag. Es begann damit, daß die Tür verschlossen war. Wir gingen um das Haus herum. Der erste Nebeneingang war verschlossen. An jeder weiteren Tür, die ich nicht eintrat, verlor ich ein Stückchen von Josephines Respekt.

«Treffer», flüsterte sie und war im Haus verschwunden.

«Mann, ist das dunkel hier drin», sagte ich – und konnte im nächsten Moment vor lauter Licht nichts mehr sehen.

«Sei so nett und nimm die Lampe weg, ja? Danke.»

«Ohne uns wärt ihr Kerle verloren», murmelte Josephine.

«Und ohne uns würdet ihr euch nach Scheidungen nur halb so gut fühlen.»

Ein Flur, dann ein Treppenhaus, gestapelte Zementsäcke, Eimer, man mußte bei jedem Schritt aufpassen. Eine Schwingtür, danach wurde alles größer, das hörte man auch den Schritten an. Für was immer diese Räume einst gedient hatten, jetzt waren sie dabei, hier Zwischenwände zu ziehen.

«Was war das? Hast du das gehört? Da läuft eine Maschine.»

Dann blieb alles ruhig, aber eben hatte der Fußboden vibriert.

Wir durchschritten den Riesenraum. Eine neue Tür, Josephine schaltete die Lampe an, dämpfte das Licht mit ihrer Jacke.

In diesem Moment ging am anderen Ende ein Licht an. Mein Herz turnte mächtig, die Tür am anderen Ende war teilweise aus Glas. Das Licht kam von dahinter.

«Was um Himmels...?»

«Das ist die Kaue», flüsterte ich. «Der Umkleideraum.»

«Aber es ist so... groß.»

«Mädchen, hier haben früher einige hundert Leute gearbeitet.» Ihre Kleider bewahrten sie unter der Decke auf, zogen sie am Seil nach oben, wo auch jetzt einige Klamotten hingen. Wahrscheinlich von den Arbeitern, die den Umbau besorgten.

«Weiter.» Streng genommen gab es keinen Grund zu flüstern. Aber es hatte streng genommen auch keinen Grund gegeben, mich ohne Schuhe im Schnee auszusetzen.

Wir durchquerten die Kaue, erreichten die Tür. Ich blickte hindurch.

«Da geht's in den Schacht.»

«Na, dann los.»

«Wieso? Was sollen wir in dem...?»

Wieder vibrierte der Boden. Wir hatten nichts, um uns dahinter verstecken zu können.

Der Boden wurde ruhig, ich spürte, wie aufgeregt Josephine war. Dann stieß ich die Tür auf. Wir standen in einem Durchgang, der zu den Förderkörben führte. Der Aufzug war unten. Ich öffnete die Sicherungstür, holte Atem, blickte hinunter. Von unten kam Licht.

Von unten kamen Stimmen.

Ich schloß die Tür, und dann setzte sich unten der Korb in Bewegung.

Links vom musealen Grubentelefon war die Wand auf zwei Metern nach hinten versetzt und durch Bretter verdeckt. Dahinter fand ich ausreichend Platz, es reichte auch noch für eine schlanke Frau. Wir waren fünf, sechs Meter vom Förderkorb entfernt. Ich konnte vor Spannung nicht mehr ruhig atmen. Josephine wirkte, als stünde sie kurz vor dem Kollaps.

Der Förderkorb wurde sichtbar, rastete ein, stand still. Rasselnd fuhren die Türen zur Seite, zwei Männer stiegen aus. Der eine war Professor Löffler, der andere war Kurland.

«Mir ist das nicht recht, daß wir Wochenende machen wie jeder hergelaufene Werktätige», sagte Kurland.

«Warten wir die Europameisterschaft ab», sagte Löffler. «Der Ort ist schon voll, und morgen kommen die Tagestouristen. Die Haare laufen uns nicht weg. Wenn wir heute scheren, sind sie bis Montag trocken.»

Sie verschwanden durch die Tür in die Kaue. Das schwache Licht blieb an. Zwei Minuten redeten wir nicht.

Dann sagte Josephine: «Wer war das? Wie Gangster sahen sie nicht aus.»

«Das ist eine lange Geschichte. Das sind sogar mehrere Geschichten.»

«Vielen Dank. Sehr aufschlußreich.» Und leiser: «Alt, alt, alt.»

Ich verließ das Versteck, ging zum Aufzug.

«Sie wollen doch nicht da runter.»

«Du mußt nicht mit. Ist sogar besser, wenn du oben bleibst. Ein überlebender Zeuge freut die Polizei.»

«Sagen Sie doch endlich ein Stichwort.»

«Gold.»

32 Paßwort 231,8

Ich betrat den Förderkorb und zog die Gittertüren zu. Dahinter war Josephines Gesicht.

«Wehe, Ihnen passiert was», sagte sie leise.

«Wehe, du läßt mich jetzt allein. Ich sterbe vor Angst.»

Die Gittertüren gingen auf und schlossen sich.

Drei Knöpfe untereinander, keiner war beschriftet. Ich drückte den ersten, ein trockenes Ruckeln des Korbes und aus.

Ich drückte den mittleren, es ging abwärts. Das letzte, was ich oberhalb der Erde sah, war das Gesicht eines Mannes. Meine Nerven waren heillos überreizt.

«O Gott», sagte Josephine und ließ sich an der Aufzugswand nach unten sinken, bis sie auf den Hacken saß.

«Wir überleben das», behauptete ich und blickte auf die roh behauene Wand des Schachts.

«Woher willst du das wissen?»

«Dies ist kein Fall, in dem gemordet wird.»

«Einmal ist immer das erste Mal.»

«Überlaß die Lebensweisheiten mir, ja?»

«Gibt es in Bergwerken nicht solche tückischen Gase?» fragte Josephine.

«Kein Problem. Unser Kanarienvogel wird uns zuverlässig warnen.»

«Welcher Vogel denn?»

«Der hier.» Ich tippte mir an die Schläfe. Josephine lächelte dankbar. Ich hätte jetzt gern ein bis zwei Waffen bei mir gehabt, jede mit 250 Schuß Munition.

Als der Korb stehenblieb, fiel ich beinahe hin. Keiner von uns hatte es besonders eilig auszusteigen.

Gittertüren rasselten. Die Wände roh und ohne Farbe. Es ging nach rechts und links und vorn. Josephine leuchtete einen Schalter herbei, ich war auf Neonröhren gefaßt, es wurden Lampen, die ich aus meinem Keller kannte.

Das Schild «Kufen» wies uns den Weg. Ich fand den Hinweis ungeheuer beruhigend. Alles hatte seine Ordnung. Alles würde sich aufklären, morgen würde ich über meine heutige Besorgnis lachen.

In der Mitte des Gangs waren Schienen eingelassen, sie wirkten, als wären sie viele Jahre nicht genutzt worden.

Wir gingen keine fünfzig Meter, aber es war weit genug, um sich der Wärme, die hier unten herrschte, bewußt zu werden.

Die Tür war so unscheinbar, daß wir zuerst an ihr vorbeiliefen. Erst als weitere Türen folgten, kehrte ich zur ersten zurück. Sie war unverschlossen, genauso wie die anderen. Wir fanden drei Räume, alle gleich groß: sehr lang, bestimmt zehn Meter, aber schmal, höchstens drei Meter in der Breite. Die ersten beiden dienten als Labor: Tische, auf denen miteinander verbundene Röhrensysteme standen.

Schränke für Kulturen und Brennöfen, vier im ersten Raum, einer im zweiten. Im letzten Raum regierte Papier: Bücher aus der Gegenwart mit naturwissenschaftlichem Inhalt und alte Schinken aus dem 18. und 17. Jahrhundert, schön in Leder gebunden. In ihnen ging es um Bergmannskunst, den Alltag im Harz, andere geschichtliche Themen. Erst als mir bewußt wurde, daß sich kein einziges Thema auf Sport oder Bobs, auf Kufen oder Legierungen bezog, ging ich systematisch vor. Ich stieß auf Handschriften, teilweise aus dem 16. Jahrhundert. Mir war klar, daß ich einen Schatz in Händen hielt, ein Original, das sah ich auch als Laie. In einigen alten Büchern lagen Karten, die den Herkunftsort anzeigten: Bibliotheken aus Dresden, Clausthal-Zellerfeld, Innsbruck. Waren das alles Geschenke oder Leihgaben oder das Ergebnis eines Raubzugs großen Stils? Wo war der Bezug zu den Kufen? Wir waren doch dem Hinweisschild gefolgt. Plötzlich das Geräusch hinter mir.

«Keine Angst, ich bin's nur. Was sind das für viele Bücher?»

«Sieht so aus, als ob einer viel Interesse für Geschichte hat.»

Wo Kurland war, ging es um Gold. Ich studierte einige Bücher. Nirgendwo ging es um Gold. Ich war beruhigt. Ich war nicht beruhigt. Daß diese beiden Männer sich kannten. Daß sie gemeinsam aus dem Schacht kamen. Ich hatte zu allen ungelösten Rätseln ein weiteres aufgebrummt bekommen.

«Los jetzt!» feuerte ich uns an, «wir gehen systematisch vor. Du fängst rechts an, ich links, wir brauchen den roten Faden.»

«Warum sollen wir alte Bücher lesen?» fragte Josephine. «Nebenan spielt die Musik.»

«Ich habe aber mehr Ahnung vom Lesen und Kombinieren als von Chemie. Und du? Bist wahrscheinlich Landessiegerin bei ‹Jugend forscht›.»

Wir blickten uns lange an, und ich murmelte: «Sag, daß es nicht wahr ist.»

«Ist es auch nicht. Ich habe nur den dritten Platz gemacht. Phylogenese von Pflanzen auf Verkehrsinseln.»

«Was stehst du dann noch rum? Finde heraus, was sie hier unten treiben.» Bevor ich mich wieder auf die Bücher stürzte, schaltete ich den einzigen Computer im Raum an, einen Apple, das einzige System, mit dem ich mich auskannte. Ich hatte nicht vor, alle Dateien zu durchforschen, wollte nur nach den Schwerpunkten sehen. Beim

Paßwort war Ende, ich haute in die Tastatur, was mir einfiel: Gold, Kurland, Zinn, Kufe, Kufen, Bob, Geld, Forschungsgeld, Schacht, Berg, Altenberg, Löffler. Entnervt sah ich vom Bildschirm hoch, rief Josephine zu mir.

«Sag mir alles, was du über Zinn weißt.»

«Kaum was. Ein Metall, glänzt wie Silber, ist sehr hart, aber gut dehnbar. Man kann es zu Stanniol auswalzen, aber das weißt du natürlich. Man macht Bleche aus Zinn und Stanniol. Aber soviel ich weiß, geht das meiste für Legierungen drauf. Also Verbindungen mit Blei und Kupfer und Wismut, alles, womit uns die Kommunisten unsere Umwelt zerstört haben.»

«Wie ist es hier früher abgebaut worden?»

«Na, das weiß doch jedes Kind. Als Erz, Zinnerz eben. Die verschiedenen Schritte, um es rein zu erhalten, kenne ich nicht. Findest du wirklich, daß ein Job als Sportreporter einem das nötige Wissen an die Hand gibt, um im Leben zu bestehen?»

Ich warf ihr eins der neuen Bücher hinterher, aber sie war fix. Ich folgte ihr ins Labor, ließ mir erst das chemische Zeichen Sn geben, danach das Atomgewicht und zuletzt den Schmelzpunkt.

231,8 war das Paßwort.

Es waren nicht so viele Ordner, wie ich befürchtet hatte. Aber wenn sie auf Nummer sicher gehen wollten, ließen sie ihre Schätze nicht auf der Festplatte liegen, sondern trugen sie auf Diskette am Leib.

Danach kniete ich mich in das geheime System dieses Raums hinein. Ich dachte nicht mehr an Bobs und Kufen, sammelte einfach Stichwörter, wobei ich die Themen aus dem Computer mit hinzunahm. Ich war das leere Gefäß, und der Raum füllte mich auf.

33 «Sind die Schlitten auch zu schnelle»

Die Harzer Bergleute kommen im 17. Jahrhundert aus Sankt Andreasberg und von anderswoher auf der Suche nach einem guten Auskommen auch nach Sachsen. Landen in Altenberg, wo seit dem 15. Jahrhundert nach Zinn gegraben wird. Viel wertvolles Zeug wird damals aus Zinn hergestellt: Taufkessel, Prunkkannen, Zunftzeichen. In diese Zeit fallen die Versuche, neue Verbindungen «zu kochen». Neugier und Entdeckerlust werfen Zinn, Silber, Blei, Kobalt und Uranerz in einen Topf. Alles wird im Erzgebirge gefördert. Um 1640 wirkt in Altenberg ein Balthasar Welckern, aus dem Harz stammend, ein Tüftler vor dem Herrn, kein guter Bergmann, schwächlich, schnell hustend, er steht im Ruf, heilende Essenzen herstellen zu können. Eines Tages schlägt er Steine klein, zermahlt und erhitzt sie, stellt Trinkgefäße her und Werkzeuge. Die Nachbarn raunen von sagenhaften Eigenschaften, genaueres geben die Schriften nicht her. Aber von den langen und harten Wintern im Erzgebirge ist die Rede. Daß man Schlitten hat damals, daß man Baumstämme transportiert. Nie ist etwas dabei passiert außer gequetschten Fingern und Füßen. Auf einmal aber gibt es schlimme Unfälle, Tote sind zu beklagen, in Altenberg besonders und den umliegenden Dörfern. Nur dort, von anderen Orten ist nicht die Rede.

«Sind die Schlitten auch zu schnelle» – so wehklagt die zeitgenössische Chronik. Im darauffolgenden Sommer – 1644 oder 1645 – betreiben die Altenberger ein neues Vergnügen, auf einem «Stuhl, der Kufen hat» rutschen sie von schrägen Wiesen. Wieder Unfälle, der Geistliche warnt vor dem gottlosen Spaß. Balthasar Welckern ist des Schreibens und Lesens nicht kundig. Aber ein abgefallener Priester, der vor der Mordlust eines eifersüchtigen Ehemannes bis in das Mittelgebirge fliehen muß, hält fest, was Balthasar treibt. Der Ex-Priester findet Quartier im Haus des Welckern, dessen Frau stirbt bei der Geburt des sechsten Kindes, in einer Gewitternacht verschwinden bis auf das älteste Mädchen alle anderen Kinder spurlos. Balthasar gerät in einen schrecklichen Verdacht, aber bevor der Volkszorn zu Lynchjustiz entarten kann, findet man in einem Stollen der Zinngrube Schmuckstücke, die einem der Kinder gehören. Der Berg hat sie geholt, ein Berggeist mußte versöhnlich gestimmt werden. Er liebt Kinder, sie haben so zartes Fleisch. Soll er sich an einem zähen alten Weib die Zähne ausbeißen?

Balthasar wird das Haus zu groß, der Ex-Priester schlüpft unter. Vielleicht will er zur Ruhe kommen, vielleicht auch in die Tochter Balthasars. Ab dem Jahre 1646 erfährt die Welt, was Balthasar in seiner Küche treibt. Er verläßt sie nicht einmal mehr zum Schlafen. Die Tochter, die das Essen kochen will, muß um Gastrecht am Herd der Nachbarn bitten. Im Winter 1646/47 brennt Balthasars Haus nieder. Er wandert bei Schnee und Frost zum Hof der Wettiner nach Dresden, in seiner Begleitung der abgefallene Priester. Im Dorf hält man die beiden für verrückt, brennen sie nicht auch hochprozentigen Schnaps und war der Priester davon nicht schon einmal zeitweise blind?

Nach einer Woche sind beide zurück, sie haben eine kleine Truhe dabei, die beim Abmarsch nicht vorhanden war. Im Frühling läßt Balthasar ein neues, prächtiges Haus errichten. Er tut daran keinen Handschlag, ist in den Wäldern und im Zinnberg.

Kaum steht das Haus, glühen die Öfen. Balthasars Küche besitzt deren drei, das hat die Welt noch nicht gesehen. So geht es zwei Jahre, in regelmäßigen Abständen reiten Unbekannte ins Dorf, edle Herren aus vornehmem Haus in teurem Tuch. Sie kehren bei Balthasar ein, bleiben einen Tag und reiten ab. Jedesmal haben sie bei ihrer Ankunft eine kleine Truhe dabei.

Balthasar kocht, sein Mitbewohner schreibt die Rezepturen auf. Er füllt das große Buch Seite um Seite mit nichts als Zusammenstellungen, Anteilen, Dauer der Kochzeit, Geschwindigkeit des Abkühlens, Reinheit der Elemente, Einfluß von Mondschein und Außentemperatur, von der Stimmung, in der sich Balthasars weise Katze befindet. Silber, Blei, Kobalt, aber immer ist Zinn dabei. Zeitweise wirft Balthasar alles in den Topf, was er greifen kann: Kräuter, Pferdefleisch, neugeborene Katzen; als er sich beim Holzhacken den kleinen Finger verletzt, schlägt er ihn nach einigem Nachdenken ganz ab und wirft ihn in den Topf.

Die Öfen glühen Tag und Nacht. Balthasar bekommt entstellenden Hautausschlag und meidet den Kontakt mit allen Menschen, überwirft sich mit seiner Tochter, die ihre Habseligkeiten und den kleinen Sohn nimmt und Altenberg weinend verläßt. Sie geht nach Magdeburg.

Balthasar stirbt im März des Jahres 1655. Man findet ihn erfroren am Fuß eines Hügels. «In seinem Gesicht war viel Lächeln, und über dem Hügel mit Schnee, dicker als ein Kindchen groß, lag goldiger Schimmer wundersam. An seinen Füßen aber saßen die Schuhe so feste, daß selbst der Schmied sie ihm nicht ausziehn konnt.»

So fährt Balthasar Welckern mitsamt seinen Schuhen ins Grab. Der ehemalige Priester und Chronist verläßt am Tag der Beerdigung die Gegend und wird nicht wieder gesehen. Das große Haus des Balthasar dient ledigen Bergleuten als Quartier und brennt im Jahre 1710 nieder.

Ich ging zu Josephine hinüber. Die coole Künstlerin glühte vor Eifer und sprach mit vier Zungen gleichzeitig. Ich kanalisierte den Wasserfall, indem ich abfragte, welche Stoffe hier vorhanden waren: Silber, Blei, Kobalt, Uranerz, immer aber Zinn. Josephine hatte die Protokolle gesichtet, wir verglichen sie mit meinen Rezepturen aus dem 17. Jahrhundert. Ich fand keine Übereinstimmung, weil ich nicht die Geduld aufbrachte, soviel zu blättern. Aber die Sache ließ keinen Zweifel zu:

«Sie kochen alle Rezepte nach, die dieser verrückte Balthasar vor dreihundert Jahren gekocht hat.»

«Aber wozu?» fragte Josephine. «Was wollen Sie finden?»

«Die schnellen Kufen. Es geht doch um die Kufen. In den Chroniken ist immer nur am Rand davon die Rede. Aber wenn man alles im Zusammenhang liest... und wenn man den Tunnelblick hat... ja, dann macht es Sinn.»

«Die Kufen», sagte Josephine fassungslos. «Sie wollen etwas Hochmodernes herstellen und wälzen dafür uralte Bücher?»

«Dreihundert Jahre ist nicht uralt.»

«Du mußt so reden, du bist ja selber alt. Aber ich finde das völlig abgedreht. Kannst du mir erklären, warum sie sich dafür tausend Meter unter der Erde in einem Bergwerk verstecken?»

«Nein, das kann ich dir nicht erklären.»

Und dann sagte die Stimme hinter uns: «Aber ich, ich kann es euch erklären.»

Wir drehten uns um, Josephine schrie kurz auf. Ich legte unwillkürlich den rechten Daumen auf das linke Handgelenk. Ich wollte wissen, wie sich ein Puls anfühlt, der zweihundertmal in der Minute schlägt. Die Gestalt trug das Haar lang bis zur Hüfte, und das Haar war grau. Gelblichgrau wie Papier, das lange im Licht gelegen hat, waren auch das Gesicht, der Hals und die Hände. Der Körper steckte in einem schwarzen Anzug. Der Stoff war grob. Die Gestalt war barfuß, die Fingernägel waren aberwitzig lang, bestimmt zehn Zentimeter. Aber das Zentrum waren die Augen: so groß, daß sie wirkten wie von einem anderen Lebewesen verpflanzt. «Ihr seid neu», sagte die Gestalt. Ich wußte immer noch nicht, ob sie Mann war oder Frau. Sie hatte auch keine Zähne im Mund. Oder nur wenige. Aber sie wirkte nicht hinfällig, denn sie war gerade und groß, und groß war auch die Pistole, die sie in der Hand hielt.

«Wir sind zum erstenmal hier», bestätigte ich und nannte unsere Namen.

«Gehört ihr zu den Quacksalbern?»

«Nein, ja. In gewissem Sinn. Ich schreibe einen Artikel über Professor Löffler, ich bin Journalist. Und Sie? Was tun Sie hier?»

Die Gestalt gab ein Geräusch von sich, möglicherweise lachte sie. «Ich bin Material. Aber das wißt ihr sicherlich. Wie seid ihr hierhergekommen?»

«Mit dem Aufzug.»

«Und warum lebt ihr noch? Uns erzählen sie, daß sie teuflische Automatiken aktivieren, wenn sie abends ihren Arbeitsplatz verlassen.»

«Er ist verrückt.» Für ihren ersten Satz hätte sich Josephine ruhig etwas Passenderes ausdenken können.

Aber die Gestalt war nicht beleidigt. «Verückt nicht. Material. Sie brauchen uns.» Sie ging auf Josephine zu, sah sie intensiv an, dann berührte sie Josephines Haare und Hals. Ich sah, welche Mühe es dem Mädchen bereitete, stehenzubleiben. Die Gestalt hatte nichts Abstoßendes an sich, sie wirkte nur so ungeheuer fremd. Und todkrank. So sah niemand aus, der sich lediglich den Magen verdorben hatte.

Plötzlich federte die Gestalt herum und richtete die Pistole auf mein Gesicht. «Ihr seid eingedrungen. Das war nicht abgemacht. Nicht wenn es oben dunkel wird. Und sonst niemand da ist. Ihr seid Feinde. Feinde gehören in eine andere Welt.»

Und dann stand das Kind im Raum. Es trug ein beiges Kleid, sehr lange Haare, lange Fingernägel. Barfuß. An den Armen war das Kleid hochgeschoben, ich sah die blauen Flecken in beiden Armbeugen. Die Gestalt hielt die Pistole an meine Stirn und drückte ab. Es knackte, ich spannte meine Schließmuskeln an und behielt alles bei mir. Das Kind verließ das Labor, ohne ein Wort gesagt zu haben.

«Wir bringen Sie hier raus», sagte Josephine. «Wir befreien Sie.»

Der Mund lachte ohne Geräusch. Dann sagte die Gestalt: «Eine schreckliche Vorstellung.»

Sie verließ das Labor. Wir gingen durch Stollen, die alle gleich aussahen und bogen mehrmals ab. Meine Füße schmerzten.

Die Halle kam ansatzlos, plötzlich hatten wir keine niedrige Steindecke mehr über unseren Köpfen, jetzt stand ich in dem Dom, der das Bewußtsein des Eingeschlossenseins von einem nahm. Ich zählte elf Gestalten, zwei Kinder, die anderen Erwachsene, alle von der Art wie unser erster Kontakt. Als sie uns sahen, standen sie auf. Sie musterten uns, ich erkannte nicht, worauf sie gelegen hatten. Ich sah nur nackten Fels. Dann machte die Gestalt, mit der wir gekommen waren, eine Armbewegung, schlagartig kümmerte sich niemand mehr um Josephine und mich.

«Sieh hin, du Journalist», sagte die Gestalt.

«Aber was sehe ich?»

«Material.»

«So ein Unsinn. Ich sehe Menschen.»

«Wir sind Balthasars Kinder.»

«Welcher Balthasar? Balthasar Welckern? Die sind doch alle früh gestorben, bis auf die älteste Tochter. Meinen Sie das Mädchen?»

«Balthasars Kinder, Journalist, sind nicht früh gestorben. Sie haben nur ab einem bestimmten Zeitpunkt woanders gelebt. Im Berg.»

«In welchem Berg, verdammt?»

«Dem, in dem du stehst. Hier, in dieser Halle.»

Je länger ich mit der Gestalt redete, um so mehr gelang es mir, ihr Aussehen zu vergessen.

«Wollen Sie damit sagen, er hat seine Kinder eingesperrt?»

«Jetzt hast du es selber gesagt.»

«Und zu welchem Zweck, wenn ich fragen darf? Nur um sie verhungern zu lassen?»

«Hungern? O nein, sie haben nicht gehungert. Sie wurden aufs feinste mit Lebensmitteln versorgt. Sie mußten ja etwas leisten.»

«So? Was denn?»

«Ihre Haare mußten wachsen. Und ihre Nägel.»

«So wie Ihre.»

«So wie unsere. Du weißt gar nichts, Journalist. Du bist keine Zierde deines Berufsstandes.»

Josephine kicherte.

«Klären Sie mich dummen Journalisten doch auf.»

Er lachte tonlos. «Vielleicht werde ich das sogar tun. Wirst du auch darüber schreiben? Das wird ein Spaß. Vielleicht fangen sie dann an und denken nach. Sie sind zu sicher geworden in der letzten Zeit. Haben Fett angesetzt. Ich werde ihnen Gelegenheit geben, ihr Tun zu überdenken. Das wird ein Spaß.»

35 Balthasars Kinder

«Ich kann euch keinen wissenschaftlichen Vortrag halten. Ich kann nur sagen, was ich weiß, das ist das, was ich von ihnen weiß. Aber es paßt zusammen, das schafft außer genialen Lügen nur die Wahrheit.

Am Anfang war die Idee von Balthasar Welckern. Sie hat ihn am Ende das Leben gekostet. Das Metall, das schnell macht, das fixer über Rasen rutscht und über Schnee als alle anderen Metalle. Zu seiner Zeit waren die Kufen aus Eisen, es gab auch keinen Grund, sich Gedanken über Kufen zu machen. Die Menschen hatten genug Zeit, sie konnten sie gar nicht verbrauchen bis zu ihrer Todesstunde. Balthasar wollte das geschmeidige Metall, das noch niemand gesehen hat. Vielleicht wollte er nur am schnellsten auf dem Kufenstuhl vom Hügel hinter dem Haus herunterrutschen.

Altenberg war damals schon die Zinnstadt, so lag es nahe, das Zinn zum Mittelpunkt seiner Gedanken zu machen. Niemand weiß, wie er zu seiner Theorie gekommen ist, ob sie sich entwickelt hat oder einfach da war. Er wollte das Materielle mit dem Lebenden verbinden, das begann, als er Tiere in seinen Topf warf. Aber er soll darüber nachgedacht haben, wie es sei, wenn die Katze ein Mensch wäre. Er hat es so nicht getan, obwohl sein Freund, der abgefallene Priester, ihm die Scheu nehmen wollte. Balthasar wählte einen anderen Weg, es soll damit begonnen haben, daß er eines Tages Haare in den Topf tat – Haare von Bergleuten aus der Zinnmine. Balthasar war wie elektrisiert, er verlangte nach mehr Haaren, er bot Geld für Haare. Für die Bergleute wurde es zu einem Nebenverdienst, ihre Haare zu dem verrückten Erfinder zu bringen. Am besten gelangen die Experimente mit Haaren von alten Bergleuten. Balthasar schloß daraus, daß sich langer Kontakt mit Zinn positiver auswirkt als kurzer. Und eines Tages steckte er seine Kinder in den Berg. Er soll erst versucht haben, Bergleute zu überreden, nach der Arbeit im Berg zu bleiben. Sie haben ihn ausgelacht, das Licht des Tages war ihnen mehr wert als Balthasars Geldstücke. Aber die fünf Kinder blieben im Berg und verließen ihn nie mehr. Ich weiß nicht, wie Balthasar sie dazu gebracht hat. Es gibt Gerüchte, sie sind schauderhaft und ändern auch nichts mehr.

Der Mensch muß in der Nähe von Zinn leben, er muß im Zinn leben, muß soviel Zinn in sich aufnehmen, ‹damit er dem Zinne ähnlich werde und aufgehoben wird die große Entfernung zwischen dem lebendigen Menschen und dem Zinn›. Balthasar hat regelmäßig die Haare und die Nägel seiner Kinder geerntet. Vielleicht war das der Stoff, der ihm zu seinem Glück gefehlt hat. Wir wissen es nicht, vielleicht wissen es die Quacksalber und haben das Wissen für sich behalten.

Aber eines haben die Quacksalber herausgefunden, dreihundert Jahre nach Balthasar darf man auch verlangen, daß sie Fortschritte machen. Es ist das Blut, das sich am stärksten anreichert. Und zwar auf eine Art, die du nicht erlangst, wenn du Blut nimmst und Zinn nimmst. Das Zinn braucht Zeit, um in das Blut überzugehen. Etwas Neues entsteht, etwas nie Dagewesenes. Davon werden die Kufen schnell. Es geht nicht im Labor, es geht nur im Leben.»

Die Gestalt verstummte. Ich hatte längst den Zeitpunkt verpaßt, um sie mit Anstand nach ihrem Geschlecht befragen zu können.

«Okay», sagte ich, «ich will das nicht diskutieren . . .»

«Es gibt nichts zu diskutieren, Journalist.»

«Okay, okay. Aber nun zu Ihnen und zu Ihren . . . ja was? Kollegen?»

«Wir sind die Nachfahren von Balthasars Kindern. Wir leben im Zinn, und die Quacksalber ernten: Haare, Nägel. Und Blut natürlich. Sie sind wild auf unser Blut.»

«Reden wir von Professor Löffler, dem Löffler von der Technischen Universität Dresden?»

«Er nennt sich Löffler. Vielleicht lügt er.»

«Kennen Sie einen gewissen Kurland? Er nennt sich auch Nemci.»

«Der Bauer stellt sich bei seinen Kühen nicht vor, wenn er zum Melken kommt.»

«Und nun das Wichtigste: Wie kommen Sie hierher? In den Berg? Wie lange sind Sie schon hier? Was können wir für Sie tun?»

«Versuchen Sie vor allem nie, besser zu wissen als wir, was für uns das beste ist. Davor graut mir. Der Rest ist schnell erzählt. Unsere Leistung besteht in der Ablieferung von Haaren, Nägeln und Blut. Dafür stellt man uns Quartier und Lohn.»

«Sie leben tatsächlich im Berg? Wie lange bloß?»

«Ein Jahr brauchst du, bevor du reif bist. Das Zinn läßt sich Zeit. Danach bleibst du, so lange du möchtest.»

«Dann werden Sie nicht gefangengehalten? Sie wollen behaupten, daß Sie freiwillig hier sind?»

«Was glauben denn Sie? Was hat Ihr Beruf mit Ihrer Phantasie gemacht?»

«Reden Sie doch nicht wie ein Pharisäer. Das wäre doch nicht die größte Schrecklichkeit, die sich Menschen angetan haben.»

«Jeder von uns ist frei zu gehen, wann er will – jedenfalls werden ihm die Quacksalber keinen Stein vor das Ausstiegsloch rollen.»

«Jetzt kommt der Pferdefuß.»

«Ach was. Aber jeder von uns hat natürlich seine Geschichte. Mancher ist froh, daß er nicht da oben herumlaufen muß.»

«Kriminelle», sagte Josephine bitter. «Sie beschützen hier unten Vergewaltiger.»

«Nein, mein Fräulein. Aber nicht alle von uns sind rechtstreu, das ist wahr. Der eine vermeidet Unterhaltszahlungen, der andere hat eine lange Leidenszeit mit dem Finanzamt hinter sich. Wir haben Abenteurer unter uns, und es gibt auch solche, die sich hier unten gefunden haben.»

«Ein Liebespaar? Das Kinder bekommen hat? Hier?»

Die Gestalt schwieg.

«Und Sie?» fragte ich. «So wie Sie aussehen! Entschuldigen Sie...»

«Ich verstehe schon. Sie denken, Ihnen steht der Tod gegenüber. Aber so ist es. Ich bin bereits tot. Es ging nur noch um den Zeitpunkt, zu dem meine liebe Frau die Lebensversicherung in Anspruch nehmen darf. Ich habe mir erlaubt, den Zeitpunkt etwas vorzuverlegen. Man muß zu Geld kommen, wenn man noch junge Knochen hat.»

«Was verdienen Sie?»

«Wir haben einen Vertrag unterschrieben, daß wir darüber nicht reden.»

«Wann haben Sie den Vertrag gemacht?»

«Jeder zum Zeitpunkt seiner Ankunft.»

«Wie lange ist Ihr... Ihr Bergältester hier?»

«Seit neun Jahren.»

«Ich weiß zufällig genau, wie lange Professor Löffler an seinem

Kufenprojekt sitzt. Seit einem Jahr. Frage: Wer hat die Leute vor neun Jahren angestellt? Und die vor acht Jahren? Möchten Sie mir das nicht sagen?»

Schweigen.

«Was würde passieren, wenn ich Ihre Mitbewohner befragen würde?»

«Solange ich nicht den Arm hebe, sind Sie für meine Freunde gar nicht existent. Und das Fräulein auch nicht.»

«Haben Sie sonst noch etwas anzubieten, was es mir leichter macht, Ihnen zu glauben?»

Der zahnlose Mund lächelte, und Josephine fragte: «Wie können Sie sicher sein, daß das Leben im Berg nicht gesundheitliche Schäden verursacht?»

«Wie können Sie sicher sein, daß nicht am Steuer des ersten Autos bei Ihrer nächsten Straßenüberquerung in Ihrer Welt ein betrunkener Fahrer sitzt?»

«Okay», sagte ich, «wir danken für das Gespräch. Würden Sie uns jetzt bitte zurückführen?»

«Und wenn ich nicht will?» Er mußte allein lachen, mein Schreck war zu groß. Kam er jetzt heraus, der Wahnsinn? Brach die Fassade zusammen?

«Ich finde Sie ekelhaft», sagte Josephine.

Und die Gestalt erwiderte: «Ein bißchen Freude braucht der Mensch. Wir lachen uns hier unten sonst nicht gerade tot, wissen Sie.»

«Ich brauche Sie gar nicht», behauptete Josephine und stiefelte entschlossen los. Die Gestalt zwinkerte mir zu, wir folgten dem Mädchen. An der ersten Abzweigung war für mich die Sache klar, an der zweiten zweifelte ich, an der dritten sehr stark. Josephine verlangsamte keinmal den Schritt. Ich blickte die Gestalt an, sie deutete auf die Erde. Ein Graffito. An der nächsten Kreuzung das gleiche Graffito, nichts Besonderes, im Vorübergehen schnell auf den Boden gesprüht. Josephines Neunziger-Jahre-Version des Ariadnefadens. Manchmal kam ich mir alt und plump vor.

Ich schloß gerade den Wagen auf, als eine Gestalt aus der Nacht trat. Mein Herz ratterte los wie ein Maschinengewehr.

«Pulitzer! Wie oft soll ich dir noch sagen ...?»

Aber er war viel zu begeistert, um Rücksicht auf meinen Kreislauf zu nehmen.

«Voller Erfolg, Chef! Ich habe alles beobachtet. Ich war dabei.»

Ich wollte mir seine Erzählungen auf der Rückfahrt nach Dresden anhören, aber er protestierte: «Ich kann doch mein Auto nicht hier lassen. Wollen wir nicht hier übernachten? Ich komme bei Uschi ...»

«Pulitzer!»

«... unter. Nur unter. Sie und die Malerin können ja ... ich meine ja nur, und außerdem soll es auch wieder schneien.»

Zwei Minuten später fuhren wir los. Zu dritt.

Der Forscher war vom Grubengelände zu seinem Citroën gegangen, der außerhalb des Geländes stand. Dort war er unerwartet durch die Beifahrertür eingestiegen, nach links hinübergerobbt und auf direktem Weg in den Kurort Bärenburg gefahren, wir würden auf der Rückfahrt an der Abzweigung nach Bärenburg vorbeikommen. Dort hatte er ein Gasthaus angesteuert und war auf die Toilette gegangen, wo er sich im Vorraum rasierte. Danach Betreten der Gaststube, Verzehr einer Tasse Kaffee, Eintreffen eines Herrn, herzliche Begrüßung, auf Wunsch des Neuankömmlings Rückzug an den Tisch an der Rückwand. Ich beschrieb erst Kleff, danach Mattielli, der Forscher hatte sich mit Mattielli getroffen. Pulitzer hatte sich so dicht wie möglich an die beiden herangepirscht, aber er hätte sie wohl auch nicht verstanden, wenn er mit am Tisch gesessen hätte.

«Die haben italienisch geredet», sagte er, als hätten sie dies getan, um ihn zu ärgern.

Zum Verzehr kamen einmal Schweinerollbraten (Forscher) und Kalbsgeschnetzeltes (Mattielli).

Während des Essens lagen Papiere auf dem Tisch. Pulitzer glaubte, Seiten mit Konstruktionszeichnungen gesehen zu haben. Zwischendurch war er zum Wagen des Forschers gegangen, hatte aber auf den Sitzen nichts Enthüllendes herumliegen sehen. Allerdings klebten die Schweizer Vignetten für das laufende Jahr und die Vorjahre an der Windschutzscheibe.

Nach Dessert und Kaffee bestellte Mattielli eine Flasche Champagner, beide stießen an, tranken je ein Glas. Dann verschenkte Mattielli den Schampus an ein am Nebentisch sitzendes blutjunges Paar, das erst pikiert reagierte, nach einer kleinen Ansprache von Mattielli jedoch annahm. Abfahrt 22 Uhr 08. Mattielli wollte sich ein Taxi in den Ort Hirschsprung bestellen, der Forscher bestand darauf, ihn persönlich hinzufahren.

Zwischendurch übernahm Pulitzer das Steuer, weil meine Füße zu stark schmerzten.

Als wir Dresden erreichten, begann es zu schneien.

Josephine weigerte sich, zu Hause abgesetzt zu werden. Sie wollte in eine Kneipe, deren Namen sie uns nicht nannte.

«Träum schön», rief ich ihr hinterher. «Der Boxer heißt übrigens Marian mit Vornamen.»

Dafür bekam ich einen ausgestreckten Mittelfinger.

Im Wagen sagte ich zu Pulitzer: «Ich brauche vielleicht jemanden als Zeugen. Bist du noch wach genug?»

37 Zwei Minuten vor zwölf

Als wir Radebeul erreichten, schneite es stark. Der Innenhof war leer, im Wohnhaus brannte kein Licht.

«Hör zu, Pulitzer, es kann sein, daß du in den nächsten Minuten Dinge erlebst, zu denen dir viele Fragen einfallen. Tu mir einen Gefallen: Verkneif dir alle Fragen. Okay? Dann los.»

Ich nahm den Weg durch den Wohnteil. Als ich die Treppe in den Keller hinunterstieg, reagierte mein Körper mit einem Potpourri an Streßsymptomen. Die letzte Tür war verschlossen. Ich bat Pulitzer, zur Seite zu gehen und nahm Anlauf. Etwas Metallisches fiel von der Tür ab, als ich in den Keller taumelte. Unglaublich, wie groß die Ähnlichkeit der beiden Laboratorien war. Nur daß hier mehr erschrockene Gesichter hinter der Spanischen Wand hervorschauten.

«Vorsicht», sagte Pulitzer mit belegter Stimme, «der eine hat eine Pistole.»

«Lassen Sie das lieber sein», sagte ich laut. «Ich gehe davon aus, daß Sie Deutsch verstehen. Ich komme jetzt auf Sie zu, und Sie lassen die Pistole sinken.»

«Vorsicht», hauchte Pulitzer.

Ich hätte hier längst nach dem rechten sehen müssen. Nie hätte ich zulassen dürfen, daß sie mich in meinem eigenen Haus zum Gast degradierten. Sechs Meter, fünf, vier. Der Pistolenhalter sah aus, als würde das, was er tat, zu seinem täglichen Brot gehören.

«Okay», sagte ich. «Wir haben uns mächtig ins Zeug gelegt, wir sind ganz tolle Kerle.» Und dann schrie ich ihn an: «Leg endlich die Waffe weg, du Arsch! Ich dulde nicht, daß du ...»

In diesem Moment ergriff die Frau die bewaffnete Hand. Sie sahen über meine Schulter nach hinten, etwas war wichtiger geworden als ich.

Hedwig stand neben der Tür, das Gewehr in Höhe der Hüfte haltend. Neben ihr stand der Irokese.

«Mein Gewehr ist auf den Bauch Ihrer Kollegin gerichtet», sagte Hedwig. «Lassen Sie die Waffe sinken, legen Sie sie auf den Boden.»

An der Wand neben Hedwig war ein Fleck. Als ich genauer hinsah, erkannte ich, daß es Pulitzers Gesicht war. Der Junge war weiß wie der Tod, dabei stand ich zwischen den feindlichen Armeen. Die Zeit hörte auf zu vergehen. Ich streckte die Hand aus: «Gib die Pistole her.»

Er hob den Arm, mein Gesicht zog Pistolenläufe an wie Licht die Motten. Jemand schluckte, es knackte in der Stille. Aber dann ein Geräusch. Erst oben, dann auf der Treppe! Schritte. Ein Körper eilte in den Keller, der Irokese machte eine Bewegung, die Pistole bellte, der Hund lag jaulend am Boden. Und während Kurland rief: «Um Himmels willen, das läßt sich alles aufklären!», rief ich: «Schieß, Hedwig! Erschieß das Schwein! Er darf nicht so davonkommen!»

Während Kurland an mir vorbei zu dem Schützen ging und ihm die Pistole abnahm, bettelte ich: «So schieß doch endlich.»

Ich kniete neben dem Irokesen, sie hatten ihm in den Hals geschossen, es blutete heftig, ich stand mit dem schweren Hundeleib in beiden Armen vor Hedwig: «Du mußt ihn noch einmal operieren. Sofort.»

Aber sie sagte nur mit dieser Kälte: «Er ist so gut wie tot.»

«Aber noch lebt er! Er japst doch noch! Da muß man doch alles versuchen ...»

Sie legte eine Hand auf den Hund, dann blickte sie mich so an. Pulitzer stand immer noch regungslos vor der Wand.

Aber etwas anderes interessierte mich viel mehr: «Wo um Gottes willen hast du das Gewehr her?»

Hedwig blickte mich an, als wisse sie nicht, was ich meinte.

«Ich wußte bis heute nicht, daß wir ein Gewehr im Haus haben.»

«Ich finde es angebracht, mich schützen zu können, wenn ich feststellen muß, daß ich Untermieter habe, von denen ich nichts wußte.»

Mit einem einzigen Satz hatte sie mir die Bringschuld angedreht – Schattenseite der Beziehung mit einer intelligenten Frau.

«Darüber reden wir später», sagte ich und wandte mich endlich Kurland zu.

«Das tut mir sehr, sehr leid», sagte er im Tonfall des professionellen Begräbnisredners. Immerhin nahm er mich nicht in die Arme. Dann stand der Schütze vor mir, streckte mir die Hand hin und sonderte Geräusche in seiner Muttersprache ab.

«Was will er?» fragte ich Kurland. «Ist ihm das Klopapier ausgegangen?»

«Seien Sie nicht so hart», mischte sich die Kollegin des Schützen ein. «Er bittet Sie um Entschuldigung.»

«Ach so», sagte ich, «warum haben Sie das nicht gleich gesagt?» Ich ließ ihn stehen und bat Hedwig, sich um Pulitzer zu kümmern. Vielleicht brauchte er eine neue Hose.

«Nun zu uns, Herr Kurland alias Nemci alias Wasweißich.» Dann schrie ich: «Schafft den Hund raus! Und euch alle gleich mit!»

Nach wenigen Augenblicken waren wir tatsächlich allein, ich mochte es erst gar nicht glauben. Kurland wollte wieder anfangen, Beruhigungspillen zu verteilen, aber ich fragte: «Was tun Sie hier?»

«Ich denke, das hatten wir besprochen.»

«Denken Sie. Sieh mal an, sehr interessant. Ich werde Ihnen erzählen, was ich denke. Ich denke, daß hier ein ganz linkes Ding läuft. Sie haben sich bei mir unter Vorspiegelung falscher Tatsachen eingenistet.»

«Warum sollte ich das tun?»

«Um hier in Ruhe erledigen zu können, was in Wirklichkeit Ihr Interesse ist.»

«Wieso? Sie wissen doch, um welche Passion es geht. Mir und auch Ihnen.»

«Ersparen Sie uns alle Tricks der umarmenden Gesprächsführung, ja? Ich möchte, daß Sie mir beweisen, was Sie hier tun.»

Er erstarrte.

«Na, was ist? Überlegen Sie jetzt fieberhaft, welchen Taschenspielertrick Sie mir anbieten?»

«Können wir morgen darüber sprechen? Es ist spät geworden.»

«Für die Wahrheit ist es nie zu spät.»

Ich war sonst der erste, der über solche Platitüden in Lachen ausbrach. Aber Kurland lachte nicht. Hoffentlich war ich dabei, ihn zu überrumpeln. Ich brauchte Informationen, es konnte doch nicht sein, daß dieser Mann neue Kufen für Bobs entwickelte.

Im nächsten Moment stand ich an dem langen Tisch mit den gläsernen Achterbahnen und verfluchte meine Unwissenheit. Aber die Öfen brannten!

«Na los», drängelte ich, «wie lange brauchen Sie, um Ihre Strategie zurechtzulegen? Das Publikum ist vollzählig erschienen. Der Vorhang geht auf, die Show beginnt. Und wenn nicht, ziehen Sie aus. Noch in dieser Nacht. Ich besorge Ihnen das Umzugsunternehmen. Ich bin Spezialist für schnellen Abbruch der Zelte. Schönen Gruß übrigens von Ihrem Freund und Kupferstecher Löffler.»

Darauf war er nicht gefaßt gewesen. «Woher...? Was meinen Sie?»

«Na bitte», sagte ich befriedigt. «Es geht voran. Was haben Sie mit Löffler zu tun?»

Es war faszinierend mitanzusehen, wie es in dem Manne arbeitete. «Was wissen Sie?» fragte er. Für seine Verhältnisse war das fast schon das Eingeständnis von Hilflosigkeit.

«Ich warne Sie», fauchte ich. «Ich ziehe Ihnen den Stecker raus.» Im stillen zählte ich bis drei, danach bis zehn, dann ging ich Richtung Tür.

«Tun Sie das nicht», erklang es hinter mir. «Es wäre so... so lächerlich. Als Sie uns erlaubten, hier einzuziehen, war es fünf Minuten vor zwölf. Mittlerweile ist es zwei Minuten vor zwölf. Verstehen Sie, was ich Ihnen damit sagen will?»

«Ich bin ja ein helles Kerlchen. Aber warum reden Sie nicht zur Abwechslung Klartext?»

«Sie dürfen jetzt nichts mehr stoppen. Sollten Sie es dennoch versuchen...»

Ich drehte mich um. «Sie drohen mir? Sie, der Mann von Welt, Kultur und Geist stößt billige Drohungen aus?»

«Professor Löffler hat früher für mich gearbeitet.»

«Wann?»

«Vor vier Jahren.»

«Gehörte er zu dem Team, das für Sie draußen auf dem Gut tätig war, bevor es abgebrannt ist? Okay, das ist doch mal zur Abwechslung eine interessante Information. Und was haben Sie heute miteinander zu tun?»

Einer der Öfen gab eine Art Klingeln von sich. Kurland machte sich daran zu schaffen, ich stand einen Schritt hinter ihm. Er machte das nicht zum erstenmal, jeder Handgriff saß. Eine Sperre lösen, ein Rädchen drehen, die Tür ziehen. Rauch stieg heraus, die Hitze erreichte mich. Kurland griff mit einer Zange hinein, holte einen Gegenstand aus dem Ofen, stellte ihn auf die steinerne Oberfläche des Tischs.

Es war ein schlichtes Gefäß, keine zwanzig Zentimeter hoch, eine Vase oder ein Becher. Das Gefäß hatte eine schmutziggelbe Farbe mit deutlichen, aber nicht vielen grauen und schwarzen Einsprengseln.

Und Kurland sagte: «Zwei Minuten vor zwölf. Sie sind der erste, der erfahren wird, wenn die Stunde sich vollendet. Der erste aus der Welt.»

Ich blickte auf das Gefäß. Es dampfte noch, es war mehr gelb als goldfarbig. Aber es war magnetisch, es zog mich an. Und es lag etwas in der Luft, das mir die Sinne gleichzeitig benebelte und schärfte.

38 Die Gerechtigkeit schläft nie

Dann hörte ich den Lärm. Kurland blickte besorgt zur Tür, ich ging nach oben und hatte auf dem Weg ständig Angst, plötzlich über die Leiche des Irokesen zu stolpern. Hedwig verteidigte die Haustür gegen eine Männerstimme. Die Stimme gehörte Hauptkommissar Giebel, hinter ihm stand ein halbes Dutzend Männer auf dem Hof. Sie waren mit zwei Pkw gekommen.

«Was ist hier los?» fragte ich scharf.

«Sprich nicht mit Ihnen», forderte mich Hedwig auf.

«Manchmal ist es klüger, nicht dem Rat der Frauen zu folgen», sagte Giebel. Sein Gesichtsausdruck war seit unserer letzten Begegnung noch magenkranker geworden. «Sparen Sie sich den Atem!» sagte er, als ich mich aufpumpte. «Wir haben lediglich eine Bitte.»

«Morgens um zwei?»

«Die Gerechtigkeit schläft nicht. Die Freiheit der Presse würden wir sogar um vier Uhr morgens verteidigen.»

«Reden Sie», sagte ich und betete, daß sich Kurland und seine Leute ruhig verhielten.

«Wir haben einen Hinweis erhalten, daß sich in Ihrem Haus Diebesgut befindet.»

«In meinem Haus befindet sich kein Diebesgut», sagte ich. «Was sollte das wohl auch sein?»

«Lassen Sie uns einfach herein, dann ist die Angelegenheit in fünf Minuten erledigt.»

«Mein lieber Kommissar, gewöhnen Sie sich endlich an die neuen Sitten. Stichwort Rechtsstaat. Ich möchte den Durchsuchungsbefehl sehen.»

«Habe ich nicht. Kann ich aber besorgen.»

«Bitte sehr. Dann sehen wir uns morgen.»

«Wir interessieren uns nicht für Ihre Privaträume.»

«Für was denn sonst?»

«Für die Garage, die Sie im übrigen ganz entzückend bemalt haben. Ein ungeheuer jugendlicher Strich, Respekt. Die Garage also. Ich dachte, daß wir in diesem Fall auf Formalien verzichten könnten.»

«Schick sie weg», sagte Hedwig, und ich hätte das an jedem anderen Tag des Jahres auch getan. Aber vor fünf Minuten hatte ich das Gefäß gesehen, das schmutziggelbe Gefäß. Würde ich Giebel reizen, würden sie morgen mehr Türen öffnen als bei einer friedlichen Einigung. Ich war nicht auf der Welt, um der Polizei ihre Arbeit zu erleichtern und diesem Stinkstiefel von Kommissar schon gar nicht. Aber ich wollte sie nicht unnötig provozieren..

«Okay», sagte ich. «Die Garage, und dann gehen Sie.»

Hedwig trat zwischen mich und die Polizisten. «Ich möchte mit meinem Mann sprechen.»

So gern ich sonst auf die Stimme kluger Frauen hörte, so unangenehm war es mir, mich vor den Augen von sieben Polizeibeamten zu einer Gardinenpredigt abführen zu lassen. Ich sah sie schon hämisch grinsen und sagte:

«Bringen wir's hinter uns.»

Hedwig blickte mich an, aber ich guckte einfach woanders hin. Am Garagentor sagte ich:

«Respekt, Herr Kommissar. Sie hätten das Tor natürlich auch selbst hochklappen können.»

«Wo denken Sie hin? Stichwort Rechtsstaat.»

Dann öffnete ich das Garagentor, schaltete das Innenlicht an und sagte: «Voilà.»

Es war leer bis auf den Haufen unter der Decke, der an der Rückwand stand. Giebel betrat die Garage und ging auf den Haufen zu.

«Was befindet sich hier drunter?»

«Nehmen Sie die Decke ab, dann sehen wir es alle.»

Er hob die Decke ab, das Innenlicht ließ die grüne Farbe des Bobs intensiv zur Geltung kommen.

«Der Bob ist beschlagnahmt», sagte Kommissar Giebel. «Sie sind vorläufig festgenommen. Wir unterhalten uns auf dem Präsidium weiter.»

Wir erreichten das Präsidium am Samstag morgen um 2 Uhr 40. Ich stieg aus – und sah nichts mehr.

«Massimo, laß das!» rief ich. Aber es war nicht unser Fotograf, sondern der flotte Feger vom *Elb-Boten*. Und sie dachte nicht daran, es zu lassen, sondern schoß, rückwärts vor mir und meinem Begleiter hergehend, ein Bild nach dem anderen. Die Wut ploppte aus mir heraus wie der Korken aus der Flasche, und ich schlug zu. Erst verlor sie ihre Kamera, danach das Gleichgewicht und nach einer weiteren Berührung zwischen meinem Fuß und ihrem Körper auch die Kameratasche. In diesem Moment begann eine zweite Kamera zu blitzen.

«Massimo, wo bleibst du?» rief ich und versuchte, mich von der feindlichen Fotografin zu befreien, die mit beiden Armen mein Bein umklammert hielt. Ich mußte gehörig strampeln, bevor ich von ihr loskam. Die Polizeibeamten standen daneben und taten absolut nichts. Keiner eilte der Frau zu Hilfe, die immerhin auf dem Boden lag. Keiner schützte den festgenommenen Bürger.

Dann hatte ich alle Gliedmaßen wieder unter Kontrolle.

«Toll», sagte Kommissar Giebel voller Häme, «ich schaue immer gern zu, wenn Berufskollegen miteinander kommunizieren.»

39 Die Beichte

«Wie haben Sie geschlafen?»

Ich blickte ihn an, aber Kommissar Giebel hatte die Frage offensichtlich ernst gemeint.

«Es war meine erste Nacht im Untersuchungsgefängnis.»

«Danach habe ich nicht gefragt.»

«Ich habe gar nicht geschlafen. Meine Füße tun mir weh.»

«Die Füße, aha. Mir tun die Augen weh, wenn ich manche Delinquenten sehe. Bringen wir's hinter uns.»

«Sie und Ihre Kollegen wählen morgen bestimmt alle Panowsky. Stimmt's?»

«Das geht Sie doch nichts an.»

«Sie haben eine selten kaputte Art, ‹ja› zu sagen.»

«Sie und Ihre Kollegen würden doch am lautesten ‹Hilfe› schreien, wenn keiner mehr da wäre, der Ihre freie Presse vor Angriffen beschützt. Weshalb soll ich also jemanden mit Mist bewerfen, der mir glaubwürdig erklärt, daß Recht und Ordnung bei ihm in guten Händen sind? Und in starken Händen. Wollen Sie jetzt endlich eine Aussage machen?»

«Ich habe mit dem Diebstahl des Bobs nichts zu tun. Ich weiß nicht, wie er in meine Garage gekommen ist.»

«Aber einen Verdacht haben Sie?»

«Er ist mir untergeschoben worden.»

«Interessant. Und warum?»

«Um mich aus dem Verkehr zu ziehen.»

«Welchem Verkehr?»

Sosehr mich dieser Mann anödete, so beachtlich war sein Talent, mich zum Zug zu bringen. Ich hatte die Nacht benutzt, um nachzudenken. Deshalb konnte es schnell gehen.

«Ich möchte eine Aussage machen.» Der Kommissar holte Kaffee und war dann ganz Ohr. Ich begann mit dem tödlichen Unfall der Bobfahrerin Everding, fuhr fort mit dem Diebstahl des Bobs und kam zu Professor Löffler und seinem Kufen-Team. Ich erwähnte die nächtliche Begegnung mit den unbekannten Parolen-Sprühern und das spurlose Verschwinden von Paul Spiegel – ein Mann, der mit dem Unfall zu tun hatte und gleichzeitig Mitglied des Kufen-Teams war. Ich erzählte über meine Suche nach dem Motiv, Bobs zu stehlen, mit denen neue Kufen getestet wurden, wenn doch klar war, daß diese Kufen gar nicht an den Bobs saßen.

«Das ist der Knackpunkt für mich, Herr Kommissar. Ich verstehe, daß jemand scharf ist auf die Kufen. Ich glaube aber einfach nicht, daß er einerseits über die kriminelle Energie verfügt, zentnerschwere Bobs zu stehlen, gleichzeitig aber nicht über die Information verfügt zu wissen, wo sich diese Kufen eigentlich befinden. Können Sie mir folgen?»

Zum Glück für mich ließ sich Giebel auf eine Sachdebatte ein: «Hört sich an wie zwei Fälle. Erstens: Diebstahl von Bobs, zweitens: Jagd auf die Kufen.»

Ich erzählte über die Selbstbezichtigungsbriefe von Paul Spiegel und die darin enthaltenen Angriffe auf die Dresdner Bobfabrik. Ich berichtete über meine Versuche, im Dunstkreis der Europameisterschaft eine Firma zu finden, die in Konkurrenz zu den Dresdnern steht und vielleicht sogar Anstrengungen unternimmt, den Dresdnern zu schaden. Ich erwähnte nicht Mattielli und nicht, was Pulitzer herausgefunden hatte. Natürlich erwähnte ich mit keinem Wort Kurland und nichts, was sich unterhalb der Erdoberfläche abgespielt hatte. Weil ich Giebel aber etwas anbieten mußte, erwähnte ich Paul Spiegel. Ich gab zu, daß ich ihn gefunden und die Polizei nicht informiert hatte. Dafür riß er mir pflichtgemäß den Kopf ab, und ich tat pflichtgemäß zerknirscht. Damit hatte ich zwar nicht meine staatsbürgerliche Pflicht, aber doch die als Journalist erfüllt. Gib der Polizei das Gefühl, ernst genommen zu werden, aber gib ihr nichts, was dir die schöne Story zerschlägt.

Damit war ich noch nicht entlassen. Der Kommissar wollte ein Alibi für die Zeit, in der die Bobs aus dem Schuppen entwendet worden waren. Als ich sagte, zu diesem Zeitpunkt neben meiner Frau im Bett geschlummert zu haben, seufzte er und sagte:

«Wenn es die guten, treuen Frauen nicht gäbe, müßten die Spitzbuben sich endlich raffinierte Ausreden überlegen.»

Doch Hedwig war nicht irgendeine Frau, sie hatte es im letzten Jahr in Dresden zu einigem Bekanntheitsgrad gebracht. Sie verkehrte in Regierungskreisen und hatte mit Notabeln Kaffee getrunken, bei denen Giebel und mir vor Gehemmtheit die Tasse gezittert hätte. Er rief in meiner Gegenwart Hedwig an und ließ es so lange klingeln, bis ich ungeduldig wurde.

«Ausgeflogen», sagte er und legte auf.

Eine Beamtin betrat den Raum und flüsterte mit Giebel. Ohne ein erklärendes Wort stand er auf, beide verließen das Büro. Ich fand das sehr vertrauensselig. Ich hätte keinen Journalisten allein in meinem Büro sitzenlassen. Gab es hier drin denn nichts, was verborgen werden mußte?

In der unteren Schreibtischschublade stand eine Flasche Weinbrand, hiesiges Fabrikat, deshalb wohl noch voll. Daneben ein Paar Hausschuhe. Im Fach darüber eine Hängeregistratur, weitgehend leer. Darüber die flache Schale für Kugelschreiber, Filzstifte und Büroklammern, die zu einer Kette verflochten waren.

Der Kommissar stürmte herein, ich saß treu und brav auf meinem Stühlchen.

«Sie können gehen», sagte er. Ich rührte mich nicht. «Hören Sie schlecht?» bellte er.

«Wollen Sie mich vor Neugier umkommen lassen?»

«Ihre Frau hat Ihnen ein Alibi gegeben.»

«Deshalb sind Sie so schlecht gelaunt?»

«Mein Chef hat heute morgen schon viel telefoniert.»

«Am Samstag?»

«Wenn Dumont anruft, ist immer Arbeitszeit. Unser Wunderanwalt mit den wunderbaren Beziehungen ist seit neuestem also auch Ihr Rechtsverdreher. Gratuliere. Und die Beichte legen Sie natürlich nur beim Papst persönlich ab.» Hedwig hatte ihre Beziehungen spielen lassen, gut für mich. Noch besser hätte ich es gefunden, wenn ich besser über die Kontakte meiner Frau informiert gewesen wäre. Wäre sie nicht zufällig verrückt nach mir gewesen, wäre ich mir schon lange wie ein dummer Junge vorgekommen.

Auf den wenigen Metern bis zur Tür war ich darauf gefaßt, irgendeinen harten Gegenstand ins Kreuz zu kriegen. Aber der Kommissar warf mir nur einen Blick hinterher.

Vor dem Präsidium stand ein Sharan, im Sharan saß eine Frau, die mein Herz schneller schlagen ließ. Hedwig berichtete in ihrer ruhigen Art, wie sie meine schnelle Freilassung eingefädelt hatte.

Ich hatte nur eine Frage: «Wie hast du Dumont dazu gebracht, etwas für mich zu tun?»

Die Antwort war ein Lächeln. Die Frau hatte zweifellos etwas Unheimliches an sich. Ich aber auch: Ich war unheimlich in sie verliebt.

Hedwig wollte mich dazu überreden, für den Rest des Tages meine Füße hochzulegen. Dann piepte das Telefon.

«Ich halte das nicht mehr aus.»

«Kathrin? Du hörst dich ja furchtbar an. Was tut dir weh?»

«Ich habe Magengeschwüre. Ich mußte so einen Schlauch schlukken, das war furchtbar. Und daran ist nur er schuld.»

«Der böse, böse Arzt.»

Nein, der böse, böse Adam.

Zwanzig Minuten später öffnete sie uns die Tür. Alles war ein Bild des Jammers. Kathrin sah aus wie das personifizierte Elend, tuberkulös, hinfällig, fertig. Die Wohnung war übersät mit Mineralwasserflaschen und Schüsselchen, in denen die Reste irgendwelcher magenschonender Breie aushärteten. Das Zeug sah aus, als würde die Schüssel besser schmecken als der Brei.

Ich bat meine Kollegin, sich zu setzen und zu berichten. Mir war lieber, wenn ich den Part des nervösen Herumrenners übernahm.

Kathrins ersten Einlassungen waren Variationen des Kernsatzes «Dieser Mann ist eine solche Sau.»

Da mußten wir durch, vorsichtig fischte ich dann nach Handfestem. «Du hast eine richtige Beziehung mit Löblich gehabt? Unserem Konkurrenten Löblich?»

«Ach was. Außer Bett war da nichts. Wir haben uns kaum jemals unterhalten. Eigentlich immer nur Termine abgemacht.»

Es war die bekannte Geschichte. Coole Frau trifft coolen Mann, beide treiben es cool miteinander, bis ein Partner anfängt, die Angelegenheit ernster zu nehmen als der andere. Kathrin hatte sich in den Stenz verliebt, und der Ressortchef Sport vom *Elb-Boten* hatte sie dazu benutzt, Interna über unsere Redaktion und mich herauszufinden.

«Ich habe das erst gar nicht gemerkt», behauptete Kathrin. Ich blickte Hedwig an, sie bat mich stumm, alle Kommentare zu unterlassen.

Zehn Wochen war es so gegangen, Kathrin hatte ihre Informationen abgeliefert und Löblich hatte in Naturalien gelöhnt.

«Unbewußt habe ich das schon viel eher gespürt», behauptete sie. «Aber ich wollte es nicht wahrhaben. Ich habe meine Kollegen verraten. Das verzeihe ich mir nie.»

Ich dir auch nicht, dachte ich.

«War's denn wenigstens schön mit ihm?»

Sie brach in Schluchzen aus. «Das war's ja! Es ist immer noch so schön. Ich komme nicht los von ihm. Aber ich nehme immer mehr ab, und Adam mag keine dünnen Frauen.»

«Okay, was hast du ihm alles gesteckt? Sei offen, laß nichts aus.»

Sie hatte ihm alles gesagt. Besendahl, Zapf und ich lagen wie aufgeschlagene Bücher vor ihm. Sogar Pulitzers läppische Eskapaden waren wichtig genug gewesen, um weitergetratscht zu werden. Löblich hatte alle redaktionellen Vorhaben, die über die aktuelle Berichterstattung hinausgingen, erfahren. Wir hatten praktisch wochenlang für eine fremde Redaktion gearbeitet, es war zum Kotzen. Und natürlich hatte Löblich alles erfahren, was ich im Zusammenhang mit dem Bob-Fall in der Redaktion erzählt hatte.

«Den Kerl kauf ich mir», sagte ich. Hedwig blickte so alarmiert, als versuchte sie sich daran zu erinnern, wie die Privatnummer von Rechtsanwalt Dumont lautete.

«Überleg es dir gut», sagte meine Geliebte.

«Habe ich schon gemacht. Das mache ich immer gleich zu Anfang, damit ich alles Sachliche hinter mir habe und mich auf den Haß konzentrieren kann.» Ich blickte den Hungerhaken an. «Schwanger bist du nicht zufällig auch noch, oder?»

Kathrin fiel vor Schreck fast um. «Daran habe ich noch gar nicht gedacht», hauchte sie.

Ich setzte mich zu Hedwig. «Ich muß da jetzt hin. Gestern nacht hat mich die Fotografin vom *Elb-Boten* vorm Präsidium erwartet. Preisfrage: Woher wußte die Bescheid? Du hast doch nur Massimo alarmiert, oder?»

Hedwig war kurz davor, bei mir Fieber zu messen. Ich benutzte Kathrins Telefon. Die Stallwache wußte nichts von Filmen. Massimo war seit Mittwoch nicht mehr in der Redaktion gewesen.

«Als wenn ich es geahnt hätte», murmelte ich und rief bei Massimo zu Hause an. Nichts, nicht einmal der Anrufbeantworter.

«Adam ist nicht zu Hause», sagte die junge Frau, die an sichtbaren Kleidungsstücken außer einem Männeroberhemd nichts am Leib trug. Ich war froh, daß ich Kathrin nicht mitgenommen hatte. Dieser Anblick hätte ihr den Rest gegeben.

«Er ist nach Altenberg. Da fängt doch heute die Europameisterschaft an.»

Ich dankte und war schon halb unten, als sie mir nachrief: «Sie können ihm sagen, der Koffer steht immer noch hier.»

«Muß ja schlimm für dich sein, wenn nur der Koffer steht», murmelte ich in meinen Zweitagebart. Laut fragte ich: «Welcher Koffer?»

«Der von Uwe. Und im Badezimmer steht auch noch ein Haufen Zeugs von ihm.»

40 Die Tränen einer Mutter

Sie schoben den Bob an, zogen ihn zurück, schoben, zogen, dann explodierten sie. Mit tief geneigtem Oberkörper brachten sie ihre Kraft aufs Eis, beschleunigten den Bob, der Pilot schwang sich hinein, der Bremser lief einige Schritte, bevor auch er hineinsprang, der Griff wurde eingeklappt, der Bremser nahm den Kopf nach unten, polternd und noch relativ langsam zog der Bob durch die erste Kurve.

«Drittbeste Startzeit», resümierten um mich herum die Fachleute, als Schweiz 1 außer Sicht war. Am Start standen nur noch die letzten beiden Bobs, dann war der erste von vier Durchgängen abgeschlossen. Es führte Bob Deutschland 1 vor Großbritannien 2 und Deutschland 2. Die Stimmung unter den Zuschauern war prächtig.

Zapf und Besendahl strahlten, sie waren die kleinen Könige im Innenraum, hatten ja monatelang Zeit gehabt, die Connections herzustellen, auf die die überregionalen Kollegen jetzt neidisch waren. Ich hatte mir im Handstreich Zugang verschafft: Hedwig schüchterte den diensthabenden Wächter durch Vorzeigen ihrer medizinischen Ausweise ein, sprach von «Notfall» und «jede Sekunde zählt».

Besendahl lenkte meine Aufmerksamkeit auf den nächsten Bob, der an uns vorbeidonnerte. Aber das Schild war zu klein, um bei der Geschwindigkeit etwas zu erkennen.

«Dresden ist schnell», teilte mir Besendahl mit. «Fast alle fahren mit dem Aufkleber. Eine machtvolle Demonstration für die besten Bobbauer.»

«Und dann noch eine freiwillige Demo», sagte Zapf anzüglich. «Ohne daß ihnen jemand verordnet hat, für oder gegen was heute demonstriert werden muß.»

Ich teilte meinen Leuten mit, daß ihr Chef eine Nacht als Untersuchungshäftling hinter sich hatte. Besendahl sah gleich wieder so aus, als habe er von dieser Wirtschaftsform nichts anderes erwartet. Zapf war sauer und sagte: «Wird Zeit, daß wir der Schweinebande ein Bein stellen.»

«Habt ihr Löblich gesehen?»

Sie verneinten. Ich stöberte eine andere Kollegin aus dem Sportressort des *Elb-Boten* auf, von ihr erfuhr ich, daß Löblich heute keinen Dienst hatte. Aber seinem Betthasen hatte er doch gesagt...

«Habt ihr Massimo heute schon gesehen?»

«Wieso?» sagte Zapf. «Der rennt hier doch pausenlos auf und ab. Richtig aufgeregt sieht er aus. Als hätte er im Lotto gewonnen.»

Ich bat Hedwig, mir bei der Suche nach unserem Fotografen zu helfen. Bei einem so großen Sportereignis konnte es nicht ausbleiben, daß ich einige bekannte Gesichter von jenseits der sächsischen Grenzpfähle traf. Ich mochte nicht alle gleich gern, denn ich hatte an meinen früheren Stationen nicht nur Blutsfreunde hinterlassen. Ich traf auch Gesichter, die mich nicht kannten. Neidisch blickte ich dem *FAZ*-Mann hinterher. Er trug genauso schlechtsitzende Hosen wie ich, aber er schlenderte so lässig. Selbst seine Hüftknochen wußten, unter welch privilegierten Bedingungen er seine Zeilen schreiben durfte. Man konnte die Kerle fünfzig Tage ohne Essen in einen Bunker sperren, sie würden überleben, denn sie würden sich von ihrem Selbstbewußtsein ernähren.

Eine Hand schlug mir mit der in meinem Berufsstand üblichen Feinmotorik auf die Schulter, der Schlag war von einem tätlichen Angriff also nicht zu unterscheiden. Ich begrüßte den Redakteur von *Bild*. Er war sauer, weil er als Fan des Bobsports selbst von der EM nicht mehr als einen Zweispalter ins Blatt bekam.

«Kegeln habt ihr nie im Blatt», tadelte ich scharf. «Und Skat auch nicht.»

«Dafür haben wir vielleicht eingebuchtete Reporter drin.»

Sein beziehungsreicher Blick alarmierte mich. «Möchtest du dich mir anvertrauen?»

«Hier rennt einer rum und bietet seine Bilder an wie sauer Bier. Samt dazu passender Story.»

Den Rest wußte ich in einer plötzlich aufschießenden Vision, bevor er weiterredete.

Massimo hieß der Judas, er forderte viele Silberlinge für die Fotos vor dem Präsidium gestern nacht.

«Ist für uns eine Nummer zu klein, Pardon», entschuldigte sich der Mann von *Bild.* Ich hatte dafür volles Verständnis und bedankte mich für die Information.

Heute machte Dschingis-Khan das, was ich ihm schon lange als liebste Freizeitbeschäftigung unterstellte: Er knutschte eine Frau ab, unterbrach jedoch, als ich mich bemerkbar machte. Seine Partnerin richtete in einer automatischen Bewegung ihre gar nicht verrutschten Haare und ließ uns allein.

Ich zeigte Dschingis-Khan ein Foto von Löblich, das ich seit Tagen im Sharan deponiert hatte. Er sah es sich lange an. «Den habe ich wohl mal gesehen, aber nicht häufig. Und heute gar nicht.» Ich beschrieb ihm Kleff, er mußte passen.

«Und sonst?» fragte ich hilflos. «Was können Sie uns sonst noch anbieten?»

Der Mann, der so gern monetäre Medizin schluckte, beugte sich vertraulich nach vorn und sagte lächelnd in Richtung der Frau, mit der er geturtelt hatte. «Das ist die Mutter von Anke.»

Es dauerte etwas, bis bei mir der Groschen fiel. «Anke Everding? Die Mutter der toten Bobfahrerin? Aber hallo. Aktive Trauerarbeit.»

«Sie ist unheimlich aggressiv», sagte Dschingis-Khan. «Würde denen am liebsten die Hütte überm Kopf anzünden. Aber solange sie liebt, wird sie kein Feuer legen.»

«Vorbeugende Brandbekämpfung, vorbildlich.»

Ich sah mir die Frau mit neuem Interesse an. Sie sah eher kiebig als traurig aus. Bestimmt war sie noch keine vierzig. Aber sie hatte ein Kind verloren, im Augenblick zählte nichts sonst.

Ich wollte Dschingis-Khan mit seiner Liebschaft alleinlassen, als sein Gesicht das Lauernde bekam, das ich schon kannte. «Haben Sie sich nicht für Bobfirmen interessiert?» Ich war voll für ihn da. «Christa war beim Chef von einer. Er hat sie rausgeworfen. Soll ich weiterreden?»

«Sie war bei Mattielli?»

Dschingis-Khan verzog das Gesicht und griff sich an den Nacken. «Oh, was ist das? Ich kann den Kopf nicht schütteln und auch nicht nicken. Ich brauche eine Salbe, die die Halswirbel schmiert.»

Ich schob ihm den Geldschein in die Hand und sagte: «Wer bezahlt eigentlich, wenn Sie mit einer Frau ausgehen?»

«Ich lade nur eine Frau ein, wenn ich zuvor bei Samaritern wie Ihnen beiden war.»

Er ließ den Schein verschwinden und sagte: «Der Name Mattielli kommt mir bekannt vor.»

«Ist Ihnen klar, daß ich gleich mit Christa reden könnte?»

«Ist Ihnen klar, daß sie nur mit Menschen redet, für die ich gutspreche?»

«Okay, weiter.»

«Mattielli hat eine Fabrik, die Motorräder baut. Und Rennboote. Und Bobs.»

«Ist mir bekannt. Weiter.»

«Meine Freundin war bei ihm, weil er ihre Tochter anstiften wollte zu spionieren.»

Dschingis-Khan war mein Freund.

«Er hat sie angesprochen, bei einem Wettbewerb in Madonna di Campiglio. Anke sollte die Augen für ihn offenhalten. Auf der Bahn hier und in Oberwiesenthal. Er hatte gehört, daß auf beiden Bahnen Testfahrten stattfinden.»

«Die neuen Kufen.»

«Genau die. Anke sollte ein Auge darauf haben. ‹Du bist doch immer an der Bahn›, hat Mattielli gesagt. ‹Bei dir fällt es nicht auf, wenn du Interesse zeigst. Von einer wie dir erwartet man das doch geradezu.›»

«Hat Mattielli gesagt.»

«Hat Mattielli gesagt, jawohl.»

«Und woher weiß die Mutter das?»

«Von Anke. Sie hat es ihr geschrieben. Die Eltern sind doch ins Sauerland umgezogen. Nach Winterberg, weil Anke dort bessere Bedingungen hat. Sie macht dort eine Ausbildung. Ich glaube, als Bankkaufmann. Oder -frau, wie das heutzutage heißt.»

«Nur noch eins: Was wollte Mutter Everding von Mattielli?»

«Ihn fragen, warum er das getan hat. Warum er ein halbes Kind zu einer solchen Sache anstiftet.»

«Und? Was hat er geantwortet?»

«‹Wenn Sie nicht sofort mein Zimmer verlassen, hole ich die Polizei, Sie Miststück.›»

Nach dem ersten Durchgang hatte sich am Klassement auf den ersten Plätzen nichts geändert. Um 14 Uhr sollte der zweite Durchgang beginnen.

Ich steuerte den Gasthof an, den man auf kürzestem Weg von der Bahn erreicht. Die Gaststube war brechend voll, auch im Clubraum nebenan kein Platz mehr frei. Von der Decke hingen Lampions, Lichterketten und Papierschlangen, der Karneval zeigte seine häßliche Fratze auch in entlegensten Winkeln. Die Stimmung war angenehm provisorisch, die Nationen bunt gemischt.

«Hedwig, wie gut kannst du Englisch sprechen?»

«Besser als du.»

Einmal im Jahr sehnte ich mich danach, mit einer strohdummen Friseuse zusammenzuleben.

An der Schmalseite des Raums waren die Mikrofone für die regionale Musikgruppe aufgebaut, deren Gastspiel die Plakate in den Fenstern ankündigten. Ich machte mich mit der Technik vertraut. Erst einmal produzierte ich eine Rückkopplung, irgend jemand ließ vor Schreck Messer oder Gabel auf den Teller fallen.

«Meine Damen und Herren, entschuldigen Sie, daß ich in Ihre wohlverdiente Mittagspause hineinplatze. Aber es ist etwas Wichtiges passiert, was Sie als Bobsportler bestimmt interessieren wird.»

Ein Witzbold rief: «Wenn ich esse, bin ich nur Mensch.» Hedwig übersetzte. Sie sprach besser Englisch als ich Deutsch.

«Sie alle wissen, daß sich auf der Bahn in der letzten Woche ein tödlicher Unfall ereignet hat. Sie wissen auch, daß danach Briefe in die Öffentlichkeit gerieten, in denen die Dresdner Bobfabrik beschuldigt wird, schuld zu sein an dem Tod eines Mädchens, die eine hervorragende Bobsportlerin war.

Ich habe Tag und Nacht in diesem Fall recherchiert. Ich möchte Ihnen das Ergebnis mitteilen. Anke Everding hat kurz vor ihrem Tod das Angebot eines gewissen Herrn Mattielli erhalten...» An dieser Stelle hörten die letzten auf zu essen. «Herr Mattielli betreibt eine Bobfabrik in der Schweiz, das wissen Sie besser als ich. Er hat von Anke verlangt, für ihn zu spionieren. Mattielli wußte, daß die Dresdner Universität geheime Testfahrten durchführt, es geht um die Entwicklung einer neuen Generation von Kufen. Er hat Anke immer wieder bedrängt, und das arme Mädchen konnte sich nicht gegen ihn wehren.»

An dieser Stelle hatte ich das Gefühl, als würde Hedwig zögernder übersetzen.

«Wenige Tage später ist Anke tödlich verunglückt – mit einem Bob der Dresdner Universität, der auf neuen Kufen fuhr. Vor wenigen Stunden nun ist die Mutter von Anke in Altenberg eingetroffen. Sie ist zu Herrn Mattielli gefahren und hat ihn gefragt, warum er das getan hat. Sie hat ihn gefragt, ob er es war, der die anonymen Briefe in der Presse lancierte. Mattielli hat die trauernde Frau hinausgeworfen, sie beleidigt und mit der Polizei gedroht. Mattielli ist in Hirschsprung abgestiegen, das ist nur ein paar Kilometer von hier entfernt. Mehr wollte ich nicht sagen. Ich wünsche uns allen noch einen spannenden Wettkampf. Danke für Ihre Geduld.»

Die Gaststube kochte, ich stand vor den Mikrofonen und lauschte fasziniert dem Entstehungsprozeß einer kollektiven Meinung. Hedwig trat neben mich, und ohne mich anzusehen sagte sie: «Ich habe lange Zeit gedacht, es liegt daran, daß du Journalist bist. Das war ein Irrtum. Es liegt an deinem Charakter. Du bist ein Windbeutel, und das wird dir eines Tages das Genick brechen.»

Sie aßen nicht einmal auf. Dreißig oder vierzig Stühle wurden über die Fliesen geschoben. Plötzlich stand mein Schweizer Freund vor mir: «Man kann mit mir vieles tun. Man kann mir eine lange Nase drehen und über mich Witze machen. Das ist mir völlig egal. Aber man darf mich nicht ärgern. Das darf man wirklich nicht.»

Dann folgte er den anderen ins Freie.

41 Das Geständnis

Der Parkplatz am Hotel in Hirschsprung war fast leer – kein Wunder, die Gäste standen in Altenberg an der Bobbahn. Aber der Audi mit Schweizer Kennzeichen war da. Ich nutzte die wenigen Minuten, die mir blieben, um die Kamera zu richten. «Du müßtest dein Gesicht sehen», sagte Hedwig. «Hältst du es für möglich, daß deine Nacht draußen im Schnee eine Chance für dich war und daß du dabei bist, diese Chance zu verschleudern?»

«Bitte, nicht jetzt», entgegnete ich gequält.

Und dann sprach Hedwig die historischen Worte:

«Ich möchte ein Kind haben.»

Schlagartig fiel mir ein, welcher unbestreitbare Vorteil der Impotenz in der öffentlichen Diskussion seit Jahren zu kurz kommt. Aber ich konnte das Thema nicht vertiefen, denn in diesem Moment traf der Bus ein. Ihm entstiegen dreißig bis fünfunddreißig Männer: die Elite des europäischen Bobsports. Ihre Gesichter strahlten Entschlossenheit aus. Ich hoffte, daß kein Zeitgenosse ihnen auf dem Weg zum Zimmer 331 im Weg stehen würde. Sie sahen nicht so aus, als ob sie Lust hatten, Umwege zu machen.

«Sie werden ihn verletzen», sagte Hedwig.

«Nicht, wenn das wachsame Auge der Presse darüber wacht», sagte ich und schwang mich aus dem Wagen.

Als ich das Foyer betrat, hatten sie gerade den Manager überrannt. Er stand mit wirren Haaren am Empfangstresen und versuchte, die außerirdische Begegnung zu bewältigen.

Ich eilte die Stufen hoch und spürte, wie über mir das Treppenhaus erbebte. Von hinten sahen sie aus wie eine Wand, ich drängte mich nach vorn. Als ich die erste Reihe erreicht hatte, erkannte ich, daß Mattielli nicht hier war. Der Bobpilot vor mir rief: «Zehn Mann für jede Etage. Vergeßt Küche und Keller nicht. Und das Schwimmbad!» Dann rief er etwas in italienisch, danach in englisch. Die Menschenwurst drückte sich durch die schmale Türöffnung aus dem Zimmer. Was dann folgte, war die Apokalypse jedes Hotels. Sie rollten es systematisch auf, stürmten Zimmer für Zimmer. Männerstimmen protestierten und waren schnell stumm. Ab und zu der Ruf oder Schrei einer Frau, auch nicht von langer Dauer. Ich fotografierte kabarettreife Szenen von spärlich bekleideten Gästen und springenden Kindern. Die meisten Zimmer waren aber leer.

Als es sich unter mir brodelnd konzentrierte, ging ich den Geräuschen nach. Sie hatten ihn im kleinen Schwimmbad gestellt. Mattielli stand im Becken, das Wasser reichte ihm bis zur Oberkante der Badehose, so daß er noch nackter und schutzloser wirkte, als er war. Er war ein Mann in dem Alter, wo sich das feste Fleisch in einen schwammigen Aggregatzustand verabschiedet. Alle achteten nur auf Mattielli, keiner hatte Augen für das junge Paar, das in den Liegestühlen am Beckenrand lag.

Mattielli regte sich italienisch auf, einer der Schweizer Piloten führte die Anklage. Aber gleich meldete sich ein Österreicher: «Geht's vielleicht auch einheimisch?»

Schlagartig schalteten alle Redner ins Deutsche um. Der Wortführer der Bobfahrer erzählte, was er von mir wußte, und fragte Mattielli, was er dazu zu sagen hatte. Der stritt alles ab, er war eingeschüchtert, aber nicht in Panik. Es wurde Zeit für exotischere Gesprächsbeigaben.

«Einen schönen Gruß von Paul Spiegel.»

Mattielli erstarrte, alle schauten mich an. Ich hielt das Papier in die Höhe und sagte: «Ich habe hier eine eidesstattliche Erklärung von Spiegel, daß er die Briefe nicht geschrieben hat.» Ich hielt die Papiere in der anderen Hand hoch. «Und hier habe ich die Erklärung von Uwe Kleff über seine Beziehung zu Ihnen, Herr Mattielli. Und in der dritten Hand habe ich das Protokoll des Gesprächs in Bärenburg zwischen Ihnen und einem Forscher aus dem Kufenteam.»

«Lüge!» rief Mattielli. «Wir waren nur zu zweit.»

«Damals nicht und hier nicht», sagte ich und deutete auf den jungen Mann am Beckenrand. «Sie stehen seit Tagen unter Beobachtung durch meinen besten Reporter. Pulitzer, steh auf.»

In diesem Moment stiegen zwei Bobfahrer ins Becken. Nichts in ihren Gesichtern wies darauf hin, daß sie gern lachten.

«Das war nicht meine Idee», rief Mattielli. Die beiden stellten sich im Wasser neben ihn, mehr nicht, nur neben ihn. «Kleff hat mir die ABM-Bande angeboten. Er hat gesagt, so sind die Sitten hier im Osten.»

Die beiden Bobfahrer traten einen Schritt auf Mattielli zu, er redete schneller: «Kleff ist für alles verantwortlich.»

«Reden Sie», sagte ich. «Ich will wissen, ob Sie immer noch lügen.»

«Kleff und seine Bande haben für mich Informationen beschafft. Sie haben den Bob der Universität... genommen. Sie haben dann vorgeschlagen, den Verdacht gegen die Dresdner zu lenken.»

«Gegen die Bobfirma.»

«Ja, natürlich. Weil sie doch die größte in der Branche ist.»

«Kleff hat zugegeben, auch die Briefe geschrieben zu haben. Stimmt das?»

«Ja, das stimmt.»

«Warum hat man mir den gestohlenen Bob in die Garage gestellt?»

«Damit habe ich nichts zu tun. Ich weiß nur, daß Kleff gegen einen Journalisten aus Dresden regelrecht Krieg führt. Sind Sie das?»

«Man hat mich nachts bewußtlos im Wald ausgesetzt. Ohne Schuhe...»

Raunen unter den Bobfahrern.

«Nicht ich», sagte Mattielli. Er wirkte immer müder.

«Vorletzte Frage: Wo steckt Kleff jetzt?»

«Das weiß ich nicht. Das hat er mir nie gesagt.»

«Letzte Frage: Warum haben Sie die Mutter von Anke Everding gedemütigt?»

Mattielli blickte mich an, dann blickte er die Athleten neben sich an. Seine Mundwinkel begannen zu zucken, dann schluchzte er: «Nicht untertauchen. Ich kann das nicht. Bitte nicht schlagen.»

Die Männer faßten ihn an je einem Arm, sie taten nichts sonst. Aber Mattielli weinte, schluchzte, brach in den Knien ein, und als sie ihn losließen, geriet er tatsächlich mit dem Kopf unter Wasser. Mit beiden Armen um sich schlagend kämpfte er panisch um sein Leben. Sie wollten ihm helfen, aber er wehrte sich um so heftiger. Einige Momente sah es so aus, als sei er wirklich vom Ertrinkungstod bedroht. In einer Wassertiefe von einem Meter zwanzig kämpfte er, anstatt sich hinzustellen, wie wild um sein Leben. Er wehrte Gespenster ab, die nur er sah. Er gurgelte, heulte, schnappte. Die Bobfahrer wandten sich ab, zwei schüttelten mir die Hand und nickten respektvoll. Das bedeutete mir viel. Der junge Mann vom Beckenrand kam zu mir und redete auf mich ein. In englisch.

«Er sagt, er versteht nicht, um was es geht», dolmetschte Hedwig.

«Sag ihm, er hat alles richtig gemacht. Wie Pulitzer. Nichts verstehen und aus Versehen alles richtig machen.»

Ich lächelte ihn an, er hatte wirklich keine Ähnlichkeit mit Pulitzer. Nicht einmal äußerlich. Aber Pulitzer war ja auch kein Japaner.

Auf dem Bildschirm neben der Pool-Bar schwenkte die Kamera über die Bobbahn in Altenberg. Ratlos sagte die Sprecherstimme: «Ich frage die Sendezentrale: Bleiben wir weiter drauf oder was? Die Bobfahrer sind weg. Ich wiederhole: Diese verdammten Bobfahrer sind spurlos verschwunden.»

42 Mit vollem Einsatz

Hedwig fuhr uns zurück nach Altenberg. Mattiellis Zusammenbruch hatte sie mitgenommen.

«Was ist, wenn er sich etwas antut? Er ist ein gebrochener Mann.»

Mattielli interessierte mich nicht, er war ein ordinärer Geschäftemacher. Ich dachte an Kleff, er war der Mann, der mir etwas angetan hatte. Ich dachte an Löblich, bei dem Kleff zeitweise untergeschlüpft war.

«ABM-Bande», sagte ich. «Was fällt uns dazu ein? Arbeitsbeschaffungsmaßnahme, ein Wort, wie es nur im Deutschen vorkommen kann.»

Als ich mit Hedwig an der Bahn auftauchte, kündigten sie über Lautsprecher gerade den Beginn des zweiten Durchgangs an.

«Hast du das mitgekriegt?» rief Zapf mir von seinem Platz auf der Pressetribüne aus zu. «Die waren auf einmal verschwunden! Hier sind alle in Panik ausgebrochen. Der TV-Mann hat beinahe geweint. Er hat die ganze Zeit gedacht, sie nehmen ihn mit einer dieser ‹Vorsicht, Kamera›-Sendungen auf die Schippe.» Nach der Aufwallung um Mattielli folgte bei mir das Abschlaffen. Und wie jedesmal, wenn ich solche saftigen Stories am Wochenende auftrieb, ärgerte ich mich, daß es so lange dauerte, bis ich sie im Blatt sehen würde.

Auf die nächste Begegnung mit Josephine mußte ich nicht so lange warten, sie stand vor mir wie aus dem Schnee herausgewachsen.

«Gut, daß ich Sie treffe!» rief sie. «Ich habe mir gleich gedacht, daß einer wie Sie nichts Besseres zu tun hat als anderen Leuten beim Schlittenfahren zuzugucken.»

Ich machte die Frauen miteinander bekannt. «Hedwig, das ist Josephine, die Jugendsünde von Dr. Eß. Hedwig Averhoff, meine Regierung.»

Josephine starrte Hedwig an. «Sie und diese Wahnsinnsfrau. Ich glaube nicht mehr an den Weihnachtsmann.»

Sie bestritt, daß Hedwig und ich eine Beziehung haben könnten. Sie glaubte es selbst dann nicht, als Hedwig mir recht gab. Aber plötzlich wechselte Josephine das Thema: «Ich habe mich heute nacht für Sie aufs Kreuz werfen lassen.»

Vereinzelt drehten sich Passanten nach uns um.

«Ich habe Ralf getroffen», berichtete Josephine. «Er heißt Ralf, Ralf Mückel, der an den Kufen forscht. Er war in der Kneipe, wo ihr mich abgesetzt habt. Erst mußte er ordentlich für meine Freunde Flaschen auffahren, dann habe ich ihn mit zu mir genommen. Ich kann euch sagen: Er konnte fast nicht, so furchtbar fand er es in dem Zimmer.»

«Darf ich mal kurz dazwischen...? Danke. Warum, Josephine? Warum hast du das getan?»

«Um Ihnen einen Gefallen zu tun. Sie wollten doch unbedingt wissen, wo Kleff, diese Killertype, steckt.»

«Willst du etwa...? Hast du etwa...?»

Sie strahlte mich an mit rosigen Wangen unter diesen unmöglichen Haaren und nickte. «Er weiß von einem Industriellen, wo Kleff steckt. So ein Kapitalist, baut Autos, nein, Motorräder. Und angeblich auch Bobs.»

«Hat dir dein Lover auch erzählt, wie er zu Mattielli... zu diesem Kapitalisten steht?»

«Mattielli, genau! Das ist der Name! Klar hat er mir das erzählt. Ralf soll doch für die Uni diese neuen Kufen entwickeln. Und der Italiener...»

«Schweizer.»

«Ist doch egal! Der ist da scharf drauf. Hat meinem Lover viel Geld versprochen, wenn er ihm erzählt, wie weit sie mit den Kufen sind.»

«Er hat natürlich abgelehnt, dein Lover.»

«Wieso das denn? Er hat natürlich angenommen. Wollte mal sehen, was er wert ist.»

«Und?»

«Einige Scheine, sagt er.»

«Und Mattielli kennt jetzt die Formel?»

«Ach was. Er hat ihm natürlich Nonsens erzählt. Das können diese Naturwissenschaftler ja gut.»

Seit dem Beginn unseres Gesprächs verfolgte ich mit kaum noch zu bändigender Lust, wie meine Unruhe wuchs. Weil ich die entscheidende Information sicher wähnte, konnte ich es mir leisten, sie einige Minuten später zu erfahren.

Josephine war dann so nett: «Ralf sagt, Mattielli hat gesagt, daß Kleff im Bergwerk wohnt. Was sagst du nun? Natürlich nicht unten, aber da, wo die Firmen ihre Büros haben. Da soll ungeheuer viel Platz sein. Vor allem in den anderen Häusern, die noch nach Baustelle aussehen.»

43 Eine goldige Firma

Ich stellte den Wagen zwei Straßen entfernt ab. Zapf hatte sich sofort bereit erklärt mitzukommen. Er fand es nicht gut, daß Hedwig dabei war. Sie bedachte ihn mit diesem Blick, den Zapf nicht kennen konnte, und ich dolmetschte: «Sie kommt mit.»

Zapf schlug dann noch vor, die Polizei zu informieren, diesmal war es mein Part, ihm einen entsprechenden Blick zuzuwerfen.

Als wir das Bergwerksgelände betraten, begann es zu schneien. Es war noch keine 15 Uhr und schon schummrig genug für eine Flutlichtanlage.

Das viergeschossige Haus mit dem Schacht schenkten wir uns und gingen zur ehemaligen Aufbereitungsanlage.

«Und wenn er bewaffnet ist?» fragte Zapf.

«Bis jetzt hat noch keiner geschossen.»

«Danke. Im Mutmachen bist du Spitze.»

Wir erreichten das Gebäude, ich ging als erster hinein – und stand dem Staatssekretär gegenüber. Er trug einen Wintermantel mit Fellkragen und staatsmännische Besorgnis im Blick.

«Sag mir, daß du privat hier bist», forderte ich ihn auf.

«Freunde soll man nicht anlügen», sagte er und begrüßte Hedwig, die er kannte, und Zapf, den er vom Sehen kannte.

«Ich bin nur der Bote», sagte der Staatssekretär. «Ich soll euch hinbringen.»

«Woher wußtest du, daß wir herkommen?»

«Wir kennen dich. Außerdem war die Zeit reif. Und nun los. Wir sind spät dran.»

Er setzte sein Nie-sollst-du-mich-befragen-Gesicht auf, verließ das Gebäude und steuerte das Schachthaus an, wir drei im Gänsemarsch hinterher.

Wir landeten in der Fernuniversität. Gleich hinter der Tür stand der Gorilla. Sie hatten ihn in einen Anzug gepreßt, so wirkte er fast menschlich. Er konnte sogar reden: «Warum drei?»

«Warum nicht drei?» konterte ich.

An der Antwort hatte er zu kauen. «Ich muß sie abtasten», sagte er zum Staatssekretär.

Ich öffnete meine Jacke und ließ den Gorilla ran. Bei Hedwig sagte er vorher «Pardon», und wir durften die zweite Tür durchschreiten. Ein langer Flur, sehr hell, von dem ein Dutzend Türen abgingen, alle weiß.

Der Staatssekretär strebte einer zu, klopfte, trat ein, schloß mir die Tür vor der Nase.

«Was soll das?» fragte Zapf.

Die Tür wurde geöffnet, wir traten ein. Teils standen sie, teils saßen sie mit einer Arschbacke auf dem Fensterbrett, nur die Frau saß in einem Freischwinger.

«Ich darf vorstellen», sagte der Staatssekretär. «Frau Dr. Schwanweiß aus der Staatskanzlei; Professor Tillermann; Dr. Kosenecky aus dem Stab von Staatspräsident Havel aus Prag; Herr Dr. Dr. Dr. Meier, Stabsabteilung Mercedes-Benz; Herr Beckenbauer, nicht verwandt und nicht verschwägert, Siemens.»

Kurland stellte er nicht vor, obwohl ich gerne gehört hätte, unter welchem Namen der Goldsucher in diesem hochkarätigen Kreis firmierte. Dafür stellte er uns vor. Danach nahm Frau Dr. Schwanweiß das Wort:

«Ich darf Ihnen gestehen, daß ich selten Mitglied in so einer illustren Runde war. Aber man lernt nie aus. Wir sind Ihnen dankbar, daß Sie unserem Ruf gefolgt sind. Ich möchte Sie bitten, mir fünf Minuten Ihr Ohr zu leihen. Ich werde mich kurz fassen. Wenn ich keine Zwischenfragen beantworten muß, geht es noch schneller.»

Sie war traumhaft cool. Eine Nacht mit dieser Frau mußte das gleiche sein wie eine Nacht im frostigen Wald von Tharandt – nur ohne Hose statt ohne Schuhe.

«Sie sind vor einigen Tagen durch den tödlichen Unfall auf der Bobbahn in einen Fall verwickelt worden, bei dem Sie es immer wieder mit dem Kufenforschungsprojekt der TU Dresden zu tun bekamen. An diesem Projekt sind auch die Häuser Siemens und Mercedes-Benz beteiligt. Während Ihrer Recherchen hatten Sie eine Begegnung der unerwarteten Art...» Sie nickte Kurland zu. «In diesem Zusammenhang bekamen Sie Kenntnis oder erneut Kenntnis von einem Forschungsprojekt, das schon ein wenig länger besteht als das erste Projekt: nämlich einige hundert Jahre und in dieser personellen Konstellation rund ein Jahrzehnt. Im folgenden waren Sie so kooperativ, der notwendig gewordenen kurzfristigen Verlagerung eines Labors zuzustimmen...» Sie lächelte Hedwig an. «...oder sie zumindest zu dulden. Ich möchte Sie nun davon in Kenntnis setzen, daß es sich hierbei um ein einziges Projekt handelt. Es tut sicher gut, dies quasi offiziell bestätigt zu bekommen. Diese Runde ist das Offiziellste, was Sie zu diesem Thema jemals zu Gesicht bekommen werden.

Weil Sie mittlerweile auch das Bergwerk erkundet haben, wissen Sie, daß die Grundlage unseres Tuns die Arbeit eines gewissen Balthasar Welckern aus dem 17. Jahrhundert bildet. Dieser Mann hat nach dem gesucht, was wir heute ‹schnelle Kufen› nennen. Dabei fand er etwas, das er nicht suchte. Künstlich hergestelltes Gold.»

Ich ließ nach langer Zeit Luft aus den Lungen.

«‹Über dem Schnee lag ein goldiger Schimmer.› Vielleicht erinnern Sie sich an diese Passage aus der Chronik. Die letzten Kufen des Balthasar bestanden aus Gold, Gold, das er in seinem Laboratorium zusammengerührt hatte. Seine Tochter nahm die Rezeptur mit nach Magdeburg. Von ihr gelangte sie im 18. Jahrhundert in die Familie von Böttger, der Gold suchte und Porzellan fand. Die Suche nach Gold ist ein wichtiges Ziel. Ich informiere Sie hiermit, daß der Freistaat Sachsen und die Republik Tschechien im letzten Sommer ein Abkommen über die gemeinsame Erforschung des Phänomens und die Nutzung positiver Ergebnisse geschlossen haben.»

«Etwa bei der Eröffnung des Golfplatzes?»

Sie blickte mich verdutzt an. «Das haben Sie also auch herausgekriegt. Ich möchte wirklich wissen, welcher tragische Lebensweg Sie in das Ghetto einer Sportredaktion geführt hat. Sie haben das Zeug zu mehr. Nun denn. Der Initiator des goldigen Projekts ...» Nicken in Kurlands Richtung «... hat in der Vergangenheit auf sehr einsamem Posten gekämpft. Diese Zeit ist vorbei. Es gibt nun eine Firma, es gibt Anteilseigner. Professor Tillermann, hier zu meiner Linken, ist vor wenigen Tagen aus den Vereinigten Staaten und Kanada zurückgekehrt. Er hat sich dort um die Beschaffung von ‹Risikokapital› gekümmert. Wir bewegen uns dabei im achtstelligen Bereich. Das ist der aktuelle Stand Mitte Februar. Vielleicht wird bis Ostern der Durchbruch erzielt, vielleicht dauert es etwas länger. Auf jeden Fall ist das Projekt am Ende, wenn darüber ein einziger Artikel in einem Massenmedium erscheinen sollte. Verstehen Sie, was ich Ihnen damit sagen will?»

«Schnauze halten ist die Parole.»

Sie nickte. «Wenn der Durchbruch erzielt wird, geschieht es nicht zum Schaden Sachsens und Tschechiens. Wenn der Durchbruch gelingt, kommen auf uns goldene Zeiten in jeder Hinsicht zu. Wir möchten Sie bitten, sich Ihrer Verpflichtung bewußt zu werden. Das gleiche gilt für Tschechien, Ihre starken Sympathien für unseren Nachbarn können ja nachgelesen werden. Ich danke für Ihre Geduld, und ich werde keine Fragen beantworten, auch keiner der Herren. Noch einmal die dringende Aufforderung: Gefährden Sie das Projekt nicht. Bedenken Sie, welche Organisationen Sie provozieren, wenn Sie es doch tun sollten.»

Ich hob den Arm und sagte zart: «Stichwort Kleff.»

«Selbstverständlich. Um zu zeigen, daß wir Ihnen sympathisierend gegenüberstehen, schenken wir Ihnen Herrn Uwe Kleff.»

«Bitte was?»

«Wenn Sie über unser Projekt berichten, geht Uwe Kleff straffrei aus. Dafür ist von allerhöchster Stelle gesorgt. Wenn Sie schweigen, gehört er Ihnen. Er wurde zuletzt in der Apartmentanlage ‹Blick in den Süden›, Wohnung Numero 16, gesehen. Auf dem Tisch vor Ihnen liegt der Schlüssel. Im Briefumschlag finden Sie sein Kfz-Kennzeichen. Wir empfehlen uns.»

Erstaunlich, wie wenige Geräusche kultivierte Menschen beim Verlassen eines Raums produzieren.

44 Zielschuß

Erst herrschte Stille, dann sagte Zapf: «Und was war das nun? *Living theatre* oder Wirklichkeit?»

«Das war das Leben», sagte ich. «Wurde höchste Zeit, daß du endlich mitkriegst, wie der Hase hinter den Kulissen läuft.»

«Ich finde es erstaunlich, daß ich alles mit anhören durfte. Konsequent wäre gewesen, wenn sie mich vorher erschossen hätten. Oder hinterher. Und wie entscheidest du dich nun?»

«Ihr beide geht an die Bahn zurück. Ich habe was zu erledigen.»

«Dann mußt du mich aber vorher betäuben», sagte Hedwig. Ich wußte, daß sie sich nicht abschütteln lassen würde. Sie wußte nicht, daß der Schlüssel auf der Flurseite steckte. Aber ich wußte es und drehte den Schlüssel um. Sie hämmerten und traten beide gegen die Tür. Ich wußte solide Bauweise zu schätzen.

Auf dem Klingelknopf von Nummer 16 stand kein Name, an der Tür schon. Löblich. Er lag auf dem Sofa und träumte von vergangenen oder künftigen Schurkenstreichen. Vor dem Sofa lag die Nackenrolle. Ich ergriff das gute Stück, holte aus und schlug sie mit voller Kraft auf seinen Bauch. Während Uwe Kleff hustete und sich krümmte, setzte ich mich aufs Fensterbrett und sagte: «Ich habe vor kurzem einen Film mit Jean-Claude Van Damme gesehen. Der hat sich aus zehn Metern Höhe Kokosnüsse auf den Bauch werfen lassen.»

Kleff hörte auf zu husten, seine flinken Augen witterten nach allen Seiten. Er suchte die Helfer, mit denen ich in die Wohnung eingedrungen war.

«Toller Blick nach Süden», sagte ich. «Besonders das Mosaik an der Hauswand gegenüber ist ja einmalig geschmackvoll.»

«Was wollen Sie?»

Das war der erste Satz, den ich von ihm hörte. Damals im Hotel in Hirschsprung war ich ja schon halb draußen gewesen, als er am Empfang nach Mattielli gefragt hatte.

«Ich führe dich der Reststoffverwertung zu, rechtsstaatlich gesehen. Freust du dich nicht, daß die Zeit der dauernden Angst und des Versteckspielens für dich vorbei ist?»

«Ich weiß gar nicht, was Sie wollen. Sie sind in meine Wohnung eingebrochen. Dagegen darf man sich wehren.»

Er war nur ein Kerlchen, körperlich bot er keine Sensationen. Ich fand es enttäuschend, daß mich so ein Würstchen in die Pfanne gehauen hatte.

«Laß gut sein», sagte ich. «Wir beide verlieren jetzt keine Zeit damit, deine Lügen anzuhören. Du kannst Löblich aber einen schönen Gruß ausrichten. Sag ihm, ich würde Neurodermitis kriegen, wenn ich zehn Minuten in einem Zimmer mit diesen Tapeten verbringen müßte.»

In dem Kerlchen arbeitete es. Zwischen den Ohren entstand irgendeine Hinterlist.

«Spar dir die Mühe, Kleff. Draußen warten so viele Leute darauf, dich in Empfang zu nehmen. Selbst wenn neun von denen gleichzeitig ausrutschen, bleiben noch genug übrig, um dich hopszunehmen.»

«Was wollen Sie von mir?»

«Nur eine Antwort. ABM, was ist das für eine Bande?»

«Das wissen Sie doch. Was sollten wir denn machen, wenn sie uns die Jobs wegnehmen? Im Park sitzen und saufen? Eklig. In den Westen gehen? Eklig. Wer redet denn ständig von Eigeninitiative? Jeder soll anbieten, was er am besten kann. Wir können am besten Aufträge ausführen. Ein Hoch auf die Marktwirtschaft. Wir machen den Weg frei. ABM – die Adresse für Sonderaufgaben. Ich sag ja lieber GNGN: Geht nicht gibt's nicht.»

Was sah ich denn da? Warum redete er so viel? Das Kerlchen hatte Angst, fürchtete sich vor meiner Revanche. Ich stieß mich probehalber vom Fensterbrett ab, er zuckte zusammen und machte sich in der Sofaecke klein. Als nächstes wunderte ich mich über ein Gefühl in mir selbst. Bisher hatte ich ihn nur verachtet. Plötzlich aber stand ich dem Wunsch gegenüber, ihm weh zu tun. Weil ich wußte, daß man seine legitimen Bedürfnisse nicht unterdrücken soll, verlor ich keine Zeit.

Als ich mich zu ihm hinüberbeugte, ahnte er möglicherweise, daß etwas unmittelbar bevorstand. Aber als ich ihn dann in die Wange biß, war er doch überrascht.

Er schrie, ich biß stärker zu, er fuchtelte mit den Armen, aber mit der Kraft meiner Kiefer sorgte ich dafür, daß er die Arme ruhig hielt. Nie im Leben hatte ich so bewußt in etwas hineingebissen. Erst gurgelte er nur, dann stöhnte er: «Sie sind verrückt.» Ohne nach rechts und links zu blicken, den Kopf nach unten genommen, warf sich Kleff nach vorn. Er prallte gegen meine Schulter, warf mich aufs Sofa, stürzte aus dem Wohnraum, ich rief noch: «Laß es! Die nehmen dich hops!» Aber das Kerlchen war rationalen Argumenten gegenüber leider verschlossen.

So folgte ich ihm, nicht zu hastig, denn er würde einige Augenblicke brauchen, um draußen den Stand der Dinge zu realisieren. Da stand er vor seinem Auto, in dem ich mit ziemlicher Sicherheit vor einigen Tagen eine Schlafwagenfahrt in den Tharandter Wald absolviert hatte. Stand und glotzte den Sharan an, der ihn zugeparkt hatte. Ich war hinter ihm, und obwohl es nicht unbedingt nötig gewesen wäre, warf ich mich nach vorn, packte mit beiden Armen seine Beine und fällte ihn wie einen Baum. Leider versäumte ich es, ihm ein Bein zu brechen. Der Bursche schaffte es wieder, sich loszureißen, und mehr taumelnd als laufend stürzte er vom Parkplatz.

Ich wußte, daß meine Füße schmerzen mußten. Aber ich fühlte nichts, die Erregung ließ kein anderes Gefühl zu. Für einen Außenstehenden mußte es wie gemütlicher Trab aussehen, in dem ich mich

Richtung Bobbahn bewegte. Ich hatte auch keine Garantie, daß Kleff das Spiel mitspielen würde. Aber ich trabte und war sicher. Ich fand es ärgerlich, daß wir uns für unsere Kontaktaufnahme ausgerechnet einen Tag ausgesucht hatten, an dem der Ort überfüllt war wie sonst nie. Wichtig war, daß sich niemand in unsere Privatangelegenheit einmischte. Noch wichtiger war, daß ich Kleff auftrieb. Ich an seiner Stelle hätte mich in der Masse versteckt.

So erreichte ich die Bobbahn, an der Tausende Menschen standen und achtungsvoll raunten, wenn ein Bob zu Tal rauschte. Die Lautsprecherstimme nannte Zeiten, Rangplätze und die nächsten Starter.

Ich begann am Ziel und arbeitete mich nach oben vor. Zweimal wollten Arme mich aufhalten, es bekam ihnen schlecht. Plötzlich ein Aufschrei der Massen, ein Dussel hatte sich versteuert, aber er fiel nicht um.

Kleff besaß Talent im Versteckspiel. Ich besaß Talent im Suchen. Wie es sich anhörte, wenn die Kufen über das Eis donnerten. Schnee war in der Luft und dann das «Ah» und «Oh» der Leute. Die Scheinwerfer brannten, ein Schlitten schnitt über das steinharte Eis, ich entfernte die lästige Hand am Oberarm, den kannte ich, er sah aus wie Besendahl. Aber er hatte vor fünf Jahren nur seine liebgewordenen Gewohnheiten verloren, ich vor wenigen Tagen beinahe mein Leben. Ich hätte sterben können, es war alles gut eingefädelt gewesen. Ich hatte einmal Rache gut.

Erst orientierte ich mich an der Kleidung. Wer einen Mantel trug oder sportliche Klamotten, schied aus. Kleff war im Hemd aus der Wohnung gelaufen. Dann wurde mir bewußt, daß das ja nicht so bleiben mußte.

Aber im Freien hängte keiner seinen Mantel an den Garderobenhaken.

Das Starthaus! Die Garderoben der Fahrer! Ich traute Kleff zu, sich dort zu bedienen. Es war kalt, es schneite, die Lautsprecherstimme kündigte den letzten Bob des zweiten Durchgangs an, im Starthaus war es so gut wie menschenleer.

Ich fragte nicht nach den Garderoben, ich öffnete alle Türen, dann öffnete ich die letzte. Kleffs Wange sah aus, als hätte sie auf dem Grill gelegen. Kleff selbst sah aus, als hätte er sich aufgepumpt. Die Jacke, die er trug, war nicht seine Konfektionsgröße. Er war so zart gebaut, ein Stoß vor die Brust und er würde umfallen. Aber dieser verhungerte Kerl hatte mich zehn Tage lang getäuscht, in die Irre geführt und zu töten versucht. Ich schloß die Tür hinter mir, ich griff an den Haken, nahm, was dort hing und schlug es prüfend in die Handfläche. Es war aus Eisen und hatte etwas mit Bobs zu tun. Aber man konnte damit auch Menschen erschlagen.

Ich ging auf Kleff zu, er wich zurück, offenbar gab es etwas in meinem Gesicht, was ihn davon Abstand nehmen ließ, es mit Worten zu versuchen. Er wich zurück, immer weiter zurück, stand vor der zweiten Tür, und obwohl ich wußte, daß es sich um eine Tür handelte, kam ich nicht auf den Gedanken, daß sie offen sein könnte. Kleffs Hand am Drücker, dann raste die Ratte los, ich hinterher. Der Gang war kurz und schmal, Kleff prallte rechts und links an die Wände, eine Abbiegung, noch eine Abbiegung, dann durch die Tür, ich hinterher.

Pilot und Bremser vom Bob Schweiz 2 zählten auf «drei» oder «drü», dann wollten die Körper den Bob nach vorn drücken. Kleff traf den Bremser im Vorbeilaufen, der stürzte und schrie schon im Fallen. Der Pilot schob den Bob allein an, dann nahm Kleff die Stelle des Bremsers ein, arbeitete sich auf die Strecke vor. Kleff packte den Piloten von hinten, ein Schlag, und der Pilot war aus dem Weg, Rufe der Zuschauer, Kleff schwang sich in den Bob, schlug auf den Griff, der Bob schlingerte, Kleff wurde kleiner, der Pilot rannte fassungslos auf die Bahn, strauchelte, fing sich gerade noch, und ich sah, gegen wen er geschleudert wurde. Dann startete ich.

«Quax!» Er zuckte zusammen, bereit zur Flucht, ich war bei ihm, seine Augen irrlichterten, er fürchtete sich vor mir und hatte allen Grund dazu, denn ich nahm ihm das Liebste fort: seinen Schlitten. Er wollte nicht loslassen, ein Stoß vor die Brust, ich hatte den Schlitten. Um mich herum das Rauschen des Ozeans, es mußten die Rufe von Menschen sein. Ich kam beinahe zu Fall, packte den Schlitten, warf mich nach vorn, lag mit dem Bauch auf dem Schlitten, den Kopf nach vorn, der Schlitten eierte, ich riß den Kopf zur Seite, prallte nur mit der Schulter gegen das Eis, fand die Mitte der Bahn, dann nahm mich die Physik an die Hand, ich wurde schneller und schneller. Ich wollte vor Angst die Augen schließen, aber ich mußte doch sehen, was auf mich zukam. Ich hätte so gern etwas umklammert, aber ich fand an nichts Halt, Tonnen von zementhartem Eis bedrohten mein Gesicht.

In der Eisröhre war das Geräusch ohrenbetäubend. Ich hatte solche Angst umzustürzen, die Kufen waren wie Messer, sie würden alles, was sie von mir trafen, mit einem Schnitt vom Körper trennen. Ich war so rasend schnell und mein Gesicht nur zwanzig Zentimeter über dem Eis. Dann die Kurve, rechts herum! hoch! links herum! Herausgeschleudert in die Gerade! Ausgespuckt mit doppelter Geschwindigkeit. Die Schläge waren fürchterlich, von wegen glattes Eis! Mein Schlitten suchte und fand jede Unebenheit, er ließ keine aus, mein Kopf hüpfte auf und nieder, ich hatte Angst, daß ich mit dem Gesicht aufs Eis schlagen würde. Ich war eingehüllt in Geräusch, und das Licht war so merkwürdig. Rechts an die Bande, mit tauber Schulter hinein in die nächste Kurve, ich klebte an der oberen Begrenzung, war höher als alles andere, links von mir der Innenraum, Menschen, Maschinen und dann abgetaucht, aufgetaucht, angestoßen, rausgeschossen auf die Gerade. Wenn Kleff nun stürzen würde! Mit hundert Kilometern gegen den Bob, die Kufen oben, das Gesicht in die Kufen, der Kopf in die Messer. Austritt aller Flüssigkeiten. Auf der Bahn eine Pfütze mit meinem Namen. Dann hatte ich Schnee im Gesicht und Angst um mein Gesicht und ohne Warnung hoch in die Steilwand, Därme und Gedanken nach außen gedrückt, ein Fuß knallt auf Beton, Schmerzensschrei, Krampf im Nacken, blind, schnell, schreiend, ein Auge frei, die endlos lange Gerade und vor mir dieses schwarze Etwas. Sie halten etwas in die Bahn hinein. Wahnsinn! Ich werde doch voll darauf... ein Bob. Vor mir fährt ein Bob. Kleff, ich komme! Ich reise mit leichtem Gepäck, und du hast keine Chance. Der Schlitten prallt hart auf das Eis und immer die Angst, mit dem Gesicht aufzuschlagen. Der Bob wird größer und größer. Ich hole ihn ein, bin schneller als er. Triumph. Dann die Panik: Ich fahre auf ihn auf, der Bob wird mich zertrümmern. «Verschwinde, Kleff!» schreie ich, aber vielleicht kommt kein Wort heraus. Der Bob ist weiter gewachsen, vor ihm türmt sich Eis: die Steilkurve und ich bin dran, Kontakt, mein Schlitten wischt rechts vorbei, aber ich habe ihm einen Stoß mitgegeben. Ich hänge an der Begrenzung der Kurve, senkrecht links unter mir meterweise Eis, ich schreie und schreie, ich will nicht abfliegen, und warum sieht der Bob unter und hinter mir auf einmal so anders aus? Ich schieße aus der Kurve, hinein in den Zielschuß, das große Schwarze kommt auf mich zugeflogen. Ende der Vorstellung. Ein fürchterlicher Aufprall und dröhnendes Schweigen.

45 Der Goldjunge

Das nächste, an das ich mich erinnere, waren Hände auf meinem Körper. Ich stellte mich tot. Es gelang mir, die klugen Hände zu täuschen. Aber dann schoß ich hoch, und Hedwig fuhr erschreckt zurück.

«Runter von der Bahn!» rief ich. «Wenn der nächste Bob kommt...»

«Heute fährt kein Bob mehr», sagte sie. «Stand nach dem ersten Tag: Deutschland 1 vor Deutschland 2 und Schweiz 1.»

«Was ist mit Kleff passiert?»

«Erst hast du ihn überholt, dann ist er umgestürzt und rausgefallen und dann...»

«Red schon.»

«Dann hat ihm eine Kufe den Oberschenkel abgeschnitten. Kleff wird derzeit operiert. Es sieht so aus, als wenn er für den Rest seines Lebens nur noch sitzende Tätigkeiten ausüben kann. Er war bei Bewußtsein und hat noch auf der Trage alles gestanden. Kleff hat dich in den Wald gefahren, damit du dort erfrierst. Er besitzt sogar noch deine Schuhe.»

«Und was war das große Schwarze, in das ich nach dem Zielschuß hineingefahren bin?»

Ein mächtiger Baß neben mir knurrte: «Das war ich, du Saupreiß.»

«Du hast den Weltmeister umgefahren», sagte Hedwig. «Vielleicht kann er morgen nicht antreten.»

«Unsinn», erklang es in diesem mürrischen Bayrisch. «Das wäre der erste Preiß, der mich umhaut.»

Plötzlich erschien das Gesicht von Stützner über mir.

«Sie haben da was falsch verstanden», sagte der Organisationschef lächelnd. «Wenn ich ein Hausverbot ausspreche, dann schließt das natürlich die Bahn als solche mit ein. Kapiert?»

«Wie schnell?»

«Was?»

«Wollen Sie sagen, daß niemand die Zeit gestoppt hat? Ich riskiere Kopf und Kragen und keiner drückt auf den Knopf...? Das nennen Sie Organisation?»

Ich lag am Rand der Bahn auf Decken und wohl auch auf einer Trage. Ich bat Hedwig, meine Schuhe auszuziehen und mich nacheinander in alle Zehen zu kneifen.

«Na, alter Mann, wird's wieder?»

Josephine lächelte frech auf mich herunter und sagte: «Sie haben mir den Auftrag erteilt, für die Weltmeisterschaft ein Eis-Graffito zu machen. Ein Bild auf der Bahn.»

«Dann kriegst du nicht nur deinen Artikel im *Spiegel*, dann spendiere sogar ich einen Zweispalter. Einen kleinen natürlich nur. Ist das okay, Chef?»

Dr. Eß lächelte wie nach dem Verzehr von zwölf Gurken. Frau Dr. Eß hakte sich bei Josephine ein, die wiederum das kleine Töchterchen an der Hand hielt. Dicht hinter ihr stand ein Mann, der einen Mantel aus glattem Leder trug.

Aus der zweiten Reihe winkte Pulitzer herüber, mußte aber sofort wieder an der Halsregion der Bobfahrerin Uschi herumknutschen.

Hedwig half mir auf die Beine, und ich fühlte mich wie betrunken. Dann hielt ich mich vor Schreck an Hedwig fest. Am Zieleinlauf stand eine Gruppe, die aussah, als sei sie gerade dem Alten Testament entsprungen.

«Wer hat sie aus dem Berg gelassen?» murmelte ich und folgte Hedwigs Kopfbewegung. Frau Dr. Schwanweiß nickte mir anerkennend zu, der Mann an ihrer Seite sah mich prüfend an.

«Über dem Schnee lag ein goldiger Schimmer», rief ich ihm zu. Kurland griff neben sich und stellte einen Rennschlitten aufrecht vor mich hin.

«Ist das etwa der, mit dem ich ...?»

Er nickte und sagte: «Auf der Bobbahn lag ein goldiger Schimmer.»

Ich bekam eine Ahnung davon, aus welchem Material die Kufen bestanden, da stand auch noch der Professor für Thermofluiddynamik neben mir. «Ich habe gleich gewußt, daß ich mich damals zu weit aus dem Fenster gehängt habe, als wir in Ihrem Wagen gesessen haben», sagte Löffler.

«Das ist also die Verbindung zwischen Ihnen und Kurland: Kufen aus Gold.»

Ich stellte mich so hin, daß der Schein der Flutlichtanlage die Kufen des Schlittens zum Leuchten brachte. Dann ließ ich mich gegen Hedwig sinken und murmelte dramatisch:

«Mir geht es plötzlich so schlecht, so abgrundtief schlecht.» Zwei Lippen legten sich auf meine Lippen, und mir ging es gut, so abgrundtief gut.

Klugmann / Mathews

«Da werden endlich wieder Geschichten erzählt, die so intelligent und spannend sind, die zum Zittern und Lachen bringen. Allererste Empfehlung: die subtil anarchistischen Polizeikomödien der beiden Hamburger Norbert Klugmann&Peter Mathews.» *Lui*

Beule & Co
Beule oder Wie man einen Tresor knackt. Ein Kommissar für alle Fälle. Flieg, Adler Kühn
(thriller 3101)
Die Helden des Autorenduos scheinen auf den ersten Blick wenig perfekt. Sie haben Probleme mit Frauen, mit sich selbst und mit ihrer Kondition. Eigentlich sind sie ganz selten richtige Helden. Da kommt es schon vor, daß ein Keller in Brand gesetzt wird, weil ein geklauter Tresor sich nicht knacken läßt. Oder ein Schrebergärtner ermordet wird, weil er seinen Garten nicht verkaufen will...

Die Schädiger
(thriller 2771)
Rochus Rose wachsen die Schulden über den Kopf, und die Methoden des Geldeintreibers Sänger sind raffiniert, aber nicht ganz legal...

Vorübergehend verstorben
Roman
320 Seiten. Gebunden
Wunderlich Verlag
Die Männer sind alle Verbrecher, ihr Herz ist ein finsteres Loch... Die Anwältin Luise Rubato fährt lieber in die Grube, als der Moral der Männer zu erliegen.

rororo thriller

Norbert Klugmann
Das Pendel des Pentagon
(thriller 2954)
«Norbert Klugmann legt ein wahnsinniges Tempo vor und ihm fließen mitunter Dialoge aus der Feder, gegen die hochgerühmte amerikanische Kollegen die reinsten Langweiler sind.» *Süddeutscher Rundfunk*

Schweinebande
(thriller 3175)

Doppelfehler *Ein Fall für den Sportreporter*
(thriller 3228)
Ein ATP-Tennisturnier in Deutschlands wildem Osten läßt sich nicht ohne weiteres vermarkten. Ein toter Tennisprofi indes belebt das Geschäft...

rororo thriller werden herausgegeben von Bernd Jost. Ein Gesamtverzeichnis der Reihe finden Sie in der *Rowohlt Revue*. Jedes Vierteljahr neu. Kostenlos in Ihrer Buchhandlung.

3013/5

Paula Gosling

«Es sieht so aus, als seien zur Zeit die besten Krimi-Autoren weiblichen Geschlechts. **Paula Gosling** zu versäumen wäre ein Fehler für Krimi-Fans.»
Frankfurter Rundschau

Ein echtes Gaunerstück
(thriller 2939)
Wahrscheinlich hätte die schöne Ariadne noch ein paar fröhliche Jahre vor sich gehabt, mit einem Mann, der sie anbetete und einer liebevollen Stieftochter – wenn sie nicht im unpassenden Moment gelacht hätte ...
«Ein spannender und amüsanter Krimi für Strandkorbtage.»
Frankfurter Rundschau

Leiche im Paradies
(thriller 3104)

Das Spiel wird Ernst
(thriller 3195)

Tod auf dem Campus
(thriller 2858)
Professor Aiken Adamson war ein gehässiges, hinterhältiges Ekel. So hat Lieutenant Stryker beim Motiv ein Dutzend Verdächtiger, beim Alibi aber keine – zunächst jedenfalls ...
«Bildung schützt vor Dummheit nicht – zum Vorteil des Lesers, der in genußvoller Spannung gehalten wird, wenn Selbstüberschätzung die Wissenschaftler zu verhängnisvollen Begegnungen mit dem Täter führt, wenn überraschend akademische Fassaden bröckeln und aus der wütenden Gegnerschaft

rororo thriller

zwischen dem Polizisten und einer Verdächtigen eine Liebesgeschichte entsteht.»
FAZ

Töten ist ein einsames Geschäft
Der Roman zum Film
(rororo 13932)

rororo thriller werden herausgegeben von Bernd Jost. Ein Gesamtverzeichnis der Reihe finden Sie in der *Rowohlt Revue*. Jedes Vierteljahr neu. Kostenlos in Ihrer Buchhandlung

3007/4

Felix Huby

Ernst Bienzle, mit Brille, Phlegma und Bauchansatz, mit einer Schwäche für Sauerbraten mit Spätzle und Soße, Kriminalkommissar und Leiter der Stuttgarter Mordkommission, verheiratet, ein Häuschen am Stadtrand ... Mit dieser Figur des schwäbischen Gemütsmenschen ist **Felix Huby**, ehemaliger Spiegel-Korrespondent, mittlerweile erfolgreicher Drehbuchautor, einer der bekanntesten deutschen Kriminalautoren geworden.

Bienzle stochert im Nebel
(thriller 2638)
Oberflächlich betrachtet tut Hauptkommissar Bienzle nichts: Er fragt ein bißchen, er redet ein bißchen und hört zu ...

Bienzle und die schöne Lau
(thriller 2705)
Einen Mörder, der sich beim Mordanschlag selbst ermordet, hat es in Bienzles Laufbahn noch nicht gegeben ...

Bienzles Mann im Untergrund
(thriller 2768)

Bienzle und das Narrenspiel
(thriller 2872)
Männer, Frauen und Kinder in den buntesten Kostümen tanzen durch die Straßen – und ein ausgebrochener Sträfling, der Rache nehmen will ...

Bienzle und der Sündenbock
Kriminalstories
(thriller 2958)

Gute Nacht, Bienzle
(thriller 3066)

rororo thriller

Bienzle und der Biedermann
(thriller 3077)
Fleisch, dessen Verfallsdatum kurz bevorsteht, wird in die Ostländer transportiert. Man macht Profit und kassiert Subventionen ... Kein leichter Fall für Bienzle.

Ach wie gut, daß niemand weiß ...
(thriller 2446)

Der Atomkrieg in Weihersbronn
(thriller 2411)

Sein letzter Wille
(thriller 2499)
Optiker Kissling kämpft gegen die Baumafia in seiner Kleinstadt – bis er eines Morgens mit einem Genickschuß tot gefunden wird ...

Schade, daß er tot ist
(thriller 2584)
«... der beste Huby, der bisher erschienen ist.»
FAZ-Magazin

3011/3

3012/3

Hansjörg Martin

«**Hansjörg Martin** ist eine Person von historischer Bedeutung. Was Raymond Chandler für die amerikanische Kriminalliteratur war, ist er für die deutsche geworden: man kann ihn ohne jeden Zweifel als ihren Vater betrachten. Sein Roman *Gefährliche Neugier* löste 1965 ein Genre aus, das man lange danach den neuen, den modernen deutschen Kriminalroman nannte.»
Rudi Kost in «Schwarze Beute»

Eine Auswahl der thriller von Hansjörg Martin:

Wotan weint und weiß von nichts
(thriller 2386)

Bei Westwind hört man keinen Schuß
(thriller 2286)

Blut ist dunkler als rote Tinte
(thriller 2190)

Gefährliche Neugier. Kein Schnaps für Tamara. Einer fehlt beim Kurkonzert
(thriller 2972)

Gute Messer bleiben lange scharf *Kriminalstories*
(thriller 2635)

Mallorca sehen und dann sterben
(thriller 2270)

Der Rest ist Sterben
(thriller 2900)
Schwester Cosima ist eine allseits beliebte Person mit untadeligem Lebenswandel. Deswegen trifft es alle wie ein Schock, als man sie erdrosselt in ihrer Wohnung findet...

rororo thriller

Apollonia muß sterben
(thriller 3023)

Einer fehlt beim Kurkonzert
(thriller 2109)

Kein Schnaps für Tamara
(thriller 2086)

Rechts hinter dem Henker
(thriller 2167)

Das Zittern der Tenöre
(thriller 2618)

Süßer Tod
(thriller 2877)
Direktor Hebestreit ist entsetzt. In seiner Viehzuchtgenossenschaft findet man eine Leiche. Und gerade jetzt kann er schlechte Publicity nicht gebrauchen...

rororo thriller werden herausgegeben von Bernd Jost. Ein Gesamtverzeichnis der Reihe – und aller lieferbaren Titel von *Hansjörg Martin* – finden Sie in der *Rowohlt Revue*. Jedes Vierteljahr neu. Kostenlos in Ihrer Buchhandlung.

3015/2

Sjöwall/Wahlöö

«Man konnte zwar schon 1963 die zunehmende Versumpfung der schwedischen Sozialdemokratie voraussehen, aber andere Dinge waren völlig unvorhersehbar: die Entwicklung der Polizei in Richtung auf eine paramilitärische Organisation, ihr verstärkter Schußwaffengebrauch, ihre groß angelegten und zentral gesteuerten Operationen und Manöver... Auch den Verbrechertyp mußten wir ändern, da die Gesellschaft und damit die Kriminalität sich geändert hatten: Sie waren brutaler und schneller geworden.»
Maj Sjöwall

Die Tote im Götakanal
(thriller 2139)
Nackte tragen keine Papiere. Niemand kannte die Tote, niemand vermißte sie. Schweden hatte seine Sensation...

Der Mann, der sich in Luft auflöste
(thriller 2159)
Kommissar Beck findet die Lösung in Budapest...

Der Mann auf dem Balkon
(thriller 2186)
Die Stockholmer Polizei jagt ein Phantom: einen Sexualverbrecher, von dem sie nur weiß, daß er ein Mann ist...

Endstation für neun
(thriller 2214)

Alarm in Sköldgatan
(thriller 2235)
Eine Explosion, ein Brand – und dann entdeckt die Polizei einen Zeitzünder...

rororo thriller

Und die Großen läßt man laufen
(thriller 2264)

Das Ekel aus Säffle
(thriller 2294)
Ein Polizistenschinder bekommt die Quittung...

Verschlossen und verriegelt
(thriller 2345)

Der Polizistenmörder
(thriller 2390)

Die Terroristen
(thriller 2312)
Ihre Opfer waren Konservative, Liberale, Linke – wer aber die Auftraggeber der Terrorgruppe ULAG waren, blieb immer im dunkeln. Jetzt plant ULAG ein Attentat in Stockholm...

Die zehn Romane mit Kommissar Martin Beck
10 Bände in einer Kassette
(thriller 3177)

«**Sjöwall/Wahlöös** Romane gehören zu den stärksten Werken des Genres seit Raymond Chandler.»
Zürcher Tagesanzeiger

3019/2

Per Wahlöö

«Der Schwede **Per Wahlöö** hat sich mit einem umfangreichen Werk als einer der markantesten europäischen Erzähler des dritten Viertels unseres Jahrhunderts profiliert.» *Jörg Fauser*

Per Wahlöö (1926–1975) studierte Germanistik, arbeitete als Korrespondent in Spanien. 1956 von Franco ausgewiesen, reiste er durch die halbe Welt, lernte 1962 Maj Sjöwall kennen und begann mit ihr gemeinsam, den Kommissar-Beck-Zyklus zu schreiben.

Foul Play
(thriller 2588)
«Der Blick, den Wahlöö auf die schweißgetränkte, dreckige Fußballposse in dieser hinterletzten Weltgegend wirft, ist so ungetrübt , daß wir uns alle in ihm spiegeln können.» *tip*

Unternehmen Stahlsprung
(thriller 2539)
«... die Horrorvision einer Gesellschaft, die selbst zum Verbrechen wurde und schließlich untergeht. Per Wahlöö war vielleicht noch nie so gut.» *Norddeutscher Rundfunk*

Libertád!
(thriller 2521)
«Der beste Polit-Thriller zum Thema Südamerika ist bereits vor 25 Jahren geschrieben worden: Libertád!» *taz*

Das Lastauto
(thriller 2513)
Spanien zur Zeit der Franco-Diktatur.

rororo thriller

Mord im 31. Stock
(thriller 2424)
«Dieses Buch ist eines der seltenen Fälle, in denen ein Kriminalroman weit über sich hinauswächst.» *Frankfurter Allgemeine Zeitung*
Wolf Gremm drehte mit Rainer Werner Fassbinder in der Hauptrolle nach diesem Buch seinen Film «Kamikaze 1989».

Von Schiffen und Menschen
Stories
(thriller 2889)
«... eignet sich wunderbar zum Lesen an Bord.» *Segeln*

Das Lastauto. Libertád! Die Generale
(thriller 3222)

rororo thriller werden herausgegeben von Bernd Jost. Ein Gesamtverzeichnis der Reihe finden Sie in der *Rowohlt Revue*. Jedes Vierteljahr neu. Kostenlos in Ihrer Buchhandlung.

Janwillem van de Wetering

«Seine Helden sind eigensinnig wie Maigret, verrückt wie die Marx Brothers und grenzenlos melancholisch: Der holländische Krimiautor Janwillem van de Wetering, der mitten in den einsamen Wäldern des US-Bundesstaats Maine lebt, schreibt mörderische Romane als philosophische Traktate.»
Die Zeit

Eine Auswahl der thriller von Janwillem van de Wetering:

Ketchup, Karate und die Folgen
(thriller 2601)
«... ein hochkarätiger Cocktail aus Spannung und Witz, aus einfühlsamen Charakterstudien und dreisten Persiflagen.»
Norddeutscher Rundfunk

Massaker in Maine
(thriller 2503)

Kuh fängt Hase *Stories*
(thriller 3017)

Outsider in Amsterdam
(thriller 2414)

Rattenfang
(thriller 2744)

Der Schmetterlingsjäger
(thriller 2646)

So etwas passiert doch nicht!
Stories
(thriller 2915)

Ticket nach Tokio
(thriller 2483)
«Dieses Taschenbuch macht süchtig: nach weiteren Krimis von Janwillem van de Wetering und nach Japan.»
Südwestfunk

rororo thriller

Straßenkrieger
(thriller 3184)

Tod eines Straßenhändlers
(thriller 2464)

Der Tote am Deich
(thriller 2451)

Drachen und tote Gesichter
Japanische Kriminalstories 1
(thriller 3036)

Totenkopf und Kimono
Japanische Kriminalstories 2
(thriller 3062)

Blut in der Morgenröte
Japanische Kriminalstories 3
(thriller 3075)

De Gier im Zwielicht
(thriller 3082)

Sonne, Sand und coole Killer
Erzählungen aus dem Reisetagebuch eines Schriftstellers
(thriller 3129)

Ein Gesamtverzeichnis aller lieferbaren Titel von **Janwillem van de Wetering** finden Sie in der *Rowohlt Revue*. Kostenlos in Ihrer Buchhandlung.

3021/4